文化散文

江湖之远

JiangHu
Zhi yuan

张步真　著

人民出版社

目 录

到现场去探访故人

江湖之远

Jianghu
Zhiyuan

千秋泪痕

一

我第一次上君山岛是在秋天，天空晴朗无云，洞庭湖一碧万顷。机帆船突突前进，在湖面上留下了一串长长的银色浪花。远处的君山岛，像一个绿色的绣球，浮游在淡淡的雾岚之中。一支施工队伍正在修复岛上的二妃墓，我是专程来参观考察的。大约走了四十分钟的水程，船就靠岸了。下船登岛，岛上树木葱茏，空气湿润。那时岛上的居民以渔业为主，近湖的岸边，到处都挂着渔网，也有晾晒的鱼虾，空气里弥漫着鱼的腥味。顺着北面的石板道走过去，二妃墓就在那片绿树林中。挨着的还有一座显得颓败的祠庙，叫湘山祠，据说也在规划修葺。

二妃是舜帝的两位妻子，娥皇与女英。以前我听说过她们的故事，那时以为是一个遥远的传说。现在，这里居然还有她们的坟墓，尽管淹没在荒草丛中，曾经却是活生生的人物！

专家考证，二妃墓至少有两三千年的历史了。因受风雨侵蚀，各个年代都做过修葺。这一次修复，是因为"文化大

期盼会使时间变得沉闷而漫长

革命"中，墓葬被红卫兵掘毁。那是个一言难尽的时代，不说也罢。现在，为了拨乱反正，国家拨出了专项维修资金。但也有人质疑：既然是舜帝的爱妃，身份如此高贵，她们为什么会来到这茫茫的洞庭泽国，最终又安葬在这偏僻的湖中小岛呢？

事情确实有很大的偶然性。

盘古开天，三皇五帝，中华文明就是从那时发轫并不断光大的。舜是五帝中的一位，属于"人文始祖"级别，姓姚，名重华，冀州人。登位时，国号"虞"，谥号"舜"，尊称为"虞帝舜""大舜"，后世以"舜"简称之。他出身于平民家庭，能够获得帝位，不是搞阴谋闹政变，而是他的前任尧帝的禅让。此中有一段佳话。尧在位七十年，这时他年事已高，就打算把帝位交出来。一些近臣建议，让他传位给儿子丹朱，却被尧帝一口否决。知子莫若父，丹朱无德无才，且性格愚顽，怎么能担当一国之大任呢？这时，有人给尧帝介绍了舜。舜的父亲是个盲人，名叫瞽叟，性格很古怪。母亲去世了，父亲续了弦，继母又是那种刻薄刁顽的妇人；同父异母的弟弟象，也桀骜不驯。生活在这样一个畸形家庭中，舜却能孝敬父母，友爱兄弟，维护家庭的和睦。他的经历也十分丰富，在历山（山西南部）耕过田，在雷泽（山东菏泽）打过渔，在黄河岸边做过陶器，在寿丘（山东曲阜城东）做过各种家用器物，还在负夏（山西垣曲新城北）做过买卖……他在多个行业、多种岗位上经受过长时间的历练，视野开阔，意志坚毅，且办事公道。在充分协商的基础上，尧帝最后确定由舜来接替他的帝位。舜在位三十九年，他的儿子商均也是那种不成器的"官二代"，于是舜以尧为榜样，将帝位禅让给禹。这就是中国历史上的禅让制，"民主协商"的政治原则，也由此而发端。至于以后千百年来，为争夺王位而尸横遍野，血流成河，这是尧和舜都没有预料得到的。

舜登上帝位后，果然不负众望。他是一位极其勤勉的君长，他总是很忙，常年在全国各地巡视。那时没有任何现代交通工具，舟船则是既便捷又安全的出行方式。岳阳这地方，万里长江浩荡而来，湘资沅澧四水莽苍北上，八百里洞庭注万水而成泽国。无论是从西北的陕甘，还是从华东的黄淮，要去云贵和两广，或者南方的官员商贾要去北方，都要途经岳阳。这里便成了黄金水道。而君山又扼其要冲，南来北往的舟船，或避风，或补充供给，这里是首选之地。一次，舜帝去南方，行至此地，觉得前边路途遥远，加之南方气候炎热，瘴疠流行，舜担心二位妃子难以适应，就让她们留在这里。待他的工作任务结束之后，再来与她们会合。

虽然时隔久远，但这些情节，包括《尚书》《史记》在内的多种典籍都有记载，湖乡翁媪也大都耳熟能详。

娥皇与女英于是就在君山岛暂住下来了，我们也就有了结识二位妃子的机会。

遗憾的是，娥皇与女英没有留下她们的写真照片，人们无缘一睹其芳容。我曾经见到过一些画像。有的将她们画成古代弱不禁风的仕女，也有的以宫中怨妇或者丈夫早逝的孀居妇人形象示人。要不就是《红楼梦》大观园里那些整日里无所事事、只顾着斗小心眼儿的小姐丫鬟模样。还有将她们画成"纤纤作细步，精妙世无双"（《孔雀东南飞》）的小靓女的。坦率地说，虽然画家们都有非凡的创造力，但这些画像实在是太让人失望了。娥皇与女英，有着天仙般的美丽，母仪天下的庄重，亲切的面容，善良的目光，温暖，慈祥，高洁，典雅，是万民景仰、人人都愿意亲近的崇高女性！

现在，由国家拨款修葺二妃墓，对她们的妃子身份无疑是一种官方肯定。但我觉得，最让人深深感动的，还是她们的爱情故事。

爱情，这是一个多么甜蜜的字眼！当世界上有了男人和女人，就一定会演绎出美丽的爱情故事。至于爱情的方式，可就千姿百态了。有花前月下卿卿我我，有一见钟情至死不渝，也有中国古老的农村先结婚后恋爱的模式，还有相爱双方都有各自独立和美的个性，而互不依赖的现代爱情……娥皇、女英与虞舜的结合没有任何新奇之处，他们是"遵循父命"走到一起的。尧帝决定将大位禅让给舜的同时，也将自己的两个女儿许配给他。民间有"强扭的瓜儿不甜"之说，他们的爱情却是花好月圆，地久天长！

二妃的爱情之所以经典，是因为她们创立了一种全新的爱情观：真正的爱情不是索取，而是付出。为爱付出所有。她们的爱情也不同于"我爱你，爱着你，就像老鼠爱大米"那样如火的疯狂，而是一种默默的深沉，不声不响的执着。还需要有担当。她们不仅爱舜，还爱舜的家庭。舜的父母兄弟最难相处，这是众所周知的事情。与舜结婚后，娥皇与女英听从丈夫舜的安排，放下她们的尊贵，住到妫河边上的舜的家里去，代替舜料理家务，给他的父母兄弟尽孝悌之道。她们也不会像某些高官夫人，沾光丈夫的荣华富贵，或者丈夫在前台唱红脸，她们在幕后唱白脸收钱纳贿。她们维护舜的尊严，爱惜他的声誉。舜在生理上还可能有缺陷，比如他的眼睛有两个瞳孔，模样儿有些怪异。情人眼里出西施，她们不觉得别扭，与舜共同度过了生活中美好的时光，也分担天空中的阴霾、风暴与雷霆！她们等待着舜帝结束南方的工作，一起分享他的成功与喜悦。

然而，天有不测风云。舜来到一个叫苍梧的地方，也就是现在湖南永州宁远县的九嶷山，突发急病，不治去世。消息传到君山岛，这对于娥皇和女英说来，无异于晴天霹雳！她们霎时哭得昏天黑地。她们太过于悲伤，眼泪飞溅在君山岛的丛丛翠竹上，即刻形成了紫黑色的斑痕。她们哀哀地哭泣，眼泪都要哭干了，二人飞身跃入湘江，为丈夫舜殉情。其情状之壮烈，真是旷世未有！长着紫色斑痕的竹从此生生不息，她们的爱情也定格为永恒！

二

洞庭湖潮涨潮落。娥皇与女英的故事虽然感人，也可能被时间湮没。是诗人屈原的到来，她们美丽的形象才有了传播四方的机缘。

楚国三闾大夫屈原，因有人进谗言告了黑状，于顷襄

江湖之远

Jianghu
Zhiyuan

6

王二年（前297年），被流放到湘沅地区。他先在沅水、澧水、湘江一带漂泊，后来在汨罗江畔落脚。长时间生活在湖湘乡野，接触了许多农妇渔夫，很快被娥皇与女英的故事所感动。

我们不知道屈原的婚姻家庭状况，现存的史料也鲜有这方面的记载，但屈原对女性的尊重和欣赏，是有目共睹的。一部《楚辞》，有关女性的描写占了很大的部分：思美人，恐美人之迟暮（担心美人年华老去），与美人抽怨兮（向美人表白心迹）……他还用浪漫主义的手法，通过香草、秋兰来烘托女子的芳洁，有时甚至还以女子自比，说明女人在他心目中特殊的地位。有人将屈原作品中的"香草美人"集锦，那真是洋洋大观，屈原对女人的情感秘密展示无遗！学界据此形成"《楚辞》以女性为中心说"。

现在，屈原来到了娥皇与女英曾经生活过的现场，一山一水，一草一木，都引起他无限的遐想。他是一位有着强烈浪漫主义气质的诗人，他揣摩两位夫人当年的生活场景，猜想她们苦苦思念丈夫的内心活动，也为她们凄怆的处境而伤心流泪……在这江南水乡一隅，屈原与这两位上古美人得到了有效的心灵沟通，于是写成了《湘君》和《湘夫人》两首诗。

人们通常认为，《湘君》是写男性，也就是写舜；《湘夫人》则是破译二位妃子的心灵密码。《湘君》贯穿于全诗的，是男人思念、追寻爱人的心路历程。他说，我已修饰好仪容，乘上轻快的桂舟，来到这里等候。（"美要眇兮宜修，沛吾乘兮桂舟。"）可是，我清晨驾船来到江岸一侧，站在岸边高地把你寻找，到傍晚还见不到你的影子。("鼌骋骛兮江皋，夕弭节兮北渚。") 时间已经逝去了，我只能用散步来排解忧愁。("时不可兮再得，聊逍遥兮容与。")……情节可以虚构，细节不能捏造。这些细节所表现出的感情是何等丰富细腻，缠绵缱绻！

而在《湘夫人》中，屈原为娥皇与女英营造了这样一种氛围：萧瑟秋风啊徐徐吹拂，洞庭湖波涛涌起啊，树叶纷纷落下。("嫋嫋兮秋风，洞庭波兮木叶下。") 这时，二位夫人伫立在湖边，在等待，在谛听。只要听到心上人召唤的声音，她们就会立即驾车急驰奔腾，一起高飞远去。("闻佳人兮召予，将腾驾兮偕逝。") 她们像一切痴情女子一样，在风的默默、水的潺潺里，编织着美丽的梦幻。甚至幻想在水中搭建一座房屋，用荷叶来做房顶，以荪草来装饰卧室，用紫贝来铺设地面，用芳椒和泥来粉刷墙壁……为了迎接远方归来的爱人，她们细细做好各种准备——让人叹息的是，心情越是急迫，失望也越大。故事就是这么有趣，此刻，她们进入了与湘君同样的情境：美好的时光不易碰到，她们只能在湖边独自徘徊，排遣心中的忧伤！ ("时不可兮骤得，聊逍遥兮容与。")

意迷心醉的爱情使多少人倾倒！

屈原写这两首诗的时候，已年过五十岁。令人惊叹的是，诗人仍然有一颗年轻火热的心！在他的笔下，娥皇与女英，是善良的化身，是美的象征，是爱情的样板，是世间妻子的楷模！尽管我们不知道屈原婚姻和家庭的情形，但他向往美好的爱情，对温柔善良的女性有一种特殊的心愿，由此可窥一斑！

从现存的资料看，屈原是将娥皇、女英的故事见诸文字的第一人，而屈原又是中国第一个以个人署名发表诗作的诗人，在此之前的《诗经》只能算集体创作。《诗经》中虽然有大量爱情描写，那也不是指某一个特定的人的爱情。可以肯定地说，屈原笔下的爱情，是开天辟地第一原创，因此拥有广泛的读者。所谓"人以文传"，娥皇与女英的故事也就随着屈原的作品，走进了少男少女们的心扉，世世代代历久而不息！

三

二妃墓背依茂密的树林，面对奔腾而来的万里长江，既有深山幽谷般的宁静，也有地尽水为天的浩瀚。可惜的是，在这大自然的最佳结合处，虽有屈原的热情歌唱，对她们的摧残和诋毁，却一直没有停止过。最骇人听闻的，莫过于秦始皇的暴虐！

本来，秦始皇与娥皇、女英，不可能有什么交集，可谓"八竿子都打不到边"。但是，生活中确实存在着许多偶发性事件。据《史记·秦始皇本纪》记载：始皇二十八年（前219年），秦始皇为了寻找一只据说是夏禹集天下之金铸造的、象征国家政权的鼎，先在彭城、泗水，而后向南，"渡淮水，之衡山、南郡。浮江，至湘山祠。逢大风，几不得渡。上问博士曰：'湘君何神？'博士对曰：'闻之。尧女，舜之妻，而葬此。'于是始皇大怒，使刑徒三千人皆伐湘山树，赭其山"。

《康熙字典》解释：赭，赤土也。君山总面积 0.96 平方千米，秦始皇竟然派三千名囚犯来捣毁。这是一群亡命之徒，他们以万倍的疯狂，砍掉岛上的所有树木，连树根都拔掉。并且毁其庙宇，放火烧山。一个绿树成荫、美如仙境的湖中小岛，顷刻之间变为袒露瘠土的荒芜之地。湖湘土壤为赭红色，破坏了植被，摧毁其生态系统，一任水土流失，君山最终的结局，要么成为一具水上木乃伊，要么沉入洞庭湖底，在地球上彻底消失！

人们总是不解，秦始皇仅仅是路过，借地避风躲雨，为何会有如此激烈的反应？

细细一想，原因其实很简单，就因为她们是尧的女儿，舜的妻子，于是就有一个"莫须有"的罪名。

尧帝，姓祁，名放勋。在位时，他不戴前后垂悬玉串、显示高贵的冕旒；也不穿绣有龙纹、肢爪齐全、象征威严的龙袍。戴的是一顶黄色的帽子，穿的是黑色的衣裳，普通人的打扮。这样，他与百姓的距离一下就拉近了。他仁德如天，智慧如神。接近他，就像太阳一样温暖人心；仰望他，就像彩云一样滋润着大地。他使"百姓昭明，合和万国"……尧帝建立的清明政治，为后世树立了一个光辉的典范。

作为帝位的继任者，舜也继承了尧的好作风好传统。他施政仁和，勤于民事。行厚德，远佞人。司马迁因此说："天下明德，皆自舜帝始。"（《史记·五帝本纪》）

于是，千百年来，"尧舜"成了中国圣贤的代名词。然而，秦始皇与这一切却是风马牛不相及！

秦始皇性格乖戾荒诞，暴虐凶残。秦国通过扫平六国而得天下，据范文澜《中国通史》介绍，在这一过程中，秦国杀人无数。攻打魏国时，在洛阳龙门山，秦军斩杀魏军二十四万；在山西长平，秦国将俘获的四十万赵国士兵，全部活埋坑杀……其血腥残忍，旷古未有！秦国夺取政权后，政策没有改变，仍旧以战争手段治理国家。秦始皇不信任功臣，不亲近士民。实行严刑酷法，抛弃仁政王道，把仁德信义丢在后头，把残暴苛虐作为治理天下的不二法宝，杀戮无数。而他自己又特别怕死，派人四处寻找灵丹妙药，以求长生不老。他对民生的艰难，却一点也不怜惜，一拍脑袋就举全国之力修筑万里长城，数十万人累死、饿死、冻死在风雪边关……

凡此种种，他怎么能够面对尧舜？有尧舜的存在，秦始皇的执政就失去合法性；有尧舜的清明政治，秦始皇就是昏君、暴君；有"尧天舜日"高悬苍穹，秦始皇就是世间恶魔！

然而此刻，在这烟波浩渺的洞庭湖，在这如一叶扁舟的君山岛，苍穹狂风暴雨，四周白浪滔天，秦始皇的心情坏透了。这时，尧的女儿，舜的妻子却出现在他的面前，尧与舜的幽灵随即显现。面对崇高与伟大，秦始皇必然是渺小猥亵，自惭形秽。一种无可名状的尴尬使他恼羞成怒！

此外，他还特别嫉恨娥皇、女英这两个女人。

秦始皇崇尚性暴力。他金屋藏娇，身边的漂亮女人多得数不清。扫平六国的时候，那些被秦国灭亡国家的嫔妃宫女，被一车一车拉到秦国的都城来。那全都是一些绝色美女啊！为了安置她们，秦始皇下令从骊山脚下起始，一直向西延伸到咸阳，建设一个占地三百里的阿房宫（请读者注意：不是占地三百亩，而是占地三百里）。巨大的资金缺口向全国摊派，所需七十余万民夫从全国召来，建房用的木料，到附近的蜀山采伐，采光了山上所有的参天大树。阿房宫建成后，有人著文描绘其豪华：渭河与樊川两条河的清流，水波荡漾地流入宫墙。"五步一楼，十步一阁"，楼阁里面"明星荧荧，开妆镜也；绿云扰扰，梳晓鬟也"（杜牧《阿房宫赋》）。渭河水面上浮起一层垢腻，那是宫中美女们倒掉的残脂剩粉；空气中弥漫的香味儿，是她们焚烧的椒兰香料……秦始皇整日搂着这些看着就让人心痒痒的绝色美女，良宵销魂，阅尽人间春色！遗憾的是，秦始皇只有肉欲的快感，却不知世间爱情为何物，就跟那些路边行事的动物别无二致。后世有人说："没有爱情的婚姻是不道德的。"（恩格斯语）秦始皇讨厌的就是拿道德来说事。因此他嫉妒别人有爱情，也不允许别人有爱情。他治下的孟姜女就是一个典型。孟姜女为寻找丈夫哭倒长城，一幕人间悲剧上演千年。现在，听说虞舜的妻子因为追寻丈夫，溺亡并安葬在这个湖中小岛。贴身秘书秦博士明确地告诉他，陛下此刻就借住在供奉她们灵位的"湘山祠"，秦始皇像火烧了屁股一样跳了起来！

当然，也曾有人说，阿房宫的奢靡被人夸大并套用。此话实在是大谬不然！如果秦始皇不是荒淫无度，不是专横暴戾，哪个吃了豹子胆，敢去造他的谣?!

"湘山祠"的墙壁上，还刻着屈原赞美娥皇与女英的诗，这简直把秦始皇逼得喘不过气来! 屈原是楚国最坚定的抗秦分子。当年，秦始皇的曾祖父秦昭王，邀请楚怀王去秦国访问，屈原第一个出来反对。他说"秦国是众所周知的'虎狼之国'，毫无诚信可言，大王千万不要去!"楚怀王不听劝阻，带着他的随从去了秦国，果然被秦国扣留。楚怀王气恨交加，不久死在秦国的囚禁地。他的麻木和轻信，导致了楚国的灭亡。历史学家曾经认为，如果当初楚怀王听从屈原的意见，及时识破秦国的阴谋，联合六国，结成抗秦统一战线，最终统一中国的就不会是秦国，而是以楚国为核心的六国联盟。这样，秦始皇也就没有皇帝当了。曾祖父秦昭王去世的时候，秦始皇已经九岁。现在，"六王毕，四海一"，秦始皇已经稳坐天下。在他看来，屈原跟秦国不仅仅是政见之争，还有家族世仇! 屈原是秦国的死对头! 凡屈原赞扬的，秦始皇就一定要反对!

况且，夏禹留下的那只象征国家政权的金铸周鼎，秦始皇至今都未找到。暴君色厉内荏，他的内心其实很脆弱。一种对失去政权的恐惧，使他几近疯狂!

由于这种种原因，他要清除一切正义与善良的痕迹。所有与尧舜、与屈原有关的东西，全部都要捣而毁之。就像焚书坑儒一样，让娥皇、女英美好的形象在世界上绝迹，于是下令砍树赭山! 他甚至动用象征皇权的玉玺，发布一道诏书：君山岛永世不得再长树木。他对权势的迷恋既冥顽又滑稽。为了使这道诏书长期保存并生效，秦始皇命令匠工在君山的石壁上，刻上这道封山禁令。这个近似于童话里的恶魔故事，赫然记载在多种史学著作中，否则，真是无法让人相信！而那个刻在石壁上的"封山印"，虽经千年风雨侵蚀，至今仍然清晰可见。愚笨无知的秦始皇不会知道，权势可得逞于一时，却不能扼杀生命的顽强。焚书坑儒，书能焚尽么？知识分子能杀绝么？很快地，君山岛树木葱茏，绿得晶莹，绿得靓丽，绿得肆无忌惮！这是一曲由生命谱写的颂歌，是对愚蠢乖戾的秦始皇的无情诅咒！

到了唐代，一个秋天的晚上，月色皎洁，适逢诗人刘禹锡从四川夔州出发，去安徽和州任职，途经岳州，晚上船泊洞庭湖边。此时水天一色，玉宇无尘。在皎月银光之下，湖水愈显得清澈妩媚。远处的君山岛葱茏青翠，山与水浑然一体。在诗人眼里，于是出现了一个极其美妙的画面：

湖光秋色两相和，潭面无风镜未磨。遥望洞庭山水翠，白银盘里一青螺。（刘禹锡《望洞庭》）

如此说来，秦始皇要把君山岛变为瘠地荒山，就跟一个神经错乱的疯子一样，可笑又可悲！

四

娥皇、女英的厄运还不止于此。似乎已是规律，世间美好的事物，总会遭遇嫉妒。名媛淑女，总会有人用有色眼镜盯着她们。娥皇与女英虽已不在人世，却也时常被人当成作践的对象。在秦始皇之前，就有人将她们妖魔化，说她们是万恶不赦的恶魔、狰狞可憎的妖怪。这种奇谈怪论，竟然出现在先秦时期一部重要著作《山海经》中。《山海经》的作者是禹，还有一位名叫伯益的学者，二人合作成书。这是鲁迅研究的结论。

这里须得把镜头拉开——

鲁迅很小的时候，在叔祖家的书架上看到过一部绘图《山海经》，给他幼小的心灵里，留下了深刻的印象。后来他入学识字了，再去找这本书，却怎么也找不到了，于是他经常叨念。那时，有一位名叫阿长的保姆照顾鲁迅的生活，鲁迅叫她"长妈妈"。长妈妈不识字，她见迅哥儿天天叨念，一次回家休假，专程去她家所在的小镇寻觅。终于在一个旧书摊上，发现了这册被迅哥儿视为宝贝的《山海经》，她毫不迟疑地用自己的钱买了下来，送到迅哥儿手中……长妈妈忠厚善良的形象，就这样长久地留在鲁迅以及他的读者心中。

及至鲁迅渐渐长大，出国留学，成为一位伟大的文学家，便对《山海经》做了深入细致的研究，这时的研究完全颠覆了他儿时的印象。书中记述了许多"神祇异物"，讲了不少与"巫术"有关的东西，鲁迅因此认定这是一部"古之巫书"，装神弄鬼的"巫觋、方士之书"（鲁迅《中国小说史略》第 19 页）。

《山海经·中山经》说："洞庭之山……帝之二女居之，是常游于江渊。""出入必以飘风暴雨"，"状如人而载蛇，左右手操蛇"。在《山海经》作者的笔下，美丽如仙女的二妃，竟是极为丑恶的妖怪。一些好事者纷纷跟着炒作，说她们成了妖怪之后，行为乖戾，在洞庭湖上呼风唤雨，兴风作浪，仿佛要把所有的怨气都撒出来，湘水两岸的百姓深受其害。这无疑是抹黑善良的娥皇与女英！

是鲁迅还她们以清白。《山海经》既然是"巫书"，相对于科学著作，就完全不足为信了。

然而，《山海经》作为一部重要古籍，虽然内容荒诞不经，却包括了许多山川、矿脉、民族、物产等方面的知识，对于研究中国古代历史地理、文化民俗，都有一定的参考意义。因此关于娥皇与女英的"妖怪说"也传得很广，误导了许多人。1998年夏天，洞庭湖区暴发百年不遇的特大洪灾，数万名人民解放军官兵奋战在抗洪抢险第一线。那些天，笔者恰巧去东洞庭湖一个村庄里做客，困在亲戚家里回不去。这时，亲戚家的长辈、一位年高德劭的种田老行家，悄悄对我说，还是做一场法事，驱赶妖魔吧！我问哪里有妖魔？他吞吞吐吐说，不就是舜帝的两个妃子，死后成了妖怪吗？

让人啼笑皆非。

但是，诬陷不可能永远掩盖真相，世间总会有人讲公道话。关于她们的学术研究一直十分活跃。汉代一位名叫刘向的经学家著《列女传》，这是迄今为止被公认的、中国第一部妇女史著作。刘向站在历史的高度，以哲学家的眼光，按照传统的标准，所选择介绍的人物，都是贤妃贞妇，都可作为女子修身的榜样、"兴国显家"的楷模。娥皇和女英的名字，列在《列女传·母仪传》的首篇，肯定二人是尧的女儿、舜的妻子。她们孝敬性格古怪的公婆，友爱嫉妒心极重的舜的同父异母的弟弟。舜登上帝位后，鼓励丈夫以德报怨，宽待那些过去的政敌。刘向称她们是"元始二妃"，颂扬她们"以尊事卑，终能劳苦。瞽叟和宁，卒享福祐"。她们是当之无愧的女性的典范，中国妇女传统美德的首创人！而在刘向之前，司马迁作为历史的书记官，他就漫游各地，了解风俗，采集传闻，写出中国第一部纪传体通史《史记》。其中对娥皇、女英的经历和遭遇，多有褒扬和同情……正是这些严肃的史学家，拨开重重历史迷雾，做出客观公正的评价，使她们高尚美丽的形象不受玷污。应当说，这是二妃的幸运，历史也因此而没有蒙羞。

五

第一次去君山之后不久，我就接受了一项工作任务，收集有关娥皇与女英的文史资料，为二妃墓重修后对外开放做准备。于是我有机会多次往返于君山，阅读各种典籍，探访许多相关遗址。这时，我意外地发现了一个秘密：无论古今，对于娥皇、女英，牵挂得最多的还是男人。更奇怪的是，越是出类拔萃的男人，越是惦记着她们。这些男人还有一个共同的特点，就是在遭遇厄运，在人生最郁闷的时候，二妃就会出现在他们的面前！

这不是故弄玄虚。

在唐代，都城在长安（今西安）。官员们要去南方，大都要取道洞庭湘江，因此南来北往途经君山岛的人特别多。李白是才子，杜甫一生奔波，韩愈是高级官员，包括那位落拓不羁出家做过和尚的贾岛……他们无一例外地都为这两位千年美女而牵肠挂肚。

唐乾元二年（759年），李白懵里懵懂地卷入一场宫廷斗争而被流放夜郎国（今贵州西部），在途中遇赦，他"朝辞白帝彩云间，千里江陵一日还"（《早发白帝城》），来到岳州。此时他是一名刚刚获释的囚徒，前途很是渺茫，于是在岳州逗留了很长的时间。一天，他在街头与族叔李晔不期而遇。李晔时任刑部侍郎，也是因言获罪，流放岭南。叔侄竟然同时成了天涯沦落人，这真是人生诡秘，命运无常，二人不免感叹唏嘘！次日同游洞庭，李白赋诗曰："洞庭西望楚江分，水尽南天不见云。日落长沙秋色远，不知何处吊湘君？"（《陪族叔晔游洞庭》）人们通常将娥皇与女英称为"湘君"。那一天，李白与李晔是上了君山岛的，他们还在岛上的竹林里喝了酒，甚至还喝醉了，这是有案可查、书上也是有记载的。君山岛只那么一点点大，娥皇与女英的墓地就在靠北的竹林里，怎么会找不到凭吊的地方呢？这分明是李白对自己尴尬处境的嗟叹，蹉跎岁月的一种悲凉！

李白离开岳州八年之后，杜甫的船也漂泊到了洞庭湖上。杜甫有许多亲友在湖南，他希望通过走亲友路线，托门子找一份能够养家活口的工作。在去往长沙的途中，经过江口岸边的"湘夫人祠"，这里又叫黄陵庙，相传娥皇、女英是在这里溺水的。庙虽然很庄严，却已荒凉。杜甫很是惆怅："肃肃湘妃庙，空墙碧水春。虫书玉佩藓，燕舞翠帷尘。晚泊登汀树，微馨借渚萍。苍梧恨不尽，染泪在丛筠。"(《湘夫人祠》)诗人十分同情二妃的苍梧之痛，原想隆重祭奠她们的在天之灵，但他本人的境况也很狼狈啊，只能在浅滩上采一点简单的植物当贡品，以表心香一瓣！

　　如果说李、杜二位心有余而力不足，无法用更实际的行动来表示对二妃的虔诚，韩愈则是一位有很强行动能力的人物。他是文化人，也做过大官。吏部侍郎，管官的官，人称"韩吏部"。元和十四年（819 年）正月，朝廷决定隆重迎接佛骨，韩愈却觉得这是劳民伤财的事情，完全没有必要，发表了一些言辞过激的意见。不料皇上雷霆震怒，当即撤去他刑部侍郎的职务，贬谪到广东潮州去当刺使。"一封朝奏九重天，夕贬潮阳路八千。"(《左迁至蓝关示侄孙湘》)韩愈因言获罪。那时的潮州，还是化外之地，气候炎热，潮湿很重，北方人视之为畏途。一路上，韩愈心里总是惴惴然，担心要死在那里了。一天，他乘坐的官船，即将由洞庭湖进入湘江。在江口岸边，一眼就望见了李白和杜甫祭拜过的黄陵庙。这时，他记起围绕娥皇、女英的种种纠葛。他想得更多的是二妃的美德：脱舜之厄，成舜之圣。舜以德治国，声名远播，功劳有她们的一半，于是心里顿生敬意。韩愈虽然降职流放，毕竟还是在职官员，他与同船的人说话的口气，仍然带有一种官威。他说："二妃宜当为神，官民都应当来祭拜。"韩愈的话，起先并没有引起特别的关注。巧合的是，韩愈到了潮州，工作竟然十分顺利。潮州有一条鳄溪，常有鳄鱼为害，把老百姓的牲口都要吃光了。韩愈到任后，一方面组织百姓驱赶，同时写了一篇文章痛斥鳄鱼的恶行。限令鳄鱼至迟七天之内离开，回归大海。否则，"必尽杀乃止"（《祭鳄鱼文》）。奇就奇在这里，鳄溪之水竟然西迁六十里，从此再无鳄鱼出现。估计是海潮退了，鳄鱼进不来了，老百姓却把功劳记在韩愈的头上。甚至将鳄溪更名为"韩江"，以表达对他与百姓同心的敬意。九个月后，韩愈调任袁州刺史。袁州在江西，自然条件比潮州要好，特别是离京城又近了许多。次年十月，更是喜从天降，他被朝廷调回，升任国子监祭酒，相当于国家考试中心主任！韩愈春风得意之时，忽然想起，别人说娥皇、女英是妖怪，他则是第一个将她们尊为"神"的人。一定是二位神仙在冥冥之中提携了他，要不然，怎么会有这样好的运气呢？于是他当即决定，将历年私钱存款十万，全部寄往岳州，作为维修黄陵庙的费用，换掉那些"圮角腐瓦"。一年后，庙宇修葺一新。长庆元年（821年），韩愈的好友张愉自京师调任岳州刺史，行前，韩愈拜托张愉说："请赐一块石碑给我，让我来写一篇碑文，记下庙的事，使后世知道娥皇与女英的高贵品德。"张愉自然照办。《岳州府志》记下了韩愈的盛举，韩愈本人写的《黄陵庙碑》，也一直传诵至今。

另一位诗人贾岛就更加"憨态可掬"了。贾岛早年当过和尚，法号无本，后来还俗。作为诗人，他的创作态度十分严谨，讲究凝词炼句，常常"两句三年得，一吟双泪流"（《题诗后》）。他还因一首诗中有"僧敲月下门"（《题李凝幽居》）之句，衍生出一个汉语词汇"推敲"，更是闻名遐迩。只不过他一生都很潦倒，总是囊中羞涩。一次，他送了朋友一根手杖，为了表示礼物的贵重，他附诗一首："拣得林中最细枝，结根石上长身迟。莫嫌滴沥红斑少，恰是湘妃泪尽时。"（《赠梁浦秀才斑竹拄杖》）竹子是他在山上采来的，虽然竹竿上的斑点比较少，不是那么漂亮，但那是因为湘妃的眼泪已经流尽了！话说到这个程度，友人怎么能说他的礼物不珍贵呢？

……

这些男士们，或失意，或官星闪耀，他们都会想起娥皇与女英。究其原因，就因为任何男人，哪怕他位高权重，其实内心都很脆弱。当他们承受着巨大的生存压力，身心疲惫，或者在官场权斗中遍体鳞伤的时候，就希望有一处安静的港湾，让他们避雨遮风。娥皇、女英温柔的仪容，善良的心胸，正是男人们要寻找的安慰和寄托。想着她们，就会有一种温馨和快乐在心头洋溢！

男人需要温存，尤其是在遭遇厄运、心灵孤独的时候！

六

毛泽东也惦念着她们。毛泽东一生叱咤风云，让二十世纪的世界都震撼了，但在内心深处，他同样有自己的隐秘。一个十分偶然的机会，毛泽东因娥皇、女英而想到了妻子杨开慧。准确地说，他从二妃身上看到了妻子的影子。

作为湖南人，毛泽东肯定是到过洞庭湖、登过岳阳楼的。至于是否去过君山，一时还找不到文字记载。他从小熟读屈原的著作，对娥皇、女英的故事不会陌生。触发他心弦的，是他的一位少年学友送来的一件别致的礼物。

北京农业大学教授乐天宇，是毛泽东在长沙省立中学的同学。那时，他们"恰同学少年，风华正茂。书生意气，挥斥方遒"（《沁园春·长沙》）。后来，乐天宇成了一位植物学家，二十世纪三十年代到延安。那以后，他就一直在教学和科研岗位上工作。

乐天宇是湖南宁远县人。宁远城南六十公里的九嶷山，正是舜帝长眠的地方。1960年，为了考察野生植物，乐天宇带了几个学生，来到有植物王国之称的九嶷山。在山上，乐天宇发现了一株斑竹。他觉得这很有趣，便砍了下来，截成几节。回到北京，分送给几位好友赏玩。其中有一截便送给了少年学友毛泽东。正是这一截斑竹，在毛泽东心中掀起了巨大的感情波澜。

他想起了湘妃的苦恋。当年，夫君远赴南方，她们置身孤岛，翘首以待的期盼，会使时间变得沉闷而漫长。湘水悠悠，白帆点点，那么，她们是怎样打发那些难熬的时光的呢？狂风怒号之夜，月上中天之时，她们一定彻夜难眠。要不然，当丈夫的噩耗传来，青青的竹竿上，就不会有密密麻麻的紫黑色斑痕，因为那是她们的眼泪。断肠人的眼泪是鲜血化成！

这时，毛泽东不能不想起他的妻子杨开慧。在那风雨如晦的年代里，开慧也是这样陷入了无尽的等待之中。她面临的环境要险恶得多，身边带着三个幼小的孩子，四周是白色恐怖。一天深夜，敌人将她抓去，严刑拷打，威逼她声明与丈夫脱离夫妻关系，否则就要付出生命的代价。她毅然选择了慷慨赴死，而不让爱情受到玷污。在生命的最后时刻，她与娥皇、女英一样气壮山河！这也许是毛泽东终生的愧疚：作为丈夫，当立门户，顶天立地的男子汉，在妻子最困难最危急的时候，他却不在她的身边，更没有能够保护她。几年前他写过一首《蝶恋花》，这个性格刚毅的男人，那会儿竟是"泪飞顿作倾盆雨"！

毛泽东一生发表了六十余首诗词作品，他自己出面解释的并不多。有关杨开慧的诗却是例外。《蝶恋花》发表之后，国学大师章士钊曾与毛泽东讨论过诗的意蕴。章氏后来以简约古朴且鲜活的文字，记述了当时的情景："毛公填词，有'我失骄杨'句。吾乃请益毛公：'何谓骄?'公曰：'女子革命而丧其元，焉能不骄?'"（《毛泽东诗词对联辑注》湖南文艺出版社 1981 年版）毛泽东对妻子的一往情深，尽在这短短的言词之中。

现在，乐天宇赠送的这一截斑竹，娥皇与女英对舜的千年爱恋，勾起了他对逝去的妻子、对故乡的怀念之情。于是，他提笔赋诗：

九嶷山上白云飞，帝子乘风下翠微。斑竹一枝千滴泪，红霞万朵百重衣。洞庭波涌连天雪，长岛人歌动地诗。我欲因之梦寥廓，芙蓉国里尽朝晖。（《七律·答友人》）

毛泽东和杨开慧是自由恋爱而结合的伴侣。妻子的惨烈牺牲，是毛泽东心中永远的痛。一次，毛泽东曾与身边的工作的人员谈起过这首诗，并且告诉他们，杨开慧的小名就叫"霞姑"——朵朵红霞，片片白云，那就是他的"霞姑"的衣裳啊！

胆识超群，在历史大潮中纵横捭阖如毛泽东者，那刻骨铭心的恋情，又怎么能够忘记得了呢？

七

时光来到君山突然放慢了脚步，似乎不愿意打扰在竹林里沉睡的娥皇与女英。一年四季，岛上的树木总是一片深绿，绿得令人心疼。但是，两位美女从来都没有安静过，她们不断被男人们围观。屈原赞美，秦始皇毁损，《山海经》作者抹黑，当然也有李白、杜甫、韩愈，以及毛泽东和许许多多人的惦念……热爱生活的男人们，寻找的是一种参照，一种心灵的慰藉。因为她们是美的符号，爱的象征。至于秦始皇的无情摧残，那是他对自己的种种恶行心存恐惧；《山海经》搬出妖魔鬼怪来开涮，就更是自讨没趣了。真正的美是不容亵渎的，男人们对二妃的好恶，其实也是他们自己灵魂的展示。令人惊诧的是，我在整理文史资料的过程中，发现千百年来，对于娥皇与女英，咋呼得最起劲的全是男人，却不见任何女性留下的片言只语。女性的集体沉默使我困惑。那么，在女人的心目中，她们会是怎样的形象呢?

值得庆幸的是，我很快就得到了答案。去年春天，一个风和日丽的日子，我和友人又一次去君山。在二妃墓前，邂逅了两位女性背包客。一位三十岁左右，留着卷发，扎马尾巴，清爽小女人的范式；另一位是二十岁出头的小女生。这可能是一对驴友（自助旅游者）。她们围着墓前的斑竹拍了好几张照片，然后又摆出各种姿势拍写真。在互相对拍的过程中，她们的对话很有趣。

小女生说:"我看娥皇、女英二位是吃错了药，跑到这地方来溺水!"

"马尾巴"一边寻找着新的拍摄角度，一边说:"不过，她们的人生还是值得的。"

小女生惊呼:"为了一个男人，命都不要了啊?"

"马尾巴"可能经历过较多的春风秋雨，有着不同的人生感悟，她像大姐姐一样告诉这位涉世不深的小女生:"有一种爱叫至死不渝，她们找了一位值得爱的丈夫!"

……

我觉得很是奇特，这是一种有别于男人的视角。在这位时尚女士看来，娥皇与女英是幸运的，她们有一个好男人，这样的男人值得去爱。他体魄强健，品德高尚。他有很强的责任感，总是不停地工作。南方有很多重要的事情需要他，

千秋泪痕 — 文化散文

25

只因前方路途遥远，跋涉艰难，且气候炎热，丈夫最先想到的，是担心妻子的身体吃不消，劝她们在君山等待。不料短暂的离别竟成永诀，她们痛不欲生……

在纯真爱情日趋稀缺的今天，舜也成了一种参照！

后来，她们离去。

以身殉情的贞节观当然早已过时，我也不知道这两位来去匆匆的现代女性，她们的想法有多大的代表性。在我的眼前，两丛斑竹每年一茬春笋，竹丛年年更新，斑竹长得极为茂盛。无论是阳光明媚，还是凄风苦雨，青青的竹丛总是迎风摇曳，生意盎然。两根圆形石柱，拱护着肃静的墓庐。石柱上刻有一副楹联：君妃二魄芳千古，山竹诸斑泪一人。这应当是她们的墓志铭。世事纷繁变幻，时尚不断翻新，而爱情，本身是一场修行。两位上古美女，她们一生中只爱过一个人，为这个人而生，为这个人而死。不管人间有着怎样的评头品足，面对每天不远千里而来的客人，作为美丽爱情的千年拥有者，她们都会为您、为天底下所有的男人和女人祝福，愿你们的爱情如琼浆佳酿，芬芳着这个美丽的世界，直到地老天荒！

在二妃墓前，无论年老的或年少的，必定都会满载而归！

烟波浩渺说范蠡

一

正是四月末梢，江南进入雨季。几天前就约好了，去东洞庭湖畔的古城华容，寻访范蠡遗迹。清早出门时，天空却下起了密密的雨丝。雨这么大，是不是改期呢？犹豫了一下，还是下定决心出发了。

范蠡是春秋末期著名的政治家、军事家、经济学家和实业家。当然他也有绯闻……此中头绪纷繁，还是先说范蠡的墓。

从网上搜索，范蠡的墓并不止一处。山东定陶、肥城，安徽涡阳，河南内乡，湖北石首，都有范蠡墓，都是被当地确认了的文物保护单位。我不是历史学家，说不清哪一座才是真的。至于华容的范蠡墓，最早见于西晋政治家、文学家张华《史记集解》，曰："陶朱冢在南郡华容县西。树碑云：是越之范蠡。"典籍还有明确记载：碑是永嘉二年立，也就是公元308年设立的。到了北魏晚期，地理学家郦道元著《水经注》，云："夏水历范西戎墓南。"夏水即华容河。西戎，是一个职衔，有人说这就是指范蠡，也有人说不是。学界为此争论不休。但由于"张华说"最早见之于史籍,尽管许多地方都有范蠡墓,但《华容县志》《岳州府志》《湖南省志·文物志》等多种文献,都不怀疑华容县护城乡田家湖边的范蠡墓,掩埋的就是范蠡老夫子的骨殖!可惜的是,在那场史无前例的"文化大革命"中,范蠡墓遭到破坏,墓庐被毁,先垦为田,后辟为街。等到人们回过神来,那地方已经是一条繁华的街道了。正当大家尴尬万分面面相觑的时候,有主事者脑子灵光一闪,将计就计将那条街命名为"范蠡路",马路对过的一条小巷叫"范蠡巷",护城河上的桥叫"范蠡桥"。并且在县城最繁华的地方,竖起一座汉白玉范蠡雕像,请当地最有名的书法家撰写范蠡传。于是就有了两千多年后,一名凡夫俗子与范蠡的邂逅。

二

范蠡巷在县城靠西,是一条宁静的小巷。大约五六米宽,家家明窗净几,有的窗台上摆着盆花。刚刚下过一场大雨,雨水冲洗过的水泥路面,自然是特别的洁净。四周安静祥和。有的门虚掩,有的门敞开着。偶尔有一两个行人,也从容不迫,表明居住在小巷里的人们,充实,安逸,日子过得甚是可心!

那么,这里是否范蠡曾经生活过的地方呢?我向一位路人打听。他摇头,说,不清楚。是的,这太遥远了。

范蠡是楚国宛(今河南南阳)人,曾经的越国大夫。他到华容来，有人说与他的那则绯闻有关。这种说法显然十分肤浅。关于他的行踪，可以另行研究。我要说的是，一座湖滨小城，对一位古代官员竟是如此虔诚，这涉及到人们对历史人物评价的标准。一是看他的历史地位和历史贡献，更主要的还是看他的德行。在司马迁的笔下，作为政治家，范蠡对越国的复兴，发挥了至关重要的作用。而他对金钱的淡泊，对贫弱的关怀，表明他有很高的德行。景仰德行高尚的人，这本身不就是一种德行么？

范蠡生活在一个群雄割据的年代，大国争夺霸主，小国混战不休。这时，越王勾践首先挑事，攻打吴国。不料吴王奋起反击，在会稽山把越王打得落花流水。眼看越国即将灭亡，越王本人都性命难保，是范蠡及时给勾践出主意，叫他放下身段，向吴国投降，先图生存而后图发展。并为勾践制定"卧薪尝胆"的基本国策，同时还随同越王一起，到吴国去当人质。在那里，受尽了各种苦难和羞辱。前些年一部电视剧，演绎了包括吴王夫差病了，为了查出病因，勾践为夫差尝粪便那样的情节。忍辱负重使勾践摆脱了困境，最终越国获得了胜利。不仅把失去的国土收回了，还彻底消灭了吴国。其中的艰苦卓绝，简直无法用语言来形容。"卧薪尝胆""励精图治"，也成了几千年来中华民族共同的精神财富。其间，范蠡付出的不仅仅是智慧，还有他对越王的忠心，以及他经受的苦难。这些细节，太史公司马迁在《越王勾践世家》中，有详尽的描述。在这一过程中，范蠡的人格得到了升华。

谁知就在这节骨眼上，范蠡却打算急流勇退。不仅自己提出辞职，还串联曾一起协助勾践复国、也立下了汗马功劳的文种，一起离开。文种不解其意，不干。范蠡半夜里偷偷地走了，后来又托人给文种送去一封信，说："蜚鸟尽，良弓藏。狡兔死，走狗烹。"告诉他，越王这种人可以共患难，不可共富贵，你为什么不走呢？文种不相信，不久，文种果然被越王逼得自杀了！

有关范蠡的绯闻就是这个时候出现的。据《吴越春秋》记载，公元前491年，越王勾践和范蠡，结束了在吴国三年的囚徒生活，回到了越国。为了复兴，范蠡和文种向越王提出了"兴越抑吴"的九条建议，其中一条是"美女计"。越王便指派范蠡去办。在一个叫苎萝山的地方，觅到一位樵夫的女儿，姓施，家住在山下的西村，因此叫西施。西施的漂亮，只能用四个字形容：惊为天人！《东周列国志》的叙说更为详尽：范蠡将西施带回京城时，沿途人山人海，为的是一睹美人的风采。范蠡灵机一动，乃把她安置在别馆，宣布："欲见美人者，先输金钱一文。"购票入场。就像后世的一些明星参加"捞金活动"而"闪亮登场"。据说范蠡把寻访西施所花去的费用，全都赚回来了！……当然，这些都是见之于野史，在严肃的历史学著作中，却找不出任何依据。

由于有这样一件事在先，到了范蠡弃官下海，不辞而别的时候，就有蜚言流传，说他半夜离开越王的王宫，趁着夜色遁入五湖，就悄悄带走了已经从吴王夫差那里解救回越国的西施。其实，这很可能是越国朝廷放出来的烟幕弹。试想，一位国相级的人物，有官不做，偷偷地离开了，朝廷是何等的难堪。为了降低其政治冲击波，就移花接木，说他携美人西施私奔。

这一着果然灵验。霎时间，整个舆论都聚焦于范蠡的桃色新闻，并且绘声绘色：越国的大官，与一个大美人，半夜里驾一条小船私奔，泛舟于五湖之上。晚上，他们以万顷碧波为床，以明月轻纱为帐，拥得美人共度良宵，那是何等的销魂，范蠡又是何等的幸福！

"饮食男女，人之大欲存焉。"这是孔夫子说的话。范蠡为什么不可以呢？名人只要沾上了绯闻，事情就很难逆转了。后世的诗人作家，自然更不会放过这样一个极具诱惑力的题材。炒得最热闹的是唐代——

罗隐诗云："家国兴亡自有时，吴人何苦怨西施。西施若解倾吴国，越国亡来又怨谁？"（《西施》）

皮日休也有诗："绮阁飘香下太湖，乱兵侵晓上姑苏。越王大有堪羞处，只把西施赚得吴。"（《馆娃宫怀古》）

崔道融则是同情："宰嚭亡吴国，西施陷恶名。浣纱春水急，似有不平声。"（《西施滩》）

……

这些诗作，或同情西施，或谴责越王。但都一致认为基本事实的存在。到了当代，由于影视家的介入。西施以其性感妖艳，用色相作糖衣炮弹，腐蚀了吴王夫差，协助越王勾践消灭了吴国，然后又与范蠡隐居江湖，过着快乐的生活。西施找到了真爱，范蠡也成了一个古代大情种！那些热衷于猎艳风流的写家们，捡得了一个香饽饽，岂可轻易放手？因写这段艳史博得了大名、赚得盆满钵满的大有人在。可怜的是二位当事人，范蠡与西施，却无端地经受了一场语言沙尘暴的肆虐！

但是，严肃的历史学家都不这样看。左丘明著《国语·越语》，司马迁著《史记》，都写到了范蠡，对西施之事，都不置一词。沉默的本身就是一种态度。尤其是左丘明，与范蠡是同时代人。作为越国的国相，范蠡不辞而别，半夜三更带着美女西施潜入江湖，在当时，这不仅是一个爆炸性的政治事件，同时也是一件大大的猛料艳闻，左丘明怎么会不知道呢？左氏双目失明而撰《国语》，司马迁受腐刑而作《史记》，他们没有必要故意为某人捧场，也毋须为别人掩盖什么，"不虚美，不隐恶"（《汉书·司马迁传赞》）。秉笔直书是他们的唯一追求。当然，冯梦龙的《东周列国志》第八十三回，虽然描写了选美西施、将其送到吴国，腐化了吴王，等等。至于范蠡携西施私奔，他明确地指出，这是"讹传"。冯先生是小说家，写过《杜十娘怒沉百宝箱》《赵太守千里送京娘》等经典作品，将中国古典短篇小说艺术推向了一个高峰，但涉及到基本史实，也是不敢空穴来风的。到了近代，所谓西施去吴国腐蚀吴王夫差，鲁迅先生认为根本不是事实，并且严肃地指出，什么"西施沼吴"，他"一向不相信"（《且介亭杂文》）。既是这样，也就不存在西施被从吴国解救回越国，然后与范蠡私奔的事了！

三

范蠡的塑像，竖立在县城最繁华的商业区。四周高楼林立，车流滚滚。店铺琳琅满目，物流集散；商客穿梭，市声鼎沸。我在淅淅沥沥的细雨中，仔细端详了塑像。雨中的范蠡，既不像合纵连横、叱咤风云的政治家，也不像金戈铁马、身披征尘硝烟的军事家，而是一位诚恳和善，又透着精明，或许还有一点点狡黠的商人、实业家的形象。

在商业步行街为范蠡塑像，是华容人的聪明，抑或是一种无奈。

范蠡半夜里离开越王，带着家小，来到了齐国。也就是现在的山东省靠海的地方。他担心越王勾践派人来寻他，改名为"鸱夷子皮"，在海边落户，在那里奋力耕作。他凭着自己的勤劳和聪明才智，很快就成为当地的种养大户。才几年时间，就积累了家财数十万。当地人见他精明能干，气势不凡，有人便推举他去当齐国的卿相。这时的范蠡，或许是已经尝到了兴办实业的甜头，也可能是对政治的厌倦。总之，他坚辞了。为了摆脱干扰，他将在齐国所赚来的钱，除给自己留少量作费用外，其余全部分给当地民众。然后，又是在半夜里，悄悄地离开齐国，来到山东西南部鲁国的定陶。这时，他又一次改名，自称"姓朱"，人称"朱公"。他在定陶观察调研，觉得这地方是天下的中心，是交易买卖的通路，于是在这里治产谋生，从事商业经营。经过一段摸索，他悟出一个道理：商品的买取与脱手，都要等待时机。

所有商品只取十分之一的利润，不要追求暴利。薄利多销，资金周转迅即，自然就获利丰厚。他还规范了商业经营法则："贵出如粪土，贱取如珠宝。"意思是说，当商品涨价到极限时，商家要像对待粪土一样，把积存的商品赶快脱手；当货物跌价触底时，要像珠宝一样迅速组织收购……范蠡的发现，表明商品与货币的关系、市场供与求的关系，都有其复杂的经济规律，而范蠡，可能是这一规律的最初发现者和创始人！

只不过几年时间，范蠡又积累了上亿元财产。天下都知道定陶的"朱公"是天下第一大富翁。司马迁在《史记·货殖列传》中，充分肯定了陶朱公的商业才华与商业理论。有了这么一个前提，在华容县城，把我国"古代商圣"范蠡的塑像，竖在一条商业繁荣的街道上，既是名至实归，也是城市建设的神来之笔。这或许是范蠡智慧的承传吧！

还有更让人钦佩的，范蠡离开越国的十九年间，三次赚得大量财富，他有两次将财富施散给贫穷的朋友和远房兄弟。他把创造财富当作人生的乐趣，而绝不做占有财富的"守财奴"，及时回赠社会，司马迁称赞他是"富好行其德"的典范。

当然，范蠡的政治功绩在越国，商业成就在齐鲁。华容属楚地，为他立像，有点名不正言不顺。细细一想，其实不然。为先贤立像，是中国的一个古老的传统。被立像者，通常更注重他的品格，而不太拘泥于他的政治背景。比如关云长，他是"桃园结义"的核心人物，就因为他的千秋忠义，于是到处都有他的塑像和庙宇。而岳飞，虽是河南汤阴县人，因为他忠贞报国反而受人诬陷，他的塑像全国各地都有。安息在华容的范蠡，为政忠心耿耿，为商诚实经营，两者都为后世留下了理论建树，至今仍然在影响我们的生活，此地难道不应该有一座雕像么？

四

华容县城有一条护城河穿城而过，河上的范蠡桥，显然是近些年新修的。我没有向主人打听，为何命名为范蠡桥。据说护城河东岸是县城的老城区，西岸是新城。新城现在当然也是一片繁华的街区了，这无疑是城市化建设的硕果。这就是说，西岸那一片广袤的地方，从前很可能是湖，或者是湖洲旷野。旷野上长着芦苇，有水鸟筑窠，有野鸭栖居。湖洲上必定还有一条泥沙道路通向远方。我们从司马迁的《史记》中可以捕捉到一个细节，当年，一连多日，范蠡就是站在这大路边头，引颈眺望，焦急地等待。那会儿，他正经受着锥心裂肺的人生痛苦。

现在，该说说范蠡为什么要到洞庭湖滨的小城华容来了。大家已经知道，先前有人说范蠡带着西施私奔此地是讹传，那是越国朝廷放出的烟幕弹，加之后来又有人故意炒作。其实，范蠡来这里，只有一个可能，为儿子而来。他的二儿子犯了死罪，很快就将执行。能刀下留人的，只能是楚王。而楚王，那会儿正在华容。

楚王与华容的关系紧密。

华容的状元街南岗岭，那时有一座豪华的宫殿，叫"章华台"。《史记·楚世家》记载："灵王七年（前534年），章华台建成。"当然，章华台到底在何处，学界一直众说纷纭。潜江、荆州、监利……都有章华台。而华容的依据，最早见于西晋时期著名政治家、学者杜预的《左传注》："南郡华容县，（章华）台在城内。"

我们去的那天，雨一直下着，丝毫没有停歇的意思。华容县博物馆长、一位女历史学者为了满足客人的好奇，冒雨向导，领着大家来到城郊约三华里的地方，登上一个凸起于田野的土台。土台呈长方形，子午向，方方正正，边线分明，台体规整，占地约三万平方米。这就是县志上的"隆然一峰"的章华台遗址，当地人祖祖辈辈称为"楚王台"。土台上现在种有旱粮作物，四周也是农田。尽管如此，站在那里，你能感觉到宇宙的浩渺，历史的凛然，和当年的恢弘气势。这时，你会思接千载，典籍、现场与民间传闻互相印证，认定杜预之说绝对的可信度。

楚国的都城郢都，就是后来的江陵，与华容虽然隔着长江，但这一江段水流平缓，两岸来往频繁。加上华容物产丰富，林木茂密，风景优美，地理条件十分优越。楚王在郢都（江陵）的王宫里，处理国务军机，整日劳形苦心，如果想出去休闲一下，河对岸的华容必定是首选之地。再说，楚灵王还有两大著名嗜好：一是喜欢"细腰"美女，也就是现在所谓的"魔鬼身材"。静如玉树临风，动则婀娜多姿。李商隐有诗讽喻："梦泽悲风动白茅，楚王葬尽满城娇。未知歌舞能多少，虚减宫厨为细腰。"（《梦泽》）而华容，得湖光山色的滋润，湖乡稻米的长养，女人水灵漂亮，个个赛似人间仙姝，楚王焉能不常来这里视察?! 二是楚王喜欢狩猎，湖洲上野鸭翔集，芦苇荡里麋鹿成群，是一处天然猎场。这些，都是楚灵王可能把行宫建立在这里的原因。行宫在此，历代楚王当然就常来常往了。

为救儿子，范蠡就寻到华容来了。

范蠡毫无疑问是一位成功人士。为官，他协助勾践复兴越国，功劳卓著；为商，赚得了无数的金钱，"陶朱公"成了富翁的代名词。应当说，他是世界上最幸福的人。但是，范蠡的幸福人生，被他不争气的儿子彻底给断送了！印证了两千多年后俄罗斯大文豪列夫·托尔斯泰的一句名言："幸福的家庭都是相似的，不幸的家庭各有各的不幸。"

范蠡有三个儿子。大儿子虽然老实本分，但小心眼，小家子气，根本不能有大作为。小儿子则整日豪车美马，招摇过市，花花公子一个。最糟心的是老二，放荡不羁，且性格顽劣，简直无可救药。前不久，他在楚国与人斗殴，闹出了人命。杀人偿命，自古皆然。现在被关到楚国的死牢里，等待择日问斩。作为父亲，范蠡怎么不着急，怎能不使出浑身解数，救儿子一命呢？

舐犊之情，人皆有之。而天底下的父亲，又都希望自己的儿子有出息。所谓"望子成龙"，比自己对功名的念切，还要加上许多倍。范蠡在越国，做过大将军，官居国相，可谓一人之下，万人之上，可以当越王的半个家。依照某些人的想法，既然有这样的好机会，把儿子的事情安排好，岂不是易如反掌！这种事例并不鲜见。比如，某上将军，明明知道儿子不成器，把他放到一个部队，假模假样故作威严，交代那里的主官："请你给我严加管教。该罚就罚，不要有任何顾虑！"哎哟我的亲爹，人家哪敢罚他，恨不能把小哥儿当"爷"供起来。到时候，照样给提干提级。这时上将军又将儿子调动一下，过些日子再动一下。倏忽之间，鸭子变鸡，年纪轻轻又毫无建树的小哥儿就成了少将军；还有某某省部级官员，凭借自己的人脉关系和政治资源，也是将儿子或女婿，不停地变换工作岗位。先在大机关谋一个小级别，然后再到下边挂职。中国这么大，从南到北，从东到西，不停地挪。眼花缭乱间，突然成了某地的市长、书记。再不济事的，也闹个县长局长干干。这等好事，平头百姓能行吗？这分明是把国家之公器，当作自家菜园里的嫩黄瓜，想要时，随手就摘一条。范蠡其所以值得敬重，他知道儿子的底子，没有利用职权为儿子谋得一官半职。范蠡后来发了财，可谓家财万贯，也没有划出一块来，给儿子们安排个"董事""总助"什么的。民谚说："龙生龙，凤生凤，老鼠生儿会打洞。"范蠡精明过人，他不相信什么"聪明有种，富贵有根"，也不认同儿子能复制父亲的人生。因为儿子没有父辈"筚路蓝缕，开启山林"的人生体验，更没有孟子"苦其心志，劳其筋骨，饿其体肤，空乏其身"的意志磨练，锦衣玉食中长大的年轻人，生命品格，灵魂温度，对世界的感

江湖之远
Jianghu
Zhiyuan

触，与父辈完全不是一回事。既是这样，怎么能将父辈的职位转让给儿子呢？即便是给他戴一个少将军的肩章，也许一不小心就跌进了臭泥坑；弄一个市长、县长给他当了，他也可能把装满鸡蛋的竹篮子掉到地下，打个稀巴烂！曹雪芹著《红楼梦》，借跛足道人的口唱《好了歌》："世上都晓神仙好，只有儿孙忘不了。痴心父母古来多，孝顺儿孙谁见了？"曹氏在写作这部皇皇大著时，很可能研究过范蠡的家庭变故。

当然，子不教，父之过。三个儿子弄成这个样子，范蠡是有责任的。那就是他用全力投入到自己的事业中，陶醉于自己每一次取得的胜利，却完全忽略了儿子的成长。而父亲的巨大成就，又可能给儿子们巨大的失败感和失落感。作为父亲，范蠡忽视或者损害了家庭的人文建立。现在，他只能独自吞下这枚苦果。

范蠡于是拿出第三次赚来的二万四千两黄金，决定派小儿子去楚国，找一位庄先生。他给庄先生写信。说："杀人抵命，这是常理。但我听说，家有千金的孩子，不应在大庭广众中处决。"表面上，范蠡是请求他的儿子死得体面一些，内心里，当然是请求赦免儿子一死。他相信庄先生有这个能力。这时，他的大儿子却要求去楚国救弟弟，说这是他作为长兄的责任。范蠡夫人也为大儿子求情。范蠡只好答应。大儿子于是按照父亲的吩咐，来到楚国，把信和黄金交给了庄先生。庄先生没有推辞，只是交代范家老大："你不要在这里逗留，赶快回去。日后即便是你的弟弟放出来了，你也不要问为什么！"

下面的情节，是从司马迁的《史记》中摘录下来的：庄先生是个大贤人，也是大学问家，很受楚王的尊重。他找到一个适当的机会，见到了楚王。闲聊时，庄先生对楚王说，最近，他发现有一个星宿出现在某个位置，可能会给楚国带来灾害。楚王一听急了，问："有什么办法可以解救吗？"庄先生说："大王施德可以除灾。"楚王于是决定在全国实行大赦。

庄先生就这样神不知鬼不觉地把范家老二给救下来了。问题是范家大儿子并没有听从庄先生的嘱咐，离开楚国。当他听说楚王要实行大赦，这就是说，他的弟弟有救了。既是这样，又何必白白送掉那二万四千两黄金呢？他装模作样地去向庄先生告辞。庄先生何等精明，一眼就看穿了范家老大的小心眼儿。其实，庄先生并没有打算收受那些黄金，原想等楚王大赦，范家老二出狱后，庄先生将黄金和人，一并送到范蠡府上。同时，他还想以老友的身份，向范蠡进诤言：一定要把儿子管教好。这会儿，他冷冷地对范家老大说：喏，那些黄金丢放在柴草房里，你取回去吧！

庄先生被一个毛头小子玩弄，十分生气。他随即又去见楚王，说："我外出时，路人都说，定陶有人在楚国犯了法，他家用许多黄金贿赂大王的左右，大王就发布了大赦令。"楚王大怒，说："岂能有这种事！"于是命令先处决了范蠡的儿子，然后再发布大赦令！

在一个凄风苦雨的黄昏，范家大儿子仍旧用那辆牛车，装着二万四千两黄金，还有他弟弟老二的尸体，回到家里。

江湖之远
Jianghu
Zhiyuan

一家人号啕大哭，唯独范蠡十分平静。他说：如果让老三去，老二或许有救。因为老三一向花天酒地，不知道钱是怎么攒聚起来的，不会吝惜那些黄金。大儿子少年时，跟着我经历了许多艰难，把钱看得重，舍不得那二万多两黄金，所以，他的弟弟必死无疑。其实，这些天我在大路旁眺望，就是在等候老二的丧车归来！

儿子的尸体与那一堆灿灿黄金摆在一起，尽管相隔了两千多年，我们仍旧能感受到范蠡作为父亲，他心境的悲凉与无助。对于金钱，那会儿他一定是大彻大悟了：人不成器，纵然是挣了一座金山一座银山，又有什么意义呢？但如果儿孙有出息，干嘛要将万贯家财搂着，抠着，藏着，掖着，而不及时回赠社会呢？

司马迁著《史记》，凡"王侯诸国之事"，体例为"世家"。写《越王勾践世家》，其本意是为勾践立传，其中却用了三分之一的篇幅，来写一位大臣的家庭悲剧，这是特别具有深意的。在内心里，太史公十分同情范蠡，但他不能不提醒世人：范蠡是越国大夫，他的儿子是"官二代"；下海后，他成了家财万贯的富豪，他的儿子成了"富二代"。作为父亲，范蠡却不幸而成为一位失败者。《史记》不是一本单纯的历史流水账，而是"见盛观衰，论考之行事"。殷鉴不远，后世汲取其中的智慧，于是就有了许多教子典故。比如：三百多年后，赵惠王去世，由太后掌实权，却不愿让幼子为国家出力，左师触詟对太后说：您的儿子"位尊而无功，俸厚而无劳"，日后您去世了，您儿子将如何在赵国立足呢？后来，又有诸葛亮著《诫子书》，则更注重对儿子品格的塑造："静以修身，俭以养德。淡泊明志，宁静致远。"……这些，无疑都受到范蠡家庭悲剧的警示！

当然，对于我们，范蠡确实相当遥远了。关于他的墓址，以及楚王的章华台，还存在多个争议。但儿子犯罪，范蠡有求于楚王，楚王常住章华台，这些都是典籍上有记载的。这几件事互相印证，证实了范蠡与楚王之间的相互关联。恰恰在华容，既有疑似的章华台遗址，又有范蠡的墓冢。如此说来，在烟波浩渺的洞庭湖畔，范蠡并不是浮游在一个虚拟的世界里，他是一个真实的存在。为官，他忠心耿耿，有担当，有创见，有功劳。取得巨大胜利后，又急流勇退，表现了一位政治家的远见卓识。下海经商，他改名换姓，远离曾经任职的越国，远去齐国，诚实经营，勤劳致富。对待家庭变故，也冷静豁达，坦然面对。更加难能可贵的是，由于受千年封建制度的影响，中国社会结构死板一块，社会阶层之间垂直流动难之又难。"世卿世禄"，理所当然。一些官员通过血亲、姻亲、朋党关系的捆绑，将政治利益和经济利益集中到他们手上，形成一个特殊利益集团，强者恒强，弱者恒弱，赢家通吃。这些弊端，对社会的底层，甚至对整个历史的进程，都会造成极大的伤害。然而范蠡，将权位和金钱弃若敝屣，对"社会阶层固化"的痼疾，做了一次义无反顾的逆袭！他的高尚品格，并不因儿子的不肖而被抹煞，千百年来都受到人们的推崇和膜拜。大家维护他的墓葬，损坏了，及时加以补救；民间反复传诵着他的人品、建树和人生故事，于是获得了一种"形而上"的意义，而成为文化的本身，对一地的民风建设、价值观的形成，无疑会产生影响。怀着一种深深的景仰，蒙蒙细雨中，我肃立于先生雕像前，鞠躬，再鞠躬……

一个人的河流

一

正是夕阳西下的时候，我来到一条江边。那时我还很年轻，从湘中山旮旯里来。别人告诉我，这是汨罗江。在这天地间最富有诗意的时刻，斜阳照着河面，闪耀着金色的光芒。那是一种特别动人的颜色。河岸上的灌木，似乎也带着一份古朴与柔情，丛丛簇簇，延伸到很远的地方。我是通过河上的一座木板架成的浮桥，进入对岸的县城的。从这时起，我的青春岁月，就和汨罗江紧紧地拴在一起了。我做过河上的筏木人，虽然时间短暂，却是用我的身子丈量了汨罗江的全程，在繁星满天的夜晚，枕着汨汨清流进入梦乡；我在上游的江边住过二十多年，川流不息的江水洗涤我身上的汗渍和生活中的烦恼。长时间的亲密接触，有一天我忽然发现，这条河流只属于一个人，这个人的名字与她联结在一起，绝对无法分离。

这就是屈原。

屈原与汨罗江，这能分开吗？一条河流与一位诗人如此紧密地联系在一起，影响如此之深远，这在全中国，乃至全

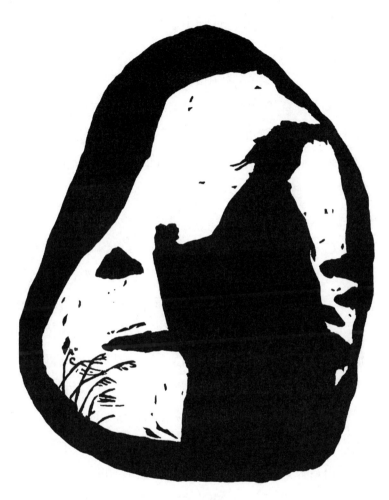

呵问苍天

世界，还能找到第二例吗？

我在汨罗江畔生活的时间愈长，就有更多奇特的现象被我发现。就说这汨罗江的"汨"字，不知是不是仓颉所造，这个字却是给"汨罗江"专用的。汉字一字多义，奇妙无穷，"汨"字则是少有的例外。我翻遍了各种版本的辞典，"汨"字不能形成其他任何词组，它只为"汨罗江"而存在。而据《康熙字典》解释：汨，明净貌、光明貌。和煦的阳光照耀在水面上，清澈的江水喧哗跳跃，这是一幅多么明丽而灵动的图画啊！

由于喜马拉雅山雄踞于西，形成神州大地自西向东倾斜的地势，于是有"一江春水向东流"（李煜《虞美人》）的名句千年流传。汨罗江则又是悖逆常规：水向西流。海拔一千五百多米的连云、幕阜两座大山，在上游的东南与西北对峙而立，汨罗江夹在两座大山之间，她只能水向西流！当然，从地理学的角度来说，汨罗江只能算小江小河。中国九百六十多万平方公里的陆地面积，大江大河多了去了。而汨罗江，从它的发源地湖南省平江县幕阜山余脉的东麓算起，在江西省修水县拐了一个弯，包括最初的山涧涓涓细流在内，到汨罗磊石口注入洞庭湖，全长只不过二百五十三公里。它的常年流量也不及湘江的十分之一。它的总落差却超过七百米。这是一条从高山倾泻而下的河流，多滩多险，迂回曲折。有民谚给它画像：易涨易落山溪水。但因为它汇集了上游一百一十四条小江小河，尽管主干河不长，落差大，水资源却极为丰富。可行船，可捕鱼。两岸风景如画，河中水净沙澄。一处神仙福地！

如果不是两千多年之前，三闾大夫屈原的到来，汨罗江虽然"天生丽质难自弃"（白居易《长恨歌》），也只能"养在深闺人未识"了……

根据史料记载，屈原是顷襄王十二年（前287年）来到汨罗江畔的，具体时间是春天，还是秋天，现在已无从查考。那么，一位朝廷高官，为什么会来到这穷乡僻壤？他又遭遇了怎样的人生故事呢？

屈原，名平，湖北秭归人，贵族出身，在楚怀王的宫廷里担任左徒一职。"左徒"是楚国特有的官名，具体是怎样一种职务，至今找不到正式的文字解释。司马迁在《史记》中对屈原的行状，做了这样的描述："博闻强志，明于治乱，娴于辞令。入则与王图议国事，以出号令；出则接遇宾客，应对诸侯。"不难想象，屈原有很高的政治水平，很好的口才，十分干练的办事能力，担任着相当于秘书长或办公厅主任一类的职务，是国王身边一位非常重要的角色。

屈原生活的年代，正是中国历史上一个大动荡的时期。各诸侯国之间战争连续不断。这时，中原大地出现了齐、楚、燕、韩、赵、魏、秦等七个大国，号称"战国七雄"。其中以秦国野心最大，总是觊觎着别的国家，人们称其为"虎狼之国"。但就综合国力而言，却以楚国最为雄厚。据范文澜著《中国通史》记载，楚国的国土面积最大，在全盛时期，包括现在的湖南、湖北、江西、安徽、河南一带。后来还发展到江苏、重庆、广西等地，相当于今天中国三分之一的国土面积。楚国的人口也最多，有五百多万。兵力最为强势，总共有一百多万军队。弱国无外交，古今皆然。楚怀王凭借着实力，自然就成了六国抗秦的领袖。公元前318年，六国合纵攻秦，一致推举楚怀王为"纵约长"。如果大家勠力同心，统一中国的就不会是秦国，而是以楚国为核心的六国联盟。令人惋惜的是，由于各个国家心里都有一个小九九，努力扩张自己的势力也是一种向往，互相设防也就成了一种必然。而在楚国内部，各种官场陋习，弥漫滋生。贪渎腐败，无处不在。一个特殊利益集团，盘根错节。虽然互相勾心斗角，但在控制大的利益格局时却抱成一团。身处楚国中枢的屈原，对国家的种种弊端一目了然，而他的个人性格，又是一位特别讲究法度，特别较真，或者说特别"认死理"的人，处于内外矛盾搅在一起的政治漩涡中，这就注定他是一位悲剧式的人物。

屈原十分勤勉，不辞辛劳地为国家服务，楚王因此也很信任他。但是，争宠和嫉妒，是人性中最卑劣最龌龊的部分。"窝里斗"则是中国古代官场的一大特色。有一次，楚怀王命屈原制定一项国家法令，屈原刚刚写完初稿，还没有最后修订完成，另一位上官大夫，就企图将这个草案攫为己有。屈原当然不干。两人发生了争执。上官大夫就背地里向楚怀王打小报告，说："大王您要屈原起草文件，他到处去吹嘘，上上下下没人不知道这件事的。您每下一道诏书，国家每颁布一道法令，屈原就跟别人吹牛，说这是他熬夜写成的。屈原还说，这种文稿除我之外，谁也做不出来！"楚怀王听了，非常生气。从这时起，就开始疏远屈原。

民谚说：伴君如伴虎。大人物通常都喜怒无常。就为这么一点鸡毛蒜皮的小事，屈原被降职为"三闾大夫"。这是一个闲差，主持宗庙祭祀，兼管屈、景、昭三大王族子弟的教育。后来，干脆把他放逐到汉北，也就是现在的湖北襄阳东北一带。

楚怀王糊涂至此，真是令人急煞！

这里须得交代一个背景。关于楚怀王，一位古代君王，应该是历史学家研究的对象。但在汨罗江两岸的山坳里，那些上了年纪的老人，大都讲得头头是道。最让他们愤愤不平的有两件事：

一是屈原被放逐之前，楚怀王曾派他出使齐国。在当时，齐国也是一个实力比较雄厚的国家。经过屈原出色的工作，楚国与齐国签订了联盟条约。当屈原被逐出都城，秦国的谋士张仪，一个巧舌如簧的阴谋家，突然造访楚国。张仪对楚怀王说，秦国跟齐国是死对头，希望楚国能与齐国断交，秦国的回报将是献出陕西东部一带六百里土地。他还许诺楚怀王："我们将选择秦国最好的美女，给您做'箕帚妾'——白天为您端茶扫地，晚上陪您睡觉！"这可能是中国最早的"性贿赂"！脑子进了水的楚怀王，贪图这些土地，也想着秦国美女的温柔美丽，果然就与齐国断绝了关系，然后派使者去秦国索要那六百里地。这时张仪却矢口否认，说："我与楚王约定的是六里地！"使者回来报告楚王，楚王恼羞成怒，一气之下，发兵进攻秦国。结果损失精锐力量八万多人，还丢失了大片领土，一败涂地。

另一件事就更让人难以释怀。过不久，秦国又派来使者，声称要与楚国修复关系，要签订盟约。秦昭王甚至许诺将自己的女儿嫁给楚怀王的儿子，并邀请楚怀王访问秦国。在御前会议上，不久前被重新启用的屈原坚决反对。他说："这绝对是一个圈套，大王您不能去！"楚怀王的小儿子子兰却说："为什么要拒绝呢？为了两国世代友好，父王应当接受邀请！"楚怀王就这样带着他的随从，来到秦国。事情果然被屈原言中，楚国的君王没有再回来。秦国扣留了他，逼他割让土地，否则就不放他回去。楚怀王气恨交加，不久就死在那里！

这是楚国的奇耻大辱！当然，光阴荏苒，当年的拼杀已经成为历史的碎片被尘封。但汨罗江畔的老先生们爱屋及乌，因屈原而关注楚国的命运。楚怀王扣留在秦国期间，他的长子已经继位，为顷襄王。顷襄王任命自己的弟弟子兰为"令尹"，也就是一国之宰相。子兰却是一个心胸狭窄的人，因为楚怀王是子兰撺掇去秦国的，屈原曾对他提出过严厉的批评，现在子兰大权在握，便不断地向顷襄王进谗言，诋毁屈原。家族政治的最大弊端，就是将家族意志变为国家意志。顷襄王听信了子兰的诬陷，不仅剥夺了屈原的所有职务，并且将他逐出京城——郢都，再次流放江南。

屈原先到鄂渚，即现在的鄂州。后来又到长沙、枉渚（常德）、辰阳、溆浦。顷襄王十二年（前 287 年），屈原五十三岁的时候，来到汨罗江畔的南阳里。

三

汨罗江以水的柔情，山的仁厚，一方热土的温馨，接纳了这位伟大的诗人。三闾大夫屈原忧国忧民，在朝廷受到诬陷，早已尽人皆知。人们对屈原更是心怀敬意。为了使诗人不再漂泊，有一个比较安定的生活环境，大家商议，给屈原盖一个房子。没有人动员，来者却十分踊跃。有的上玉笥山砍伐树木和楠竹，有的从汨罗江畔砍来芦苇，搬来泥砖。大家一鼓作气，不多的日子，一幢泥墙茅屋就落成了。二十世纪八十年代末，群众文化工作者在全国范围内开展民间文学大收集，在汨罗江两岸，关于屈原的传说丰富多彩。民间的口头文学，把因年代久远而断裂了的历史缝合了。屈原的房子盖在一株古樟树旁，大家把这所房子命名为樟树园。

每天晚上，当地的渔民和农夫都会来串门。有的送柴，有的送菜，也给屈原送来了温馨与友情。这样，他结交了许多朋友，其中有一位渔父，则是无话不谈的莫逆之交。

以笔者在汨罗江边生活的经验，屈原所说的"渔父"，其实就是渔夫，现在叫渔民。汨罗江上的渔民，作业的方式有好几种。一种是张网捕鱼。渔夫驾着渔船，来到河中，在估计水下有鱼的地方，将网撒下去，通常收获颇丰。另一种是<u>鱼鹰</u>捕鱼。<u>鱼鹰</u>学名叫鸬鹚，当地人叫"鱼老刁"。嘴长，擅长潜水。渔夫通过驯养鸬鹚，用来捕鱼。再有就是在江边垂钓了。前两种渔夫以捕鱼为业，雨雪不停，烈日不惧，不下河就没法子过日子，他们大都性格开朗，勤劳坚韧而务实。而在江边的垂钓者，则是一些闲人，失意于官场的官人、潦倒的文人，或怀才不遇而寄情于山水的隐士。他们此时的社会角色意识已经淡化，如果说曾经有过什么社会理想，因为看破了红尘，现在也已演变为彷徨、困惑或自怨自艾。他们蜷缩在自己的心灵世界里，在河边寻找一分难得的安逸。屈原的这位朋友，肯定不是张网捕鱼的渔人，也不是放鸬鹚的渔夫，而是在一位河边垂钓的渔父。日月穿梭，时光如白驹过隙，我们无缘幸会渔父本人，却十分熟悉他的后辈子孙。因为他们的闲适和超逸，历代诗人对其都有精致的写真。

最善于描绘塞上风光和战争景象的唐代诗人岑参，曾经写过一首《渔父》：

扁舟沧浪叟，心与沧浪清。不自道乡里，无人知姓名。朝从滩上饭，暮向芦中宿。歌竟还复歌，手持一竿竹。竿头钓丝长丈余，鼓枻乘流无定居。世人那得识深意，此翁取适非取鱼。（岑参《渔父》）

没有人知道这位垂钓者姓甚名谁，每日出没在风波浪里，但他的动机十分明确，他并不是要钓鱼，而是来寻一分安逸和快乐！

无独有偶。柳宗元笔下的渔人，简直就不带一点人间烟火气了：

千山鸟飞绝，万径人踪灭。孤舟蓑笠翁，独钓寒江雪。（柳宗元《江雪》）

天地是如此洁净而高远，一尘不染，万籁俱静，渔翁不怕天冷，也不怕雪大，在那寂静的环境里，忘记世间的一切，独自坐在河边的孤舟之中，他不是钓鱼，而是钓雪，这是何等的写意！

陆游也与渔父一见如故。

一竿风月，一蓑烟雨，家在钓台西住。卖鱼生怕近城门，况肯到红尘深处？ 潮生理棹，潮平系缆，潮落浩歌归去。时人错把比严光，我自是、无名渔父。（陆游《鹊桥仙》）

潮平系缆，潮落归家。生活与自然规律相适应，此外再无分外之求。不像世俗之人那样，在滚滚红尘中沽名钓誉，利令智昏。在陆游的眼里，这位无名的渔父，比汉代那位辞官不做、只顾在富春江边钓鱼的大名人严光还要清高呢！

……

可以笃信无疑的是，不论是岑参、柳宗元，还是陆游笔下的渔父，都是屈原的好朋友、汨罗江上渔父的子孙。后代渔父继承了先辈江边垂钓的操作方式，生活环境也完全一致，其思想品性当然也会与他们的老祖宗一脉相承。如果说中国的士大夫有"出世"与"入世"之分，屈原强烈的忧患意识、使命意识，表明他是一位人生的进取者，历史浪潮的搏击者。他与渔父逃避现实的人生观，真正是风马牛不相及！这样，就注定他与渔父之间，会擦出令人眩目的思想火花！

他们最初相识于屈原刚来汨罗江畔的时候。记得第一次见面，是在早晨，屈原来到江边，散步独行，与渔父邂逅。屈原衣衫不整，容颜也很憔悴。渔父早已听说屈原的到来，连忙招呼："啊呀，这不是三闾大夫吗？您气色很不好，是不是生病了呀?!"

屈原说："谢谢，我身体还好。"

"那么，您为何来到这里呢？我们这地方很荒凉啊！"

屈原坦率地告诉他："我是受了惩罚，被流放到这里来的！"

渔父十分诧异："谁都知道您清正廉明，又勤勤恳恳，是一位有名的清官，他们为什么要惩罚您、流放您呢？"

屈原叹息道："举世皆浊我独清啊。大家都昏沉大醉，只有我是清醒的，他们就把我流放了！"

渔父十分同情屈原，便与他推心置腹，说："那些贤圣的先生，不被世间烦琐所羁绊，他们随着大流变化而走。既然世人皆浊，您为什么不跟他们一样，把水搅浑，而扬起浊波呢？既然大家都醉了，您何不也端起酒杯，每天喝个小酒，其乐也陶陶？又何必要和自己过不去，心里老是想着那些国家大事，要行为高尚、担当大任？您是否知道，尽管您一心惦念着那些大事，可人家并不领情，还是把您放逐了，这是何苦呀?!"

屈原说："我曾听人说，刚刚洗了头发的人，一定要掸掉帽子上的灰尘，刚刚洗了澡的人，一定整理好身上的衣衫。我们怎么能让洁净的身子，沾有污秽的东西呢？如果是这样，我宁愿跳到汨罗江里，葬身鱼腹!"

渔父觉得，屈原是钻了牛角尖，撞到南墙不回头了。但又无法说服他，于是歌唱道：

沧浪之水清兮，可以濯吾缨；沧浪之水浊兮，可以濯吾足。(《渔父》)

在渔父看来，应该是在水清的时候，去洗涤帽子上的缨绳，水浑了就去洗脚。顺其自然，适应世俗潮流，随遇而安。这样浅显明白的道理，可惜屈原听不进去，他很无奈，只能告辞……

四

许多人都为屈原没有听信渔父的劝告而惋惜。等到我来到他们当年争论的场地，时光已经过去了两千多年。幸亏有屈原自己的著作，我们才有机会走进他的精神世界。

屈原无法苟同渔父的处世哲学。他虽然被流放了，但从来没有动摇过自己对国家的忠诚。即便是身处这荒凉的江湖泽国，物质生活极端清苦，他也丢不下京城郢都的事。有人曾经批评屈原"唯皇权是尊"，这无疑是一种"事后诸葛"式的噱头，或者是对历史的无知。

在屈原生活的年代，人们对个人与国家的关系认识比较模糊。尤其是那些或可称为"公共知识分子"的人们，大多没有什么爱国观念。比如齐国的孟尝君，一个视野开阔、知识渊博的人，却在秦国做过大臣。又比如张仪，曾经置楚怀王于死地。他原是魏国安邑（今山西万荣县）人，却两次担任秦国的高级职务，前后达十一年，又两次当魏国的国相……就像当代的"跳槽者"，什么地方条件优越，就往哪里去。他们振振有词，还从孔夫子那里找到了理论依据：良禽择木而栖，贤臣择主而侍。屈原则与众不同。他把"家"与"国"紧密地联系在一起。"父母之国"就是他的祖国，他热爱着祖国。那时距离现代民主政治还相当遥远，强人决定着历史的走向。在屈原的心目中，无论是楚怀王，还是顷襄王，他们代表国家执掌皇权。忠于皇权，就是忠于国家。我们从屈原来汨罗前后所写的一系列诗词作品中，就可以感受到他那颗赤胆忠心。

他把"皇舆"，君王的车子，比喻为国家的政权。他说：我不怕自己招灾惹祸啊，我担心国家政权被颠覆——"岂余身之惮殃兮，恐皇舆之败绩。"（《离骚》）

他把楚王比作"美人"。他说：连草木都会凋零啊，最

让人担心的是楚王步入衰残的暮年——"惟草木之零落兮，恐美人之迟暮。"(《离骚》)

他尊楚怀王为"灵修"。他说：请上天为我作证啊，我所做的一切都是为了君王！——"指九天以为正兮，夫唯灵修之故也。"(《离骚》)

但是，他却因谗言而被流放了，心里的痛苦自不待言。夜深人静的时候，他细细地回忆自己在朝廷工作时的情景，一遍一遍地检查自己，实在不知道自己错在哪里！清夜扪心自问，对于君王，有谁比我更忠贞啊。我忘记了自己出身贫贱。我服侍君王忠心不二。当然，我不懂得怎样去邀宠——"思君其莫我忠兮，忽忘身之贱贫。事君而不贰兮，迷不知宠之门。"(《惜诵》)

他希望国王能够听到他的呼声。在湘沅，在汨罗，他打过好几种腹稿，甚至幻想请天上的浮云，将他的忧虑与忠言捎去。扫兴的是，却遇到云神的阻挡而不能如愿。他又想托付归鸟给传个话啊，但鸟儿迅疾高飞，瞬息不见。——"愿寄言于浮云兮，遇丰隆而不将；因归鸟而致辞兮，羌宿高而难当。"(《思美人》)

他虽然失望，但没有气馁。他仍旧坚定地表示：为了祖国，他愿意奋身而起，策马急驰，作挽救楚国危亡的开路先锋——"乘骐骥以驰骋兮，来吾道夫先路。"(《离骚》)
……

言为心声。凡读过屈原诗作的人，都能感受到一种强烈的爱国主义精神跃然于字里行间。可以这么说，屈原是中国知识分子高扬爱国主义大旗第一人！

他最大的痛苦，就是他已经洞悉一切。前边的那个陷阱，他已经一目了然。他提醒楚怀王要小心，那样会掉下去的，那样就万劫不复了。然而，楚怀王不仅不相信他的话，还恼怒他，甚至将他流放。楚怀王果然掉到那个陷阱里了，这时，整个国家都掉下去了！

他能不失望、不痛苦、不忧心如焚么？

五

屈原来到汨罗江畔，转眼就三年了。他老家湖北秭归，在三峡西陵峡中段。两岸是直插云端的悬崖峭壁，长年云遮雾锁，长江此时就像一条小小的巷道，万马奔腾般的江水，就在这条巷道里狂啸而去。相比较而言，汨罗江就温顺多了，岸边杨柳依依，江面宽阔清亮。应当说，这有利于平复屈原烦闷的情绪。但是不行。他心灵上的囚笼，从来都没有舒缓过。他彷徨，犹豫，甚至还有些垂头丧气。为了寻找一种精神突围，他曾去卜卦。那是在两千多年以前，科学技术还处于十分低级的阶段。人们在灾难面前束手无策的时候，就变得宿命，相信有一种超越自然的力量，在冥冥之中主宰人的一切。于是"卜筮"就成了预测凶吉的一种方式。这一点也不奇怪，即便是宇宙飞船多次往返天宫的今天，某些高官、巨贾、演艺明星，也沉迷于巫术，拜倒在那些被称为"大师""神人"的江湖骗子门下！在屈原生活的年代，卜筮问卦就像现在人们去看医生一样正常。为了给人们解疑答难，国家在各级政府机关内，设立了"占卜官"一职，"占卜"也就成了一种国家行为。中国古代一部最重要的典章制度文献《礼记》，对"卜筮"还做了具体规范："龟为卜，策为筮……使民决嫌疑，定犹与（豫）也。"屈原于是找了一位"郑詹尹"——詹，即占卜；尹，官名；郑，指这位占卜官姓郑。

他对郑占卜官说："我竭尽智慧与忠诚，为国家服务，可那些小人总是诬陷我，楚王也不信任我。您是否能够给我以指点，我应该如何做才好呢？"

占卜官说："很抱歉，请你说得再具体一点。"

屈原说："我是应该忠言直谏奋不顾身，还是追求富贵苟且偷生？我是应该廉洁清正、洁身自处，还是圆滑世故、贪钱纳贿？我是应该像器宇轩昂的千里马，还是像水中的野鸭随波逐流？……"

屈原越说越激动："这世道太浑浊，是非不清。薄薄的蝉翼被认为很重，千钧之物却被认为很轻；音响洪亮的黄钟被毁弃，鄙俗的瓦釜却被当作乐器雷鸣震天；谗妄的小人嚣张跋扈，贤能之士则默默无闻。阴谋、污秽、巧取豪夺，大行其道。不说了吧，谁了解我的廉洁忠贞呢？"

占卜官思忖了一会儿，表示爱莫能助，说："尺有所短，寸有所长。智者也有不懂的地方，卦数有时也会推算不到，就随您自己的意愿行事吧！"

在此之前，屈原还曾经"呵壁问天"。东汉著名文学家王逸，对此作过详细的考证。王逸得出的结论是："屈原放逐，忧心愁悴，彷徨山泽，经历陵陆。嗟号昊旻，仰天叹息。"（王逸《楚辞章句》）屈原把心中的迷惘，一百七十二个问题，写在墙壁上，呵问苍天，希望上天给他答复。为了发泄心中的愤懑，他发牢骚，大声呵斥。可是苍天不语。一直到傍晚时分，电闪雷鸣，狂风大作，山雨欲来，天昏地暗。这时他恍然明白，国家尊严不保，祈求玄苍又有什么作用呢?!

在汨罗玉笥山，有一个"天问坛"，也不知是不是屈原当年问天的地方。那里有一尊屈原昂首向天的雕塑。可以想见他当时是多么愤懑，多么痛苦。许多人都闹不明白，屈原一个绝顶聪明的人，怎么会把严酷的现实寄托于虚无缥缈?卜卦有何用，问天又有何用呢? 其实，不管是卜卦也好，问天也好，都是屈原在作一种思辨。他是一位孤独者，找不到人辩论，为了解开心中的困惑与纠结，于是就跟神明辩论，跟苍天辩论，实际上他是自己跟自己辩论。同时也强烈地表达他对自我价值的追求，对国家民族的发展、对人生命运的深切忧虑。我们姑且把屈原的这些举动，当作他的心灵独白吧!

六

屈原居住的樟树园，在汨罗江下游靠近河洲的地方。屈原曾经的房舍早已没有了踪影。隔着时空，我们仍然可以想象到当年的风景：蔚蓝色天空下，地里绿油油的庄稼，泥墙青瓦人家，以及小牛在江边吃着青青嫩草，不时哞哞地叫着。高天上的流云，射下淡淡的云影，就像绿色锦缎上美丽的暗花。那么，那静谧的江边一隅，是否就是伟大史诗性作品《离骚》的诞生之地呢？

《离骚》是一首诗，一首长篇叙事诗，或者说一首政治抒情诗。凡 372 行，2889 字。司马迁说，这首诗"虽与日月争光可也"！其评价之高，似乎还找不到第二例。但是，现在的年轻人读起来，觉得深奥难懂，又诘屈聱牙；加上《离骚》深刻的思想内涵，精深的艺术技巧，因此自它诞生之日起，就不断有人进行专门研究、诠释和考证。其实这一点也不奇怪。任何一个时代，都有其独特的思想图谱和语言方式。汉语博大精深，且变幻无穷。就说眼下，每年产生大量的网络语言，比如，"打酱油""躲猫猫""帅呆了""躺枪了"……只需再过几年，就会让人一头雾水。更要命的是，一些声名显赫的官办报纸的大块文章中，还会冷不防出现 GDP（国内生产总值）、H7N9（禽流感的一种亚型）等英文缩写。读这样的文章，就像吃饭的时候，猛然间嚼出了一粒沙子。如果屈原再活过来，肯定也是如读天书一般。

《离骚》是不是在汨罗江畔写成的，学界历来有争论。多亏了那些汗牛充栋的考证。这一次，我为了获得进入屈原殿堂的门票，只找了其中很小的一部分，也有四十多种。通过这些故纸堆，让我抓住了一个时间点：顷襄王二十一年（前 278 年），秦国大将白起攻陷楚国的都城郢都，远在汨罗江畔的屈原极其哀伤，写了一首题为《哀郢》的诗，其中有"至今九年而不复"的句子。这就是说，他来到这里已经九年没有回去过了。当然，"九年"也可能是泛指很长的时间。但史料记载，屈原是顷襄王十二年（前287年）来到汨罗江畔的，离郢都陷落恰好也是九年。这时他五十三岁。他经由溆浦、长沙而来。这一时间点让我形成了一个"证据链"——

其一，司马迁曾经说，屈原写《离骚》，是在楚怀王时代。后来发觉是搞错了，便在《报任安书》中做了更正。他说："屈原放逐，乃赋《离骚》。"司马迁最终认定，《离骚》是作者被流放以后的作品。

其二，当代大文豪郭沫若先生是研究屈原的权威，他细心地发现，《离骚》中有"老冉冉其将至"的话。郭沫若说："人七十始称老，屈原必须至少五十岁以上才能说得出。"（《郭沫若全集·文学篇》第五卷328页）因此他断定，《离骚》是流放湘沅时期的作品。

其三，鲁迅的忠实朋友、著名学者台静农说："就《离骚》内容看来，屈原作此，应在晚年而不在早年"。（台静农《中国文学史》31页）而屈原是顷襄王二年（前297年），因受子兰的谗言而被流放的，学界对此也早有定论。这时他才四十多岁，正当盛年，还不能称为"老"。在流放的前期，流离颠沛，没有一个固定的地方。郭沫若还说过："像《离骚》这样的长篇大作，在作者必然要有精神上体魄上的相当余裕才能产生。"屈原来到汨罗江畔后，生活才相对安定下来。这时，他才有可能进行艰巨的艺术创作。

其四，既然屈原本人说，他来到这个地方已经九年了，他就有充裕的时间来完成这一鸿篇巨制。

如果这些推定成立，那么，汨罗江南岸的樟树园，很可能就是《离骚》的诞生之地。

屈原的房子临江，出门百十步，就到了河边。也许是一路受到两岸盎然绿色的感染，到了这里，江水出奇的清。站在河岸上，可以看见河底的卵石和沙，还有在水中来回穿梭的鱼儿。房屋旁边的大樟树上，栖息着一群红嘴壳小鸟，总是喊喊喳喳不停地唱着歌。如果有人从树下走过，小鸟就会"卟"的一下飞向半空。只过一会儿，小鸟又会飞回来，继续它们的歌唱。这样美好的环境，最适宜诗人进入他的艺术世界，屈原因此文思如泉涌。

我的幸运是在作品的诞生之地，最初读到《离骚》的。一册很旧的繁体字竖排本，也没有标点符号。我不记得是怎样得到这本书的。虽然是囫囵吞枣地读，但我知道了屈原的身世。他本是古帝高阳的后裔，他的父亲名叫伯庸。他从小受到良好的教育，也有自己远大的理想。他希望政治清明，人民安居乐业。但是，官场却是一片黑暗，大家争着往上爬。这些人十分贪婪，巧取豪夺没有个休止——众皆竞进以贪婪兮，凭不厌乎求索——而掌握国家权力的楚怀王，却是一个昏聩的君王——怨灵修之浩荡兮，终不察夫民心——可怜君王竟有这般糊涂啊，他始终不了解人民的心愿！

有一个场景让我刻骨铭心。那是一个深秋的晚上，我们的木排在汨罗江下游河边宿营。是夜月光皎洁，河面上阵阵凉意袭来，为了打发漫漫长夜，我躺在木排上的乌篷里，就着一盏昏暗的小马灯读《离骚》。这时，我好像听到了屈原的喘息，仿佛还有他的哭声。时断时续，隐隐约约。我感到十分害怕。后来才想起，或许是木排底下的流水声，使我产生了一种幻觉。我刚刚读到——长太息以掩涕兮，哀民生之多艰——作为曾经的朝廷官员，应当有一定的心理承受能力，男儿有泪不轻弹。那么，屈原为什么要长长地叹息、止不住泪流满面呢？原来他既为自己的人生遭遇，也为人民的艰难而悲伤啊。

这让我感到十分震撼。古往今来，君王卿相，精英贤达，他们也许会标榜自己怎样视民如伤，怎样为百姓鞠躬尽瘁，但究竟有多少权贵会为了民生的艰难而痛心疾首，又有多少高官口是而心非呢?!

从这个月色迷离的夜晚起，《离骚》于我，总是常读常新。

屈原说，他绝不会放弃。虽然前边的路漫长而又遥远，他将上上下下追寻真理。——路漫漫其修远兮，吾将上下而求索。

他又说，为了心中那个美好的目标，即使是去死九回，他也不会后悔。——亦余心之所善兮，虽九死其犹未悔。

他同时还说，即使是粉身碎骨，我也不动摇啊，我心中还会有什么畏惧呢？——虽体解吾犹未变兮，岂余心之可惩?

……

江湖之远

Jianghu
Zhiyuan

创作是一种极其艰苦的精神劳动。当屈原进入他自己的王国，常常忘记了周围的一切。他披着褴褛的衣衫，江风吹拂着他凌乱的长发，他只顾着在河堤上踯躅而行。一会儿仰天长啸，一会儿俯首低吟。于是，他的政治理想，他的担忧，他的愤懑，他的心灵表白，就在这旷野之上，俯仰之间，形成震古烁今的诗句。

屈原遭遇忧患，忧愁苦闷，因此他把作品题为《离骚》。也许他本人不会估计到《离骚》的价值，司马迁却作了恰如其分的评价："其文约，其辞微。其志洁，其行廉，其称文小而其指极大，举类迩而见义远。"用现代的话说，就是作品语言简约精练，意蕴深邃，情志高洁，内容高尚，写的虽然是一些细小事物，其意旨却是博大精深。这样的作品，其思想内容与艺术形式达到了完美的统一，闪耀着绚烂的光芒，必将成为彪炳千秋的杰作！

至于理想的社会到底是怎样的，屈原并没有给出具体的答案。但在《离骚》中，他反复提到尧、舜、禹……他希望楚怀王能够以他们为榜样，建设清明政治，建立一个强大统一的国家。《离骚》同时还用形象而深刻的语言，表达了他对黑暗的憎恨，对丑恶的鞭挞。他知道，触动既得利益集团的利益，比触动灵魂要难。贪婪，无耻，道德沦丧，充斥于市！平民百姓读了这样的诗，会激起无比的义愤；而统治者读了这样的诗，即使是大权在握，也会感到脊背的丝丝凉意！

此外，《离骚》对文学艺术的贡献也是无与伦比的。中国的书写文学，是以散文为开端的，后来才有《诗经》。《诗经》最早却是一些民间歌谣，开头还比较粗糙，经过长时间口口相传，不断吟唱，才逐步修改完善，因此只能算是集体创作。屈原是中国历史上第一个以个人名义发表诗作的诗人。有学者指出，屈原的出现，标志着中国的诗歌，由集体歌唱进入到个人独唱的时代，也开创了文学创作紧密贴近时代脉搏，对生活保持永远的发言权，为人们树立了一个光辉典范。当然，《诗经》也有对暴政的揭露，对官仓硕鼠的抨击，反映人民对战争的憎恶……但像屈原一样高举批判大旗，对美政的追求，对贪婪、对邪恶的无情解剖，绝对是前所未有的。他打造了一个诗意的精神栖居地。经过两千多年时光的磨洗，时间愈长愈见其光芒。即便是站在世界文学史上，《离骚》也堪称是一座高峰！

于是，《离骚》成了中国文学的一种标志，一个符号：

诗坛——骚坛。

诗人——骚人。

诗词歌赋——骚赋。

此外，它还与《诗经》中的《国风》组成一个词：风骚。并赋予其极为独特而丰富的内涵。

"唐宗宋祖，稍逊风骚。"（毛泽东《沁园春·雪》）

——唐太宗李世民和宋太祖赵匡胤英名盖世，只可惜还少那么一点点文学素养和才华。

"江山代有才人出，各领风骚数百年。"（清·赵翼《论诗绝句》）

——此处的"风骚",就不仅仅是文采风华了,而是代表一种风气,一种潮流,或者一种时尚了。

台湾诗人余光中说,蓝墨水的上游是汨罗江。蓝墨水十九世纪初才由英国人发明,那太晚了,且目前正在被逐步淘汰。更何况,此前还有春秋诸子百家,有孔、老、墨、孟庄……我作为汨罗江上曾经的筏木人,想做一个纠正:

汨罗江是诗的故乡!

——实至名归,当之无愧。

七

对屈原致命的一击,是郢都的陷落。郢都,就是江陵,属现在的荆州。江汉平原的中心城市,为七省通衢。那时是楚国的国都。

如果说楚怀王糊涂,不仅丧失了大片国土,自己失去了自由,最后把命都丢在异国他乡。而他的儿子、王位的继承者顷襄王,就更是一个没有血性的可怜虫!秦国对他本来有杀父之仇,他却于公元前 292 年"迎妇于秦"。娶了秦国的公主,做了人家的女婿。在现代政治中,完全可以用"里通外国"的罪名来弹劾他。而在秦国决策者的心目中,只有朝廷的利益,对楚国平民不会有丝毫温情。在顷襄王继位短短的几年中,秦国曾连续发动过两场秦楚战争,每次都以楚国失败而告终,折兵损将,丢疆失土。顷襄王二十一年(前278 年),秦国将领白起再次率部攻打郢都。

秦国是众所周知的"虎狼之国",而秦国大将白起,却是"虎狼"之中的恶狼。仅举一例。白起率领秦军攻打赵国时,在山西长平,赵国四十万人当了俘虏。白起担心这些俘虏造反,除了让几十名年龄最小的赵兵回去报信外,其余全部挖坑活埋。这就是历史上最惨烈的大屠杀:长平坑赵!手段之残忍,与两千多年后的第二次世界大战,希特勒屠杀百万苏联红军战俘如出一辙!当然,这是后来发生的事情。这一次,白起攻打楚国都城郢都,用的是水攻。《水经注·沔水》描绘了当时的情形:"白起攻楚,引西山长谷水,水溃城东北角,百姓随水流,死于城东者数十万,城东皆臭。"那个地方后来的地名都改了,叫"臭池"。

这是多么惨烈的场景啊!而貌似强大的楚军,根本无力应战,竟然弃城而逃。顷襄王本人如果不是逃得快,就当了俘虏。消息传到汨罗江畔,这对流放在此的屈原说来,是国破家亡,更是感情寄托的彻底瓦解!

他想起自己离开故都的那一刻,桨在船工们的手中一齐划动,船却徘徊不前。从此,他不能再为国家服务了,也不知自己要走向何方。当他看到岸上的树木渐渐模糊,远去,顿时眼泪汪汪。

那场景,至今都缠绕在心头!

现在,他羁留在这江南水乡。汨罗与郢都,虽然相隔数百里,这里也不安静,不断有消息传来郢都败退的惨状。民众扶老携幼,离开故土,沿着江水,去向远方,一路逃亡,流浪……

其实，郢都今天的这个局面，屈原早就预料到了的。还是在楚怀王时代，屈原就不止一次地规劝过国王，要他多为老百姓着想，励精图治，奋发图强。否则，就是一场万劫不复的灾难！郭沫若在新编历史剧《屈原》中，再现了屈原忠言进谏的生活画面。在楚怀王的内廷，屈原苦口婆心，一腔愤激，向君王发出他沉重的呐喊：

一场悲惨的前景就会呈现在你的面前。你的宫廷会成为别国的兵营，你的王冠会戴到别人的马头上。楚国的男男女女会大遭杀戮。血水就会把大江染红……（《沫若剧作选》第117页）

楚怀王听不进去，他的儿子、继位者顷襄王同样听不进去。两代国君软弱无能，他们周围的那些近臣，表面上奉承君王，一副媚态，背地里却是巧取豪夺，私下留后路。这些人日益得势，形成一个特殊利益集团，老百姓怨声载道。秦国此时举兵进攻，简直不费吹灰之力。一个民心丧尽的政权，能指望得到人民的支持吗？

但是，在这家国危亡的时刻，屈原做梦都想回到自己的故乡。即便是死，也要死在故乡！郢都陷落的当天，他就写成一首《哀郢》。他说：鸟飞反故乡兮，狐死必首丘——鸟儿即便是飞得很远很远，也要飞回它的故乡；狐死的时候，它的脑袋也要朝着它的故乡啊！鸟兽尚且如此，何况他作为一个大写的人呢？他没有罪过，却被流放了。他热爱着祖国

一个人的河流 — 文化散文

69

家邦，虽然他的祖国并不爱他。但他何尝有一日一夜忘记过自己的祖国呢？祖国处于危急之中，他怎么会不着急呢？

这是二月间的事，很快地，又传来了更坏的消息：巫郡和黔中郡相继失守，也就是现在的湖南黔阳和贵州遵义一带。接着洞庭湖也在秦国的控制之下了。屈原此刻就在洞庭湖边上啊，秦国最恨的就是屈原啊！从战争的激烈程度看，收复郢都的希望是越来越渺茫了。

屈原彻底绝望了。

他涕泪交流，哭泣不止，沉思无眠直至天亮！（"涕泣交而凄凄兮，思不眠以至曙。"《悲回风》）

清晨，他出得门来。风很轻，四周很安静。经过朝霞的点染，河面波光粼粼。有水鸟在河上贴水飞翔。他在河边徘徊，一切是那么美好。他心里却是乱糟糟的，沮丧到极点。几个月前，他就有过死的念头："知死不可让，愿勿爱兮。"（《怀沙》）既然死亡不可避免，就无须再爱惜自己了。但此刻又有些踌躇，他诘问自己：

我多次向君王进忠言，可他一句也听不进去，弄到国家行将灭亡，那么，我抱着石头投江又有什么意义呢?！（"骤谏君而不听兮，重任石之何益?"《悲回风》）

可是，他心中的纠结和痛苦难以解脱啊，堵在胸口无法释怀，他又该怎么办呢?！（"心绲结而不解兮，思蹇产而不释。"《悲回风》）

这时，他已不再犹豫，就抱着一块石头，跳进了汨罗江！在江水吞没他的那一刻，他仍然在作一种思辨：这不是逃避，也不是绝望。而是在外侮入侵，昏君无能，奸相乱权，国家危亡之际，他，作为一名最忠诚、最坚强的爱国者，以自己的血肉之躯，发出的义薄云天的怒吼！

这一天是农历五月初五。

八

泪罗江上游的大部分河道，夹在两岸的青山中，好像一条绿色的长廊。由于上游落差大，流速湍急，而在下游，随着河床坡度减小，地势逐渐平坦，流水变得温顺而柔和。可在农历五月，正是泪罗江的涨水季节。屈原投江后，又遭连日大雨。虽经百姓全力打捞，屈原的遗体一直没有找到。过了八天，渔民才在下游五里地的地方，将屈原的遗体打捞上岸。这时，人已经面目全非，脑袋被恶鱼咬去了半边。屈原的姐姐女媭，哭得昏天黑地。为了一种尊严，她当机立断，倾其所有，筹得一笔钱，要给屈原做半个金头，为他整容复原，然后隆重下葬。然而，刚刚安葬好，却传来消息说，楚国一些对屈原恨之入骨的反动贵族，仍然不肯放过屈原，要来掘坟鞭尸。女媭便决定给屈原做一座疑冢。她体弱力微，挑不动重担，只得用自己的裙罗作布袋，一袋一袋地提土堆坟。女媭临危不惧，敢于担当的精神，深深地感动了四里八乡的老百姓，于是纷纷自带干粮，自携工具，前来帮助女媭，给屈原挑土堆坟。堆了一座，觉得被掘毁的概率还是很大，便又堆一座……直到总共堆了十二座坟，大家才停歇。

汨罗山是汨罗江畔一座高不过百米、延伸约两华里的小山丘。仿佛是在一夜之间，山上突然冒出了十二座坟茔，成为一处发人深思的景观。这些坟墓全部用黄土堆成，没有豪华墓庐，但每座坟堆都竖了墓碑：故楚国三闾大夫屈原之墓。这些墓碑不是大理石或汉白玉石刻成，而是普通的麻石。这个坟墓群却有一种凛然的气势，庄严肃穆。最大的那一座坟墓，直径为四十五米，高十米；最小的直径十米，高五米。2013年酷暑时节，笔者专程去凭吊。这里不是旅游景点，仅有一条茅深草乱的机耕道抵达山下。我粗略计算了下，最大的那一座，大约由五千多立方米黄土堆积而成；最小的那一座，也需要一百多立方米。十二座疑冢总计需一万六千余立方米泥土。这样的工程量，如果在现代，使用推土机、挖掘机，大概也需十天左右才能完成；但那是在公元前278年啊，劳动方式还相当原始，全靠手挖肩挑。于是我专门请教了一位建筑工程方面的专家，他说：如果用南方的农具——箢箕，每立方米需要挑三十八担泥土。以这个标准计算，为屈原堆成这十二座疑冢，需要用箢箕挑六十一万担泥土！需要六千多个工作日！泥土是从山下挑来的。在取土的地方，于是形成了一口很深很大的水塘，那里的地名因此称为"楚塘"——楚国之塘！

我之所以不厌其烦地罗列这些枯燥的数字，只是想说明一点，屈原作为一位被罢黜并且被流放的前官员，他死后要建坟墓，尤其是修这么多疑冢，是不可能动用公权，分派百姓，或者动用公帑来进行的。大约七十年后，秦始皇死了，就动用七十二万名囚徒，历时多年，为他建造陵墓。屈原的疑冢，却是当地百姓自带盘缠饭米，自告奋勇前来。这是一种什么力量？疑冢修成后，老百姓一致为其保密，这是一种怎样的坚守？千百年来，盗墓贼无数，秦始皇墓就是他们的首选目标，但没有人胆敢将黑手伸向屈原墓。汨罗山四周的百姓，就是一支义务保护的队伍！民心不可侮，民心不可欺。当然，也有一说这些疑冢是后世人修的。即算此说成立，也是因为屈原是人们永远的牵挂！过了五百多年，西晋史学家陈寿著《三国志·魏书》，他说："与民共其乐者，人必忧其忧；与民共其安者，人必拯其危。"屈原忧国忧民，老百姓当然就会用他们最真挚的情感，最朴素的方式，来为他们心目中的英雄贡献一切！

九

屈原的故事还没有完结。他怀石沉江之后，在汨罗江两岸，陆续建起了许多关于他的殿堂，总共有八处之多。就像中国许多古老的乡村，通常都会有的观音庵、关圣庙……但也有一些差别。屈原大勇大忠，千古奇悲，他又是一位学问高超的人，因此都不叫庙，叫"屈子祠"或者"三闾祠"；寺院里没有寺僧或住持。人们到这里来，也不是求签问卦敬神灵。虽然也烧香上供，但那是表示一种虔诚，表达人们对这位伟大的爱国诗人发自内心的毫无功利的崇尊！

人气最旺的要算玉笥山上的屈子祠了。相传始建于汉代，距今已有两千年历史。四周古木参天，室内庄严肃穆。我多次来这里瞻仰，却发现一个十分奇特的现象：屈原以孤愤而沉江，以杰作而传世。在世道相对太平的时候，屈原的作品是书斋里的文学经典，读书人探索其精髓，从中汲取营养。比如班固对《楚辞》的研究、王逸著《楚辞章句》……他们的主攻方向，多是学术层面的。但在内忧外患、国家处于危亡之际，人们寻觅的却是另外一种东西：精神的皈依、社会或历史的承载。

南宋著名哲学家朱熹就是一个典型。在他出生之前的1127年，金国灭了北宋，并继续将战火引向南方。虽有岳飞等精忠报国之士奋力抗金，但宋高宗与秦桧联手屈膝求和。随着朱熹的出生，逐渐成年而成为当时最有影响的学问家，国家已经每况愈下。他心里十分着急。又因为乾道二年（1166年），朱熹来长沙岳麓书院讲学。他在湘江边上寻觅过屈原的足迹，细听过由滔滔江水传递来的屈原深深的叹息。他一辈子忙于讲学和著述，在他六十八岁的时候，丢下手中的一切事情，专心致志研究屈原。他讨厌某些老学究只偏重于名物训诂，在大敌当前、爱国军民同仇敌忾之际，朱熹讴歌屈原的人格，弘扬屈原的精神，矛头直指南宋朝廷中的投降派和投机分子！朱熹的《楚辞集注》于1200年完成，这一年，朱熹七十岁。完成这部作品之后，没多久就去世了，《楚辞集注》于是成了一位爱国学人的人生绝唱！

湖南衡阳人王夫之，则是个说干就干的人物。这位明末清初杰出的思想家、哲学家，因为住在一个叫石船山的地方，学界又称他为"船山先生"。他从小熟读屈原。当 1644 年春天，最有能力阻止一场悲剧发生的山海关总兵吴三桂，打开关门让清兵进入时，明朝实际上已经灭亡。此时的王夫之，虽是一介书生，却在家乡举兵起义。拉起一支队伍，阻击清军南下。终因势单力薄而战败。自此他改姓换名，自称为瑶族，隐伏深山四十年。这时，屈原成了他的精神支柱。他以超人的毅力，完成了《楚辞通释》。王夫之仔细研究了屈原的经历和他的全部著作，这些无不表明屈原对国家的无限忠诚，对人民的一片热情。在那山高水远的地方，这位孤高耿介的学人，为屈原献上一片虔诚。

到了 1938 年，日寇进犯，中华大地，遍地烽烟。当代大文豪郭沫若，从湖北宜昌，经沅水，入长沙。这正是屈原曾经走过的路。郭沫若经历了岳州的沦陷，长沙的大火，甚至听到了汨罗传来的中国军队与日军交战的炮火声，然后一路风尘来到了山城重庆。这时，屈原是雷，是电，是火！1940 年元月，郭沫若怀着无比的激情与义愤，写出了五幕史剧《屈原》。作品借助屈原的形象，倾诉了人民的心声。观众由此及彼，国民党当局制造分裂、消极抗日、积极反共的法西斯统治暴露无遗。公演后，反响强烈，盛况空前。在这同时，画家傅抱石挥毫泼墨，创作了《楚辞》人物组画，为屈原忧国忧民的爱国精神造像。而满腔热血沸腾的学者闻一多，此时远在西南一隅的昆明，埋头苦干，写下一系列研究屈原的著作。他说："陶渊明歌颂过农村，农民不要他。李太白歌颂过酒肆，小市民不要他。因为他们既不屈于人民，也不是为着人民的……"屈原却是"中国历史上唯一有充分条件称为人民诗人的人"（闻一多《人民诗人——屈原》）。在屈原身上，闻一多找到了参照，他用火样的热情，为挽救国家民族而呐喊，为民主自由而呼号。他在追悼李公朴的大会上发表讲演时，倒在国民党特务的无声手枪之下！

……

屈子祠里屈原的雕塑，虽然瘦骨嶙峋，但其忠肝义胆、浩然之正气，就在那举手投足之间！站在这雕塑跟前，你会想到，每当外族入侵，国家危急，此时的屈原，就是冲锋的号角，猎猎飘扬的旗帜！令人痛心的是，历史总是千篇一律地重复。屈原所遭遇的昏君、奸相、乱政擅权的后宫，让后来的朱熹、王夫之、郭沫若们都碰上了。朱熹碰上宋高宗与秦桧，王夫之碰上吴三桂，郭沫若碰上汪精卫公然投敌，蒋介石"攘外必先安内"，把矛头对准自己的同胞。那些具有批判精神和道德担当的人们，如果再不为屈原招魂，从心底里发出他们最后的吼声，中国不就被灭亡了吗?!

在屈子祠缅怀屈原，你同时还会发现，屈原被放逐到湘沅地区来，是顷襄王变着法子整人的结果。在华夏的版图上，湖南地处偏僻，"北枕大江，南薄五岭，西接黔蜀，群苗所萃"（曾国藩《湖南文征序》）。那时更是荒凉。乖戾而愚蠢的顷襄王所不知道的是，这里土地肥沃，雨量充沛，气候四季分明，人民热情忠厚且刻苦耐劳。他当然更不会料到，屈原忠诚刚毅的品格，壮怀激烈的胆略与气势，经过不断发酵，对这块土地长时间的滋润与浸淫，铸就了一种湖湘

江湖之远

Jianghu
Zhiyuan

之魂：经邦济世，上下求索，为理想献身而无私无畏！到了近代，曾国藩、左宗棠们，谭嗣同、黄兴们，毛泽东、彭德怀们，为神州的崛起，为华夏独立于世界之林，不息地探索拼搏。他们无不受屈原的影响和熏陶。他们探索的方向也许各有千秋，但其呕心沥血奋不顾身的精神将万古长存！屈原成就了一方文化，打造了一地民风。当然，毛泽东"粪土当年万户侯"，必定也将昏庸的顷襄王和他的父亲楚怀王囊括在其中。如此，在庄严肃穆的屈子祠，参拜者络绎不绝，香烟缭绕，就一点也不奇怪了！

屈子祠前边不远的江段，就是屈原沉江的地方。那一天正好是端阳。据闻一多研究，早在屈原之前，端阳就是吴越民族举行龙的图腾的庆典。是屈原将端阳赋予其全新的意义，并且演变为一个全民族的节日。到了这一天，铿锵的锣鼓向他致敬，龙舟划过水面去追逐一个不朽的英灵。屈原的千古忠魂，永远激励着千秋万代的华夏子孙！

十

汨罗江日夜奔腾。我放木排的时候，正是我的青春小鸟恣意放飞的年华，精力充沛，四海为家，当然也爱胡思乱想。到了下游，河面宽了，木排顺水缓行，无须过多的照看，于是我常常仰天躺在木排上。水在身底下流，风在耳边过，白云在苍穹之上追逐变幻。由于一部《离骚》就在这木排上，这时，我会信马由缰地想一些古怪的问题。我曾经想，屈原放逐湘沅，来汨罗江畔却有很大的偶然性。假如屈原当初不来汨罗江，而是去了另外一条河流，或者澧水，或者资江，那会有怎样的情形呢？此时我会感到十分侥幸，甚至还后怕。如果没有屈原，会有多少人知道汨罗江呢？当然，汨罗江的美丽、仁慈与豁达，也成就了屈原。他在这里获得了如电光石火般耀眼的灵感，写出了一系列伟大的诗篇。于是我坚定地相信，屈原能够到汨罗江来，是上苍的意旨，或者说是命运的召唤！我也曾设身处地为屈原个人想，假如他来到汨罗后，听从江边渔父的劝告，当朝廷官员们都在拼命捞权捞钱、巧取豪夺的时候，屈原也跟着吃一点残羹剩酒，甚至趁机捞一把，把儿子孙子的事情都安排好，他会有那么多委屈和痛苦吗？需要付出生命的代价吗？这样，世界上也就不会有《离骚》这部著作了。我很快又惶恐起来。其时我只不过是汨罗江上的一名筏木者，芸芸众生、草根一族，绝无可能进入屈原的世界。妄下雌黄，对古人不敬，这是一种罪过。但是，我后来又想，就整个国家而言，假如当初楚怀王接受屈原的建议，励精图治，联合齐、韩、赵、魏、燕等国，建立强大的"六国联盟"而兼并秦国，以尧天舜日为榜样，统一并治理中国，那么，中国会有怎样一种历史走向呢？会有那么多争斗、那么多血腥、那么多尸横遍野的互相杀戮吗？……让人叹息的是，历史没有"假如"。历史是已经发生的事实，是不以人们的意志为转移的。于是我怀着一种深深的敬意，叩首汨罗江，她以博大的胸怀，接纳并孕育了一位伟大的爱国诗人。叩首屈原，他为国家和民族创造了万世共享的精神财富!

　　屈原属于汨罗江,属于中华民族。公元 1953 年,世界和平理事会授予屈原"世界四大文化名人"之一的称号,因此他也属于全世界。而从高山峡谷里流出来的滔滔汨罗江,只能属于屈原。因为这是他的河流!

打捞一部书稿

——江潭故事

一

辛丑(2021)年大暑，热浪滚滚，我和友人结伴去江潭。

这是一个极富诗意的地名。当地人却叫"晒尸墩"，或者"摊尸墩"。皆因楚地的语言讲究直白，还要强化其意涵。比如，白，雪白的。黑，抹黑的。甜，沁甜的。苦，劣苦的……当年，诗人屈原忧国忧民，不惜以生命作抗争，在河伯潭怀石沉江。那些天，恰恰逢洞庭湖区连日暴雨，湖水猛涨，黄色的浊浪倒灌汨罗江，把屈原的遗体，经三十里水路漂浮至江潭，这时才被渔民打捞上岸，临时摊放在河边的一个土墩上。从那时起，"江潭"这个地名，就只出现在诗人和学者的笔下了。

经过两千多年的沧海桑田，汨罗江已经改道，昔日那个渔歌互答的画面不复存在。干涸的河洲上，长着稀稀拉拉的杂草。河岸上瘠土裸露，见不到几棵树木。传说这里从前也是芳草鲜美，百花盛开。但自公元前126年那个初夏，年轻的司马迁到此一游之后，这里就"一不长树，二不长草，一朵野花也没有了"——此中有一个令人心酸的故事，留待后面来叙述。

却说这个毫无特色的土墩子上，蕴藏着一个重大历史文化秘密。

一切都因屈原而起。

屈原的居住地，在离此约七华里的南阳里樟树园。多数学者已经认同，《离骚》是屈原流放时期的作品。而屈原去世之前的九年，一直在汨罗江边。当地文史专家反复考证，樟树园是屈原在汨罗居住时间最长的地方。这里依山傍水，风景优美，他在那间临河的房子里，写出许多优秀的作品，《离骚》最有可能在这里写成。与樟树园遥遥相对的江潭，则是他常来的地方。他本人就说过："屈原既放，游于江潭，行吟泽畔。"（《渔父》）诗人在河堤上一边散步，一边吟哦讽诵，他的千古杰作就这样诞生了！

二

《离骚》最初是写在竹简上。那时，距离蔡伦的造纸术，还要等两百多年，屈原怎么能够等呢？他只能跟一般读书人一样，在竹片上记下自己心中流淌的歌。

中国最早的书写，经历了甲骨文、青铜器铭文和石刻文。到了屈原时代，已经有了"帛书"——丝织品，可是成本太高。此时他流放在穷乡僻壤，也不知道到哪里才能找到帛。那时候的书写，多数是用简牍，也就是将字写在竹片或木板上。相对而言，竹简的成本更低也更普遍。屈原写《离骚》，不可能有另外的方式！

屈原流放湘沅，是顷襄王在变着法子整人。但他到汨罗江畔来，绝对是一个正确的选择。这里人性善良，对屈原这样流放而来的官员，不会势利，一如既往地崇敬他，在生活上关心帮助他。更难得的是，此地盛产楠竹。尤其在汨罗江上游的连云山区，称之为竹海也不过分。每到春天，竹林里的竹笋破土而出，竹笋多得使你走进竹林时根本无法伸脚，空气里仿佛弥漫着一股淡绿色的温柔。一年一茬，密密匝匝。竹子取之不尽，用之不竭。如此，屈原写作《离骚》时，所要的材料，不会有任何问题。

然而，当我冒着炎热，在江潭左右顾盼的时候，心里突然"格登"一下！《离骚》，这部将要彪炳千秋、并将对中国和世界文化产生影响的杰作，曾经命悬一线！

这不是故弄玄乎。我曾在湖南长沙、湖北荆州，参观过

江湖之远
Jianghu
Zhiyuan

那些著名的博物馆，观摩过出土文物竹简，通常是长二十二厘米，宽一厘米，厚三毫米，重约十五克，黑黢黢的。上面写有字，篆体，字迹一般比较模糊。我当然知道这不是屈原的墨宝。但屈原的《离骚》，当时大概率就是这个样子的。

起先，作品可能仅仅只有一部手稿。那时纸张还没有问世，印刷术更是相当遥远，诗稿肯定没有正式出版。作者一定是将稿子给他的好友传阅，好友被震撼，爱不释手，连忙抄录了一份，不时搬出来读一读。或者，一位追星族式的文学青年，一边抄录，一边吟诵……由于时代久远，我们只能作这样的猜测。作品最早的传播，全靠这些热情的崇拜者和追随者。当然，如果抄录，也只能抄在竹简上。三百多片竹简，抄起来又慢又费劲。背诵是否能持久记忆，也是个问题。而以当时的社会环境和物质条件，抄录者最多也不会超过五六人。屈原写成《离骚》之后，不久就以身殉国了，接着就是秦王朝了。屈原生前是楚国最坚决的抗秦分子，他的作品不见容于新政权，受到冷落是不言而喻的。

很快地，秦始皇登基了。

秦始皇以霹雳手段治国众所周知。一次，他举办了一场宫廷对话会。会上，丞相李斯说：国家无法一统，就是那些私学的存在。这些人对国家大事乱发议论，在百姓中制造混乱，使得人心不一。李斯出了个遭万世唾骂的馊主意：消灭私学，除《秦记》和医药、卜筮、种树等书籍以外，凡《诗》《书》及百家言论的书籍，一律交出来，统统烧掉！

我们在电视剧里多次看到这种画面：公差手握佩剑，凶神恶煞般模样，挨家挨户，翻箱倒柜，四处鸡飞狗跳。那些所谓的禁书，只要抄到了的，一律投入熊熊大火之中。其中有两个方士，本来是专门的神职人员，他们很反感这种灭绝文化的行径，说了几句不满的话，官府立即派人去抓。方士却跑掉了。秦始皇极为震怒，下令将这些异见分子，通通挖坑活埋。据统计，总共活埋了四百六十名读书人，这就是历史上臭名昭著的"焚书坑儒"！

《离骚》，一部写在竹简上的作品，是如何躲过"焚书坑儒"这场空前浩劫的？现在谁能说得清楚呢！

三

春秋更迭，岁月不居。汉文帝四年（前176年）深秋，一天，忽然有一艘官船在江潭靠岸，船上下来一位官人，这就是贾谊。

贾谊时年二十四岁。他十八岁的时候，就以博学能文而闻名，被汉文帝征召。不久，升任太中大夫，主管意识形态。这时，贾谊发表了一系列文章，为巩固汉王朝献计献策。比如，《论积贮疏》《治安策》《过秦论》……可惜的是，嫉妒是一种隐秘的恶行，有的人总是见不得别人的好。当别人有了痛苦，他就躲在一旁偷着乐。一些弄臣常常暗地里向汉文帝打小报告，说贾谊年轻多事，专欲擅权，把政事搞得稀烂。偏偏汉文帝疑心特重，听信了这些谗言，不由分说地把贾谊调任长沙太傅，专职辅导诸侯长沙王的学习。虽说仍然是在任官员，实际上是去做一名家庭教师，这当然是一种贬谪。

贾谊自认晦气。从都城长安出发，乘坐官船，一路南行。数日后，船从三江口进入洞庭湖，很快就到了汨罗江流入洞庭湖的茬口，江潭。别人告诉他，屈原投水的地方离此不远。

如镜的水面上，一群水鸟在飞翔搏击。此时贾谊的心情很好。他知道屈原，也读过《离骚》。这和他的经历有关。他六岁开始入学的时候，汉惠帝刘盈登基。这是西汉的第二位皇帝。他个性仁柔，即位后，继承高祖，施行仁政，废除了秦时的文化禁锢政策。据《汉书·艺文志》载："汉兴，改秦之制，大收篇籍，广开献书之路。"这样，各种书籍从山洞中，从大户人家的墙壁缝里，被找了出来。全国各地送来的书籍"积如丘山"。屈原的作品，估计就是这一时期重见天日的。《离骚》当年的抄录件，原本就很少。现在面世的，如果不是孤本，也是极为罕见的版本。贾谊作为主管意识形态的官员，自然能及时读到这些典籍。

这时，屈原的影响也日渐扩大。估计有两个方面的因素，一是屈原旗帜鲜明反秦抗秦的政治立场，以死明志的铮铮铁骨形象，随着秦王朝的覆灭，无疑会受到广泛的传诵和钦敬；二是他在辞赋方面的杰出成就，也成就了他的名气。屈原流放湘沅，楚地的山风和地气，湖乡的民歌和古乐，熏陶滋养了他，形成了他委婉含蓄的艺术风格。他的作品无论从内容到形式，都让人耳目一新，现在更是名声鹊起。如此，贾谊到了屈原的故地，怎么能不去凭吊一番呢？

贾谊首先来到樟树园，揣摩屈原当年生活的种种细节。在晒尸墩盘桓的时间最久，想着屈原遗体被打捞上岸时的惨状，他心情异常沉重。他原计划在河边看看，表达怀念之情，就继续赶路。但是不行。屈原的遭遇，触动了他心灵深处那个最脆弱的部位。他也是怀才不遇，遭人诋毁啊。同病相怜，惺惺相惜，于是产生了强烈的共鸣。那天晚上，他泊船岸边，四下里月白风清，湖面上波光粼粼。在船舱里，他彻夜无眠，就着油灯，写下了《吊屈原赋》。借屈原沉江之冤屈，抒发自己惨遭谗害的郁愤之情。第二天一早，他再次来到屈原沉江处，大声朗读这篇祭文，哀悼这位为国献身的诗人，也寄托了自己一腔嗟苦。

朗读完毕，就将祭文投入了汨罗江中。

离开江潭，第二天就到了长沙，开始他的任职生涯。官邸设在如今的太平街一座幽深的四合院里。一天，一只猫头鹰飞进他屋里。在民间，猫头鹰被视为恶鸟，是不祥的预兆。长沙低洼潮湿，他常常暗自悲伤，以为寿命不会长了，于是又写了一篇《鹏鸟赋》。借助鹏鸟作答，说明天地万物的变化无有止境，如涡流旋转，反复循环。他或许已经通透世事并有所领悟，于是把个人荣辱与苦闷，放到整个宇宙天地、万物众生中去考察，从而获得一种自我救赎。

贾谊早有文名。现在，他的《吊屈原赋》《鹏鸟赋》就像长了翅膀，很快就传播开来，形成了一股阅读的热潮，作者也成了明星人物。贾谊的作品开启了汉赋融百家之长的艺术风格，展现了追求生命的豁达与张扬个性自由的精神境界，其独特的创作方法，甚至影响了那一时期的文学潮流。贾谊是河南洛阳人，他在长沙工作生活只有短短的三年时间，却被长沙人引为骄傲。离开长沙时，热情的长沙人隆重地授予他荣誉市民的称号：贾长沙。他的作品也被定名为《贾长沙集》。成为文学史上的一种荣耀，一段佳话！

那天，烈日高悬，热浪逼人。回望历史，我觉得应当特别感谢贾谊。一部好作品，如果没有人慧眼识珠，也会湮没在历史的尘埃中不见踪影。贾谊是屈原去世后，第一个宣传屈原的人。其实，这件事本来应当由宋玉来做。宋玉算是屈原的学生，也曾在顷襄王的朝廷为官。他的《神女赋》《风赋》等作品，都具有相当影响。他目睹了楚国的腐败和堕落，却没有挺身而出，不敢直言劝谏；对屈原高举批判大旗的作品，也有意无意地保持着距离。是贾谊将深埋于尘土中的屈原，找出来，擦拭蒙在他身上的泥沙，将他重新介绍给众多的仰慕者。贾谊的《吊屈原赋》，尽管是抒发他个人的不幸，他却是以深切的感情，细腻精致的笔触，表达他对屈原的同情、歌颂和膜拜。"贾生才调世无伦，哭泣情怀吊屈文。"（毛泽东《七绝·贾谊》）贾谊是屈原最早的挖掘者、推广者和鼓吹者。两千多年后的今天，在当年贾谊泊船、在船上的油灯下写作《吊屈原赋》的河边，修建了一个占地数百平方米的"贾谊吊屈原台"。日晷形状，设计既古朴又现代。站在这里放眼四望，碧波荡漾，万里晴空，一种思接千载的情感油然而生。如果不是贾谊，历史上可能就没有屈原的名字，《离骚》也会在时光里消失。不仅教科书，就连我们的生活，也将很寂寞。这个纪念台，就是对贾谊表达的崇高敬意！

四

后来，司马迁也来到了江潭。司马迁来的时候，正是人间四月天。莺飞草长，水天一色，洞庭湖一年之中最好的季节。然而，司马迁却在《史记》中说："过屈原自沉渊，未尝不垂泪。"

那么，他为什么要哭呢？

司马迁的父亲司马谈，是一位史官。他有意培养儿子，为了打好学业的基础，少时给他延聘名师。他还特别鼓励儿子，要广泛接触实际。做学问，不仅要读万卷书，还要行万里路。于是，公元前 126 年，司马迁二十岁的时候，带着考察山河的渴望，开始他的壮游之旅。一路上，他听到了许多历史故事和传说，包括一些有趣的神话，为这位青年史学家增长了见识，扩大了视野。

当他来到汨罗江，这里的景色实在是太迷人了。清风拂面，大地芬芳，让人心旷神怡。他已经读过《离骚》《招魂》《哀郢》等作品，很是感动。可是，当他听说这里的地名都改了，叫"晒尸墩"，这个土得掉渣的地名儿，深深地刺激了他！

江湖之远

Jianghu
Zhiyuan

屈原是一个多么伟大的灵魂，他有才华，有理想，有抱负，知识渊博，且十分勤勉，深得楚怀王的信任。为了联齐抗秦，经过艰苦的谈判和游说，与齐国签订了联盟条约，为楚国赢得了友邦。他的佳作很多，《离骚》可与日月争光。这样一位国家的有功之臣，却因为他人品正直，才华超群，遭到同僚的嫉妒而被流放。他欲救人民于水火而不得其路，欲报国而无门，最后满怀悲愤而自沉汨罗江。在水里飘浮了八天七夜，遗体已严重变形，还被恶鱼咬得面目全非。打捞上岸后，摊在河岸上，太阳暴晒，气味难闻，情状是何等的惨烈！而他遗体的临时安厝之地，竟被直白地称"晒尸墩""摊尸墩"，感受不到对逝者的怜悯和敬意。如此种种，我们未来的太史公，一位感情极其丰富细腻的人，他怎么能不哭呢？

司马迁泪洒江潭。奇怪的是，打这以后，这个土墩上的菁菁芳草，便逐渐枯萎，到末后，裸露的瘠土竟然寸草不生，而且逾千年也不能复原！大自然的神秘至今无解，民间有诗叹息："千载史公流泪处，至今无草怆江潭！"

司马迁离开江潭后，接着去了长沙太平里，瞻仰了贾谊故居。贾谊的遭遇与屈原相似，也引起他的冥思遐想。

司马迁的做法，现今称为"田野调查"。这种调查涉猎的领域相当广泛，包括考古学、民族学、文学、哲学、民俗，等等，都可通过田野资料的收集和记录，避免其研究成果过度理论化或过于理想化。后世的鲁迅称《史记》是"史家之绝唱，无韵之《离骚》"；毛泽东说司马迁"周览名山大川，而其襟怀乃益广"。就是得益于他到实地去获得材料，在现场激发灵感！

生活总是青睐于有准备的人。元封三年（前 108 年），司马迁三十七岁，汉武帝任命他为太史令，司马迁对这个职位心仪已久。正当他全力以赴、大展宏图的时候，一起与司马迁个人无关，却与品格密切相连的事情发生了。一位名叫李陵的将军，在西域作战时被俘。在朝堂议事时，有人提出：李陵辜负皇恩，没有成为烈士，一定是从狗洞里爬出来的。本人不能到案，就应族灭其家，处死他的母亲及家人。朝堂上，有人毫无缘由地恨得咬牙切齿，欲杀之而后快。也有的低眼垂眉，看着自己的脚尖，静默无声。这时，汉武帝突然问司马迁，爱卿有何看法？如果司马迁随声附和一下，事情也就过去了。偏偏司马迁作为史官，有自己的处事原则。史官不发违心之论，不做颠倒黑白之事。如果他随波逐流，那么，他写作《史记》时，将如何下笔呢？是言不由衷，还是指鹿为马？再有，史官"述往事，思来者"，指点天下，臧否人物，如果在现实生活中，或装聋作哑，或谄媚迎奉，这都与史官的职业操守背道而驰。于是，他禀告皇上："李陵过去有功于国家。这次将军以五千兵力，应对十万匈奴，寡不敌众。我想，李陵未必真正投降了匈奴，他一定是在等待时机，报效汉朝……"细究起来，李陵的失败，与汉武帝好大喜功、指挥失当有关。汉武帝顿时雷霆震怒，手一挥，把他交付刑狱。伴君如伴虎，司马迁得为自己的率真付出代价。关了一年多，一天，刑狱官来告诉司马迁，他可以有三个选择：一是死刑，二是六十万钱可免死，三是接受腐刑。

司马迁并不害怕死亡。他被关在那间粪土般污秽的牢房里，苟且偷生，不肯死去，就因为他的《史记》还只完成三成的样子，怎么能够死呢？如果这样死去，真是白来了一趟人世间了。我准备了近三十年啊，为的就是探究自然和人间的关系，弄通自古至今的变化规律。在司马迁看来，这是一场修行，即便是接受最严厉的惩罚，千刀万剐，也绝不会后悔！况且，他也无万贯家财，不可能有六十万钱。在那间又黑又臭的囚室里，司马迁经历了如同在地狱里走了一遭的煎熬，最终作出了自己的人生选择。天汉三年（前98年），他毅然走进"蚕室"，那是施行腐刑的地方，他强忍悲痛，接受人世间那最锥心的疼痛和最刻骨的污辱！

拖着残缺的身躯，他又回到了史官的书案前。这时，他的居民身份证上，性别：男。而在现实生活中，他已经不是男人，更不是男子汉！但他没有被打垮，在那天塌地陷般的摧残中，他已经浴火中重生！二十多年前在汨罗江边，往事历历在目。屈原的呐喊在他耳边回响，贾谊嗟苦的面容仿佛就在眼前。他们有一个共同的特点：忠诚正直，卓越超群，又都不为当时的权贵所容，而遭受打击排斥。于是，司马迁以雄视千古的气概，长风烈日般的情感，骤雨雷霆般的文字，沉郁顿挫，咏叹反复，夹叙夹议，写出了《屈原贾生列传》。这是一篇"为天地立心"的评传，更是一篇火焰般耀眼的散文杰作。

司马迁复活了屈原，再现了贾谊！

五

由于水文变化和复杂的地质因素，汨罗江的入湖口，下移了十几公里。从前的江潭，有白帆过往，有渔家唱晚。文学家贾谊，史学家司马迁，都通过他们本人的著作，言之凿凿地说自己先后来过这里。由于他们的坚守与执着，屈原的作品被挖掘，人格被颂扬。接着就有经学家刘向、文学家王逸……对屈原的研究、推介和鼓吹。

但是，还有一位学者没有到过江潭，甚至没有到过洞庭湖，他对屈原的光大却是至关重要，这就是五百多年之后的刘勰。

对于历史距离，五百多年不算太远。只是这位刘勰，是一名独身主义者，一生未有婚娶。虽然也有过短暂的官宦生涯，当过太末令（今浙江游龙县）。他却向往寺庙，后来干脆一心向佛，出家当了和尚。

他当然也不是万事皆空，心中还有一个目标，那就是《文心雕龙》。他不做官，不结婚，戒欲，戒色，抛却人世间的一切荣华富贵和肉欲欢愉，一心一意，就是为了做好这件事。

《文心雕龙》是中国历史上一部最杰出的文学理论著作。刘勰三十多岁就写成了，当时不被人重视，他不断加工修改，不断呈送名人指正。后来终于被人发现，称这本书是"艺苑之秘宝"。这就是说，这是从事文艺创作的宝典：怎么立意，怎么通变，怎么修辞，甚至文章的风骨、定势、雕琢……都一一涉及。文章的毛病，也帮你找出来。当然，作为一部专门研究文学创作一般原理的著作，研究的对象是整个文学，并不专门针对某一篇具体的作品。但《离骚》却是例外，单独拎了出来，题为《辨骚》。

刘勰说，自《诗经》之后，称得上新奇而伟大作品的，就是《离骚》了！

不过，也有人对《离骚》提出批评。

这就是班固，东汉赫赫有名的大学者。作为史学家，他是继《史记》之后的又一史学著作《汉书》的作者。作为文学家，他是"汉赋四大家"之一，他的《两都赋》被列为《文选》第一篇。作为经学家，他的《白虎通义》，是集经学之大成的经典，名副其实的权威。老先生对屈原就一点也不客气了，他的批评十分刺耳，说，《离骚》"露才扬己，忿怼沉江"。

用现代的话说，就是：屈原夸耀才华，表现自己，由于愤恨不满，就投江自杀。

这简直是泼向诗人身上的一盆脏水！

班固还说，《离骚》除了文笔尚可，在艺术上问题也很多。云："羿浇二姚，与左氏不合；昆仑悬圃，非经义所载。"

班固老爷子显然是钻了牛角尖了。这都是一些古老而生癖的典故：羿，夏代一个叫"有穷国"的首领。浇，羿的妻子与别人生的儿子。二姚，虞舜的孙子虞思的两个女儿。班固说，屈原的描写，与《左传》不相符合。他写的昆仑和悬圃，也是传说中没有的。

横挑鼻子直挑眼，找出毛病一大堆。

刘勰对此却很不以为然。当然，作为文艺理论家，要在浩如烟海的文学作品中披沙拣金，他确实有许多难处：第一，遴选作品难。表扬谁，不表扬谁，如何拿捏？第二，判断优劣难。自古文无定法，孰优孰劣，又须掂斤掂两，分寸怎么掌握？第三，秉笔直书难。尤其是要挑战权威已有的结论，更是难上加难。弄得不好，就会惹火烧身。然而，他是刘勰。他既已抛弃了人世间的利禄纷争，也就不会在乎别人的评头品足，更不会拘泥于世态炎凉。他当时的身份是南京钟山南麓定林寺的僧人，法号慧地。一名皈依佛门的信徒，酒色财气，四大皆空，与功利无缘；他没有圈子，没有哥们派系，不需要互相抬轿或互相拆台。除去这种种，他还有什么需要顾及的呢？他心中只有一个目标：借助定林寺的丰富藏书，利用佛门功课之外的一切空余时间，潜心学问和研究，精心加工修改《文心雕龙》，使之臻于完美！对于所研究的对象，他会像审判官一样铁面无私，像啄木鸟清除树干上的虫害一样不会嘴下留情，当然也会像枝头喜鹊一样歌唱美好！

他说，自从《诗经》以后，就没有看到能够继承的好诗了。突起奇伟的作品，那就是《离骚》了！它高翔于《诗经》之后，奋飞于汉赋之前，了不起呀！

至于班固对屈原的批评，说这部作品怎样的不好，那是班老爷子"褒奖批评太随便，抬高压低不符合实际，鉴别很不精确，对《离骚》的解读也没有做认真的研究"（"孟坚谓不合传褒贬任声，抑扬过实，可谓鉴而弗精，玩而未覈者也。"刘勰：《文心雕龙》)。

一点面子也不给。

刘勰神采飞扬。说，屈原的《离骚》，歌颂美好，鞭挞邪恶。他一提到祖国就眼泪长流，他祈盼君王像尧舜一样伟大。他既熔化了经典的意蕴，又创造了自己的风格。抒写哀怨的情怀，呜咽动人。叙述对故国的思念，苍凉而不忍卒读。描绘山水，有声有色而可以见其形状。刘勰特别指出：要学习屈原的宏观视野，语言风格，借鉴其对山川景物的描绘……说到高兴处，他就像一只早起登枝的喜鹊，在树梢上放声歌唱：

"不有屈原，岂见《离骚》。惊才风逸，壮志烟高。山川无极，情理实劳。金相玉式，艳溢锱毫。"

如果用现代汉语表述，那就是一首赞美诗：没有屈原，怎么会有《离骚》呢？他惊人的才华风一样飘逸，他精致壮美的文采像云烟那样高远。山河无限广阔美好，诗人的情思向着宽广的远方。他的作品金玉般地珍贵，那些奇妙艳丽的诗句，必将永远闪烁耀眼的光芒！

横空出世，惊艳四方！

刘勰的话所以重要，因为他是中国文学史上一位标志性的人物。《文心雕龙》作为一部纯粹的文艺理论著作，单独抽出一篇为《离骚》辩护，辨析，称为《辨骚》，可见刘勰用心之良苦了。如果说贾谊以文学家的奔放热情，通过自己的作品，将屈原从历史的重幕中请了出来；司马迁以史学家的严谨和权威，对屈原作了明确的历史定位；而刘勰作为文艺理论家，则是将屈原头上的诗人桂冠拭擦得明晃晃、亮堂堂，使其光彩夺目，照耀千秋！从此，屈原的作品就像长了翅膀，从汨罗江边的土屋里，从楚国的硝烟迷雾中，从历史的深处，飞向中华大地，飞向五洲四海。如此，《离骚》就成为中国文化人的圣殿。几乎成了一种仪式，任何一位稍有成就的文人，都会向屈原表达敬意。史学家、文论家，就不待说了，就说诗人，陶渊明、庾信、王勃、李白、杜甫，近代的胡适、郭沫若、闻一多，甚至毛泽东，凡属在中国文学史上稍微有一点点名声的人，都会有对屈原的崇拜或解读。尤其是在国家民族处于危亡的关键时刻，诗人学者就会扎堆在屈原的周围。南宋陆游、辛弃疾、文天祥、朱熹，明末清初的王船山……这时，屈原是一面猎猎飘扬的旗帜！

那天，我们在江潭岸边来回寻觅，四下里空旷邈远。当年吹拂过屈原和贾谊、也吹拂过司马迁的微风，吹到我身上来，我感到风的柔软和撩人。由此，我祈望汨罗江故道上的江潭，如屈原在世的时候那样，草丰水美，树木茂盛。屈原现在已经是家喻户晓，贾谊、司马迁、刘勰昔年的呼唤，早已回声嘹亮……

历史风霜中的经典爱情

——探访小乔

一

那是一个雨雪霏霏的冬天的夜晚，天气十分寒冷。那会儿还没有电器取暖设备，我在屋里生起一盆木炭火，坐在火盆边浏览近期的报纸杂志。这时，外面响起急急的敲门声。进来的是一位文物干部，他告诉我，小乔的墓庐顶石找到了！对了，几个月前，我被任命为岳阳市文化主管官员，保护和管理历史文物，是这个职务的重要工作内容之一。在凛冽的寒风中，我们来到离岳阳楼不远的一个小巷，敲开一户人家的门。搁在门前空地上的那个宝顶形状的物件，经过文物考古工作者鉴定，确认是小乔墓的墓庐顶石。房子的主人准备再搭建一个披间，这块墓庐顶石，正好砌墙脚。

据史料记载，周瑜夫人小乔去世后，安葬在周瑜都督府的后花园。随着时代的变迁，都督府后来改为学堂，现在是一所中学。小乔墓早已无有踪影。这块墓庐顶石，是小乔墓的唯一证据。于是，我们动员这位先生将墓庐顶石交出来。

我欲与君相知，长命令无绝衰

他却说，这是他在城郊的废墟里捡来的。我们同意给他一些经济补偿，并且告诉他，小乔墓是历史遗迹，将来肯定会要修复，希望你大力支持。再说，你把人家坟墓上的石件，砌在自家房子的墙基上，也不吉利啊！

修复小乔墓于是提到了议事日程。同时我也有机会穿越历史的风霜与尘埃，走进小乔的世界，甚至还窥探了她的闺秘。

小乔是一位众所周知的大美女。但不知是罗贯中的疏忽，还是故意留下一个包袱，在《三国演义》中，小乔是高是矮，身材是苗条还是丰满，打扮是秀发飘逸还是云鬓轻挽……竟不著一个字。关于小乔的美，《三国志·周瑜传》说到周瑜和孙策时，"时得桥公两女，皆国色也。策自纳大桥，瑜纳小桥。"古时"桥"与"乔"通用。但对乔家姐妹的肖像风采也无具体描绘。相比较而言，在三国的女人当中，貂蝉身姿俏美，细耳碧环，行如玉树临风，静时文雅有余，容貌倾城倾国；蔡文姬却因她的才华，有一种难得的知性美……而小乔，恰恰是罗贯中与陈寿，为她创造了一种艺术上的模糊之美。在美学原理上，这种模糊而朦胧的美，给人们提供了一个巨大的想象空间，雾里看花，水中看月，此时，其审美对象反而会更真实更生动更令人浮想联翩。而她与周瑜的结合，又给人们提供了一个坚实的佐证。周瑜年轻勇武，英气逼人，统领数万大军，威名赫赫，且一致称他为"周郎"，可见他是大家的偶像！他要找对象，会差到哪里去吗？长得不漂亮，他会要吗？自古英雄爱美女，帅哥靓女，讲究的是般配。又因为历代诗人为小乔的美丽而反复吟咏，如此，小乔就成了名副其实的绝世美女了！

小乔，庐江皖县（今安徽潜山）乔玄之女。乔玄官至太尉，相传被尊称为乔国老。东汉建安初年，孙策从袁术那里得到三千兵马，回江东恢复祖业。在周瑜的帮助下，一举攻克了皖城。听说皖城东郊的乔国老有两个女儿，国色天香，又聪慧过人。作为青年将领，且大获全胜，自然想入非非。乔家住在一个溪流环绕、松竹掩映的村庄。孙策请人去提亲，乔公欣然应诺。并将一对姊妹花送入军帐之中。于是就有建安三年（198 年）孙策与大乔、周瑜与小乔的洞房花烛夜！

对于一个女子，小乔的人生无疑是幸运的，她获得了周瑜的爱情。风流倜傥的周瑜爱得深沉而执着，我们从苏东坡那首脍炙人口的《大江东去》就可以看出端倪——

大江东去，浪淘尽、千古风流人物。故垒西边，人道是、三国周郎赤壁。乱石穿空，惊涛拍岸，卷起千堆雪。江山如画，一时多少豪杰！　遥想公瑾当年，小乔初嫁了，雄姿英发。羽扇纶巾，谈笑间，樯橹灰飞烟灭。故国神游，多情应笑我，早生华发。人生如梦，一尊还酹江月。

在滚滚奔流的大江之上，一位卓尔不凡的青年将领，却是羽扇纶巾，谈笑自若地指挥着水军，抗御横江而来的不可一世的敌人。而他美丽的妻子，就在身边伴陪着他。小乔初嫁了，——此时周瑜和小乔已经结婚十年。不是苏东坡弄错了，而是他觉得他们仍然如新婚燕尔。苏轼是著名诗人，"粉丝"众多，一生都不缺女人。即便是得罪了朝廷流放岭南，也有朝云——一位比他年轻二十六岁的红颜知己陪伴在身边。尽管如此，苏轼先生更羡慕周瑜和小乔的那种甜蜜、那份如胶似漆的夫妻恩爱呢！

二

但是，话又说回来，作为女人，尤其是漂亮女人，生活在一个群雄割据的年代，周旋于一群争权夺利的男人当中，又是她们最大的不幸。而在中国的传统中，男人们通常站立在政治的顶端，主宰着世界。三国的男人们内心更是充满着"权、谋、情、色"的算计，以消灭对方、壮大自己为目标。攻城略地，杀人盈野。拼杀，血腥，暴毙，几乎是常态。美女们因其美色而得宠于一时，却是处于男人们争斗的锋芒上。与狼共舞，在刀尖上跳跃。然而，正是在这种四周陷阱密布中，小乔却建立了自己的爱情琼阁。这不能不说是一个奇迹。而与她同时代的那些美女，却没有这种幸运。

比如貂蝉。大约比小乔大六岁。她身材风姿绰约，体态轻盈婉转，如流风回雪，说话如莺啼燕唱，姿色超群惊艳。但她的身份却十分低微。小小年纪就被召进尚书令王允府中做歌伎，后来又被王允收为义女。当貂蝉长到十六岁，正是豆蔻年华，竟被她的"义父"王允派去做谋杀董卓的间谍。

这件事说起来都觉得恶心。

王允要刺杀奸臣董卓，又碍于董卓的贴身护卫吕布骁勇异常。王允便将"义女"貂蝉许嫁给吕布，然后又将她献给董卓。那是个一剑封喉的年代，貂蝉不敢不从。进到董府后，董卓果然"为色所迷，月余不出理事。"有时大白天也搂着貂蝉在屋里折腾。一位绝色美人，就这样被绑到一架阴谋的战车上。她不是去执行一般的潜伏任务，而是充当色情间谍，献出的是自己的肉体！不仅要和一个比她大三十多岁的糟老头子上床，还要有意无意地将那些龌龊的肢体行为，展现给另一个男人吕布知晓，挑起他的嫉火。这是多么尴尬多么难堪的事情啊！不管人们对貂蝉的"诛董"之举作何种历史评价，但貂蝉作为女人，她成了男人手中的一枚棋子，她本人也无异于行尸走肉！

还有蔡文姬，她饱读诗书，才华横溢。由于父亲遭受诬陷含冤去世，又逢汉末风云突变，胡虏进击。在战乱中，她被匈奴强掳而去，做了浑身羊膻味的匈奴左贤王的压寨夫人，还生了两个"胡儿"。"胡"是汉民族对少数民族的贬称，这种称谓当然有可商榷之处。可是，在胁迫之下组成的婚姻，蔡文姬，你幸福吗？后来，是曹操记着与蔡文姬父亲蔡邕的友情，便用重金将蔡文姬赎回。此时匈奴却不肯放她的一双儿女。到了二十世纪六十年代，当代大文豪郭沫若先生写了一个大型新编历史剧《蔡文姬》，说她的匈奴之行，具有"和亲"的性质，称赞她是一位捐弃了个人悲欢，以国

江湖之远
Jianghu
Zhiyuan

事为重、具有爱国主义思想感情的人……郭老下笔千言，锦绣文章。但读到他的关于蔡文姬的描述，心里总觉得不是滋味。在男人的心目中，难道只有政治、主义和宣言，而一个女人的情感、幸福和尊严，就一点也不应当顾及吗？当蔡文姬侥幸回到中原故国，而她的儿女却扣留在匈奴，骨肉分离，她心里不痛苦吗？蔡文姬在匈奴十二年，写成了一部长篇叙事诗《胡笳十八拍》，就是记述她为乱军所掳，流入南匈奴，以及后来她与亲生子女分别的悲惨情景。仅录其中的第九拍，就可以明白她当时是怎样的一种悲怆与无奈——

天无涯兮地无边，我心愁兮亦复然。
人生倏忽兮如白驹之过隙，
然不得欢乐兮当我之盛年。
怨兮欲问天，天苍苍兮上无缘。
举头望兮空云烟。
……

此外还有孙尚香，一位花季少女，却被她的哥哥孙权当作政治交易的筹码，送给刚刚死了老婆的刘备做填房！
……

这些知名度极高的"三国"佳丽，在刀剑风霜中，在充满权谋的搏杀中，她们不能主宰自己的命运，更不能抵达心灵的彼岸，她们最终的结局大都很悲惨，因此便有"自古红颜多薄命"之说。

那么，小乔是怎样跳出那个怪圈的呢？

只能说，她的幸运与生俱来，别人根本无法与之相比。父亲乔国老，朝廷执掌武事的官员，位高权重，又为官清廉，有着很高的社会声望。乔国老特别疼爱他的两个宝贝女儿，无微不至地呵护着她们。他亲自送女儿去军帐中成婚，就是对传统礼俗的一种坚持：明媒正娶。同时也向世人表明，父亲是女儿的守护神。绝不是貂蝉的"义父"王允那样，把女儿当成性奴送给别人，也不是孙权为一己之私利，将妹妹嫁一个大她三十岁的老男人。

命运之神又给小乔以美满的婚姻。"女怕嫁错郎"，恐怕不是一个现代社会才有的命题。小乔与周瑜在皖城完婚后，仅仅过了七天的"蜜月"生活，周瑜就奔赴军营。从这时起，男的是征夫，女的为思妇。幸而这种两地分居的生活很快就过去了，不久，周瑜被任命为大都督兼长沙、江夏二郡太守，都督府设巴丘（岳阳）洞庭东岸的湖边上。于是便有周瑜、小乔夫妇的"小别胜新婚"。站在都督府的楼台远眺，一碧万顷的洞庭湖尽收眼底。湖对岸是一望无尽的绿洲湿地。阳春三月，莺飞草长。而到秋冬季节，候鸟南归。其中必有天鹅翩翩而来。白天鹅羽毛洁白，黑天鹅浑身黑亮。它们体态优美，叫声动人。雄雌结成终身伴侣，从一而终，绝无"二奶""小三"之说。这一点正像小乔的丈夫周瑜。那时男权文化占着主导地位，有权势的男人，娶个三妻四妾是权力的象征，也是男人能力的象征。对这种畸形的婚姻与性事，周瑜打心底里厌恶。他的品性跟美丽的天鹅一样，感情专一。平时不管军务政务多么繁忙，他必定要挤时间陪伴妻子。无论正史或野史，周瑜从来都没有什么绯闻，更无不雅艳照在坊间流传。名副其实的好丈夫。英雄美女，琴瑟和谐，以致数百年后的著名诗人苏东坡都要嫉羡呢！

小乔珍惜这一切。她希望天空没有阴霾，生活永远阳光灿烂。但是，且慢。强权总是会捣毁那些美好的事物，一切有价值的东西都将被毁灭，人世间的悲剧因此而生。小乔虽然出身名门，虽然贵为都督夫人，就因为她是女人，更因为是美人，她就不能跳出这一宿命。后来引发的一场决定中国历史走向、血流成河、死人无数的战争——赤壁之战，竟是因她而起。善良的小乔做梦也没有想到，她"躺着也中枪"了！

三

看《三国》掉泪，替古人担忧。这是一句广为流传的村言俚语，意在提醒人们，历史事实已经无法改变，你完全没有必要去操这份闲心。然而，随着我们工作的深入，对小乔墓的修复方案做进一步研究的时候，过去一些模糊的印象，现在变得清晰起来。令人惊诧莫名的是，那个置小乔于不义的，却是大名鼎鼎的诸葛亮！

诸葛亮无疑是一位杰出的政治家、军事家、文学家。他为匡助蜀汉政权，鞠躬尽瘁，死而后已。他的散文代表作《出师表》《诫子书》已经成为文学瑰宝，至今都熠熠闪光；

他发明的木牛流马，孔明灯……其原理到现在也不过时。他是智慧的化身，忠臣的楷模。他在奔赴战场、征讨曹魏的路上，病逝于陕西宝鸡五丈原军中。以致数百年后，诗人杜甫都深感痛惜："出师未捷身先死，长使英雄泪满襟。"（杜甫《蜀相》）

但是，当他把手伸向一名弱小女子的时候，那就是对善良的践踏，对无辜的欺凌，他的形象立时轰然坍塌：曾经受到广泛敬重的诸葛孔明，原来是一个翻云覆雨、面目可憎的伪君子！

事情发生在东汉建安十三年（208年），起因则是一代枭雄曹操野心急速膨胀。他在消灭了袁绍、大破了乌桓，基本统一了北方，又率部南征，志在一统天下。这时，曹操动了一个计策，在夺取荆州之后，便写信给孙权，称他准备围猎吴地，然后将沿江东取夏口（今湖北汉口），消灭刘备。曹操故意暴露自己的作战意图，意图十分明确：敲山震虎，恐吓孙权。孙权接到这封信，心里果然十分矛盾，于是询问身边文武。他们之中，有主战的，也有主降的。战吧，曹操号称有八十万人马，在力量的对比上，孙权根本不值一提，因为自己只有三万多人。如果投降，又担心遭到曹操的羞辱。孙权犹豫不决，于是将在鄱阳驻防的都督周瑜请回来商量对策。

周瑜刚刚到家，刘备就派他的军师诸葛亮来求见孙权，目的是联合东吴，一起抗击曹操。诸葛亮知道，要使孙权下决心，先得把东吴的最高军事指挥官、大都督周瑜搞定。见

江湖之远

Jianghu
Zhiyuan

到周瑜，诸葛亮首先挫折他的锐气，说，当今天下，曹操无人可敌，投降才是上策。周瑜年轻勇武，字典里没有"投降"这两个字。诸葛亮号称足智多谋，于是另辟蹊径。他深切地知道，哪怕是最强悍的人，在内心深处也会有一处十分柔软的地方。诸葛亮于是直捣周瑜最脆弱的心灵部位，说：其实办法也是有的，只要用两个人，曹操便可不战而退。周瑜觉得诧异，问："两个什么人啊？"诸葛亮说："我在隆中居住时，就听说曹操在临漳河上造了一个楼台，命名为铜雀台，广选天下美女。曹操久闻江东乔公有两个女儿，大的叫大乔，小的叫小乔，有沉鱼落雁之容，闭月羞花之貌。曹操当时就发誓，吾一愿扫平四海，以成帝业；二愿得江东二乔，置之于铜雀台，以娱晚年。现在，如果将这两个女人给曹操送过去，不就什么事情也没有了吗?!"谁都知道小乔是周瑜的爱妻，诸葛亮却佯装不知。周瑜转战疆场，在戎马倥偬中一路走来，也是不好随意糊弄的。他不动声色地问："你这么说，可有什么根据？"诸葛亮说："有啊！曹操的儿子曹植，下笔成文。他写过一首题为《铜雀台赋》的诗，就说了这个意思！"周瑜接着又问："您是否记得这首诗？"诸葛亮说："我非常喜欢曹植的文采，倒是常常诵读。"周瑜压住心头的怒火，故作镇静："愿闻其详。"诸葛亮当场就背诵起来——

> 从明后而嬉游兮，登层台以娱情。
> 见太府之广开兮，观圣德之所营。
> 建高门之嵯峨兮，浮双阙乎太清。

立中天之华观兮，连飞阁乎西城。

临漳水之长流兮，望园果之滋荣。

立双台于左右兮，有玉龙与金凤。

揽"二乔"于东南兮，乐朝夕之与共。

……

夺人之妻，无论是谁，都是奇耻大辱！何况周瑜和小乔是那种心心相印、不可须臾分离的恩爱夫妻呢？据罗贯中《三国演义》的描述，诸葛亮还没有将那首诗背完，周瑜就勃然大怒：曹操这个老贼，我与你势不两立！赫赫有名的东吴军事家周瑜，就这样落入诸葛亮的"神机妙算"之中。孙权与刘备结盟再无悬念，与曹操决一死战的口号响彻云霄。其间有黄盖装满柴草、灌注了膏油的战船齐发，周瑜指挥的精锐水军火攻曹营，那真是血流成河，尸骨成山啊。赤壁之战创造了以少胜多的战例，形成三国鼎立的政治格局，并影响了此后中国六十年的历史。

事情演变到这个程度，小乔真是跳进黄河也洗不清了！

四

值得高兴的是，在筹划修复小乔墓的过程中，文史工作者收集了大量民间史料，这位既熟悉又陌生的女性，于是从历史的深处走来，我们与小乔便有了一个深层次交流的机会。她贤淑善良，且处变不惊。自她从安徽潜山来到巴丘与丈夫团聚后，就把周瑜的母亲何老夫人接来奉养。她孝敬婆母，友爱邻里。后来他们有了孩子，小乔扮演着贤妻良母的角色。她深深地懂得，由于丈夫周瑜的社会影响，她本人也成了公众人物。她的举止言谈如果稍有不当，唾沫的汪洋大海足以将她淹没，同时还会影响到丈夫和家庭的声誉。她从小接受的家庭教育，使她养成了一种含蓄、内敛而不爱张扬的性格。她因此处事低调，从不摆官太太的架子，更不介入周瑜的政务军机。现在，一场战争竟是因她而起，她在第一时间就听说了诸葛亮传过来的话。很震惊，也很气愤。接着又传来消息说，丈夫周瑜在前线视察的时候，忽然想起曹操的卑鄙，急火攻心，当场口吐鲜血。她痛惜丈夫，也深深地感觉到丈夫对她刻骨铭心的深情；而将士们也怀着难平的愤怒，个个摩拳擦掌，发誓要与曹贼决一死战，表明大家对她是何等关爱！可是，她能不知道冷兵器的血腥，战争的残酷吗？当她冷静下来，细细思索各种可能发生的事情，就下定了一个决心：一切由她自己来面对。而且她也相信，自己有能力有办法去击破即将发生的噩梦。一个柔弱女子的重大人生抉择，于是在这一瞬间形成了！

　　大战一触即发。但是，后来的事实证明，事情其实并不是这样子的。是诸葛亮编造了一个政治谣言，把无辜的小乔推向权谋者互相撕扯的泥沼——

　　曹操确实修建了一个楼台。有一次，曹操做了一个梦，梦见他在某地掘到一个金雀。他觉得那个梦是一个好的兆头。大凡高官都喜欢修建楼堂馆所，曹操也不例外。他便想建一座高台庆贺。他儿子曹植说，那就建成三座吧。中间高者，名为铜雀；左边一座名为玉龙，右边一座名为金凤。中间再作两座飞桥，将三座楼横空连接起来。

楼台造好了，一天，曹植陪着父亲游览。曹植才华横溢，曾经七步成诗。他当场赋诗一首，描绘楼台的壮美，四周景色的明丽，同时也希望百姓拥戴英明的父王……曹植特别称道连接玉龙楼和金凤楼的两座桥，诗云："连二桥于东西兮，若长空之蝃蝀。"

"蝃蝀"是彩虹。那两座桥如彩虹一样美丽。

那时"桥"即为"乔"。诸葛亮去游说周瑜时，来了个就汤下面，将曹植的那两句诗改成："揽'二乔'于东南兮，乐朝夕之与共。"

一盆脏水就这样泼到了小乔的头上。

诸葛亮篡改曹植的诗，可能传到曹操的耳朵里了。据文献记载，楚国大夫登徒子，其妻"蓬头挛耳，齞唇历齿，旁行踽偻，又疥且痔"。这样一个奇丑无比的女子，登徒子不仅没有外遇，还兴趣十足，与她频繁行房，共同生了五个儿子。登徒子的同事，楚国头号美男子宋玉调侃他，说他好色。理由是：丑老婆都有这等雅兴，如果是美女怎么得了？于是洋洋洒洒写了一篇《登徒子好色赋》，广为宣扬，出他的洋相。其实，曹操才是个真正的好色之徒。他有名分的妻妾就有十五名，一个比一个年轻漂亮。曹操与这十五名妻妾共同生了二十五个儿子，四个女儿。这还不够，他还广纳天下美女，可谓阅尽人间春色。他在发出"对酒当歌，人生几何"的感叹、唱着"周公吐哺，天下归心"的高调时，又常常"倡优在侧，日以达夕"（《曹瞒传》）。"倡优"就是漂亮女人，白天黑夜都厮混在一起！在他五十二岁发出"老骥伏枥，志在千里"的豪言壮语时，又动工修筑铜雀台。铜雀台是建造在河北邺城临漳河上的一处豪华水上宫殿，里面设有一百二十间殿室，正殿是他的寝宫，富丽堂皇无法形容。楼台上的每间殿室，都供着一位美女。他又弄来一帮江湖术士，专门研究所谓的"房中术"，然后在美女身上做试验。美女们于是都成了他的性奴。

当然，这些情节都来自于野史。当我们穿越千年隧洞，探测历史的幽微，曹操是否想通过赤壁之战，打败东吴，霸占"二乔"，典籍上却找不到确切的证据。作为历史人物，曹操毕竟是一位志在天下的强人，他的终极目标是要一统天下。赤壁之战对实现他的雄谋大略十分重要。他手握八十万人马，如果仅仅为了两个女人，岂不是牛刀杀鸡？据此可否作这样的推测：至少在最初酝酿这场战争的时候，曹操应该不是为女人而战。周瑜夫人小乔国色天香，他早已闻知。《三国演义》第四十八回有这样的情节：一次曹操跟部属吹牛，说，如得江南，当娶二乔！如果罗贯中的这个描述属实，那么，也是因为诸葛亮在曹植的诗中，塞进了自己的私货，对曹操起到了一种挑唆的作用。

岁月如流水一般逝去，到了唐代，诗人杜牧担任黄州刺史。有一次，他途经赤壁，发现一支当年留下的折断了的铁载，于是产生怀古之幽情。遗憾的是，诗人没有去分辨事情的真伪，就直接采信了诸葛亮制造的谣言，并且产生了一种联想：假如当年不是周瑜打败了曹操，而是曹操成为胜利者，那将会发生怎样的事情呢？——

折戟沉沙铁未销，自将磨洗认前朝。

东风不与周郎便，铜雀春深锁二乔。

杜牧是著名诗人，他的诗作流传久远，反过来又进一步坐实了诸葛亮的说法。更恼火的是，杜牧的这首七言绝句《赤壁》，被收入多种选本，又被那些知名或不知名的诗人不断引用、唱和，于是对小乔形成了一种"语言暴力"，于是"赤壁之战是因小乔而起"的传言越传越讹，而且坊间只要一提到铜雀台，就必定要把小乔扯进来。这是小乔的悲哀。其实，在事发的现场，以周瑜的智商，是完全可以当众戳穿诸葛亮制造的谎言的。因为那首题为《铜雀台赋》的诗，是曹操的儿子曹植写的。作为儿子，怎么可能要父亲去将别人的女人（二乔）搂在怀里呢？！偏偏周瑜不是那种"宰相肚里可撑船"的人，听说有人要抢他心爱的妻子，顿时雷霆咆哮，誓与那老贼决一雌雄！从这时起，小乔就是浑身长嘴，也说不清曾经的背景和真相了！

聪明反被聪明误。害人终害己。这些立身处世的箴言，在诸葛亮身上得到了有效的验证。诸葛先生本来是可以流芳百世的，由于他编造了一个政治谣言，给自己留下了一笔永远也抹不掉的负资产。政治家可以通过合纵连横来实现自己的政治意图，但你不可以歪曲编造、无中生有呀！让一位像鲜花一样美丽、像月亮一样善良的女人，为一场血肉横飞的战争背黑锅，这绝对是有违一位政治家的道德底线的。公正贤明如鲁迅先生者，就曾经直言不讳地表示他的不屑与厌恶："状诸葛之多智而近妖"（《鲁迅全集·中国小说史略》第 129 页）。

不幸终于酿成，赤壁之战最终还是打响了。战争之惨烈，无可形容。曹操的士卒大多是北方人，不识水性，极易昏船，于是将舰船首尾连接，绑在一起，人马在船上如履平地。周瑜抓住对方的弱点，用的是火攻。《三国演义》描绘当时的战场情景：隔江炮响，四下火船齐到，但见三江面上，火逐风飞，一派通红，漫天彻地。曹军着枪中箭、火焚水溺者，不计其数。历史学家白寿彝主编的《中国通史》也这样记载：曹军"船只全部被烧，士兵伤亡惨重"。"赤壁之战最终以曹操失败而告终"。进入近代，描述赤壁之战的电影电视剧数不胜数，现代科技又把那些血淋淋的战争场景推向极致，那真是惨不忍睹！

小乔没有料到事情的发展会有这么惨烈，她被莫明其妙地卷入其中，那些日子，无疑是她心灵最脆弱的时候，彷徨，痛苦，寝食难安。现在，趁着小乔墓修复的机会，为小乔辩诬，还她以清白，也就成了一件十分必要的事情。

五

　　种种迹象表明，为争夺漂亮女人而战，赤壁之战很可能是讹传。曾经发生在古希腊的一场旷日持久的战争，却确确实实是为了一个女人。

　　海伦，古希腊王后，美艳绝伦。有一次，国王外出巡视，海伦孤零零地待在皇宫里，感到十分寂寞。出宫散心的时候，与一位名叫帕里斯的特洛伊王子邂逅。王子是专程来斯巴达的一个庙里祭拜爱神的，他听说过海伦的美丽，绝没有想到竟如仙女下凡！这时海伦也在看帕里斯，身材魁梧，阳光帅气，一位英姿勃勃的骑士！

　　生活中的细枝末节，常常潜伏着重大的历史危机。晚上，任性且胆大妄为的帕里斯王子，竟然召集他的随从，闯入希腊王宫，劫走了王后海伦，同时还将希腊国王的财富抢劫一空！

　　整个希腊王国都极为愤怒，这是国家的奇耻大辱啊！希腊国王从外地回来，更是怒火万丈。于是决定攻打特洛伊。希腊出动了军队十万人，启用帆船一千一百八十六条，这场战争打了十年，一直僵持不下。后来，他们想出一条妙计，造一个巨大的木马，腹里装着精兵，置之于特洛伊城外。特洛伊人以为希腊退兵了，打开了城门。到夜晚，城里的人正在睡梦中，藏在木马中的希腊英雄都爬了出来，并向隐匿在近海的船队发出信号，这样里应外合，一举攻下特洛伊。这一战例举世闻名，以至到现在，还在不断被引用。比如，现在网络上最常见的"木马病毒"，就是由"特洛伊木马"衍化而来。又比如，八九年前，台湾有一些反对与大陆直航的言论，其中有一条就是害怕"木马屠城"。从大陆民航机上走下来的，都是端着冲锋枪的人民解放军，哒哒哒哒，"缴枪不杀!"——可见"特洛伊战争"影响之深广。

话扯远了，我们还说小乔。

姑且不论曹操攻打赤壁，是否为抢夺小乔姐妹；或者事情的结局确如唐代诗人杜牧所担心的那样，曹操的八十万人马所向披靡，把周瑜和他的军队碾成粉末，最后把小乔和她的姐姐掳去，安顿在铜雀台上，那么，曹操真的能如愿以偿地占有她们吗？

那绝对是一厢情愿。

因为小乔不是海伦。海伦虽然当了王后，却是个情种。在丈夫外出时，另一个男子来了，就跟人家眉来眼去，惹得帕里斯王子想入非非，将她"劫抢"而去!而且她很快就跟人家生活在一起，甚至还与帕里斯王子举行了结婚仪式。海伦是西洋美女，爱情观五花八门：什么性解放、杯水主义、一夜情、露水夫妻……只要两厢情悦，跟谁都可以上床。翻江倒海，恣意汪洋，根本不存在什么道德、伦理或者心理方面的障碍。而东方美女小乔，却与海伦有着完全不同的文化背景和人生哲学!

小乔的父亲乔国老，重周公之礼。家世清白，门风严谨。小乔在这种家庭环境中长大，无论教养和气质，都显示出大家闺秀的风范。讲究体面和尊严，把贞操看得比生命还重要。对那些水性杨花、纵欲寻欢的女子，根本不屑一顾。

　　况且，中国传统女性迥然不同于西方女人的是，对爱情有一种浓厚的古朴色彩。一旦以身相许，就生死不渝。小乔的家乡安徽省潜山县，这是一个具有深厚文化底蕴的地方。中国最早的叙事诗《孔雀东南飞》，正是产生在这里。一对青年男女生死相爱，即便是被家长强行分离，也不复嫁娶……这样的文化熏陶，对小乔的精神世界发挥着潜移默化的作用。她还熟读过《诗经》，领略过其中的精髓。比如《诗经·鄘风·柏舟》，一个女子为自己心爱的男人，发出"之死矢靡它""之死矢靡慝"的爱情絮语——

我荡着柏木小舟，
在那河中泛流。
那个发髻垂垂的少年，
就是我心爱的人儿。
我爱他呀我起誓：到死我也不再它求！
……

　　当然，时过境迁，这些都是我们根据历史背景所做的一种揣摩，推理的成分居多。但有一个不容争辩的事实，那就是小乔与周瑜彼此相爱，不仅仅是因为郎才女貌，他们还有着共同的志趣。周瑜虽然出身行武，却不是草莽，颇有儒将风度，尤其喜欢音乐，并且精通音律；小乔也是一副天生的好嗓子。闲暇时，夫妇二人常常一起唱歌。每当周瑜从前方

116

归来，人们就能听到都督府里传出的歌声，悠扬悦耳，传得很远很远，在巴丘城里传为美谈。音乐使生活绚丽多姿。而那些有着音乐天赋的人，感情是何等的丰富细腻，心灵是何等的美好善良。夫妇有着同样的爱好，他们的二人世界春光明媚，鸟语花香，就不难想象了。周瑜和小乔还常常一起去参加各种音乐盛会。兴致来了，夫妇俩会联袂登台一秀歌喉。有一次，给他们伴奏的乐师弹的一个音符不准，满座嘉宾都没有觉察，周瑜不仅听出来了，并且当场提醒乐师。有《三国志》为证："曲有误，周郎顾。"中国音乐史上一个传颂不衰的故事，就发生在他们夫妇身上。

春风秋雨千百年后，在古城巴陵，还有一件十分奇特的事，那些多少读了一点书的人，大都能背诵汉《乐府·上邪》。这是否跟周瑜夫妇当年经常吟唱、无形中起到一种传播的作用有关呢？那时民间音乐创作十分活跃，朝廷专门成立了一个类似于音乐家协会的半官方机构，将当时拥趸者最多、传播最为广泛的民歌俗曲，整理编印为《乐府》。在小乔的闺房里，一部《乐府》必定是随手可及。那也是一种时尚。其中的《上邪》，就是一首讴歌坚贞爱情的经典作品——

上邪！我欲与君相知，长命无绝衰。山无陵，江水为竭，冬雷震震，夏雨雪，天地合，乃敢与君绝。

这是一个女子对她的心上人的山盟海誓。翻译成现代汉语就是这样：天呀！我要与你相亲相爱，我对你的爱情永远不会凋谢。除非高山夷为了平地，江河流水枯竭，冬天里打炸雷，夏天飘大雪，天地合在一起，又回到亿万年前的混沌世界，到那时，才可以说我们的爱情会断绝。

说白了，要让我不爱你，除非地球遭毁灭！

忠贞不渝、至死不移的爱情！

多么纯洁坚定，多么崇高伟大！

这样美妙的歌曲，既是小乔与丈夫周瑜经常歌咏的曲目，也是他们互相的心灵表白！

一位像仙女一样纯洁、庄重、高贵的女人，曹操即算把她强掳而去，安置在临漳河上铜雀台的某一间殿室里，她会跟曹操上床，跟他做爱，任那个糟老头子占有她，玷污她，在她身上撒欢吗？

专横暴戾如曹操者，也只能是痴心妄想！

这就是小乔一开始就设定好了的答案。无论是曹操，还是诸葛亮，都没有预料到这一点。因为他们对别人的人格与尊严，缺乏起码的认知与尊重！

六

周瑜连年征战，身有箭伤。建安十五年（210年）五月，旧伤复发，他终于病倒了。小乔床前护理，寸步不离。周瑜身边当然有许多侍者卫士，但煎药奉汤，照顾病人，小乔都要亲力亲为。她总觉得丈夫还年轻，一定会慢慢好起来。她要用爱与虔诚，去激活丈夫战胜病魔的潜能。她渴望奇迹的出现。然而，经过太医精心治疗，病情却不见起色。这一天，周瑜觉得稍好一些，强打起精神，提笔给孙权写信。他说，他感谢孙权的信任，委以重用。他本想大展宏图，不料"道遇暴疾"，且日渐加重。"人生有死，修短命矣，诚不足惜，但恨微志未展，不复奉教命耳。"他分析了当时的形势："方今曹公在北，疆场未静。刘备寄寓，有似养虎。天下之事，未知始终。"为了东吴的事业，他推荐鲁肃接替他的职务，说："人之将死，其言也善。倘或可采，瑜死不朽矣！"（《三国志·吴书》）

　　悲剧果然不期而至，药石未能奏效，周瑜三十六岁英年早逝。小乔虽然也曾有过某种预感，但她接受不了这个现实。周瑜的丧事办得极为隆重，这对小乔又有什么意义呢?!生命中不能承受的那种伤痛，使她处于一种气若游丝的状态。灵魂好像已经与躯体分离，身子被一片白云托起，如同洞庭湖边杨柳树上的柳絮，随风而飘飞，不知道要飘零到什么地方去。

　　她好长时间都没有醒过来。

　　但是，她并不孤独。周瑜虽然不在了，由于她的美丽与善良，人们都没有遗忘她，一如既往地惦记着她。关于她以后的情形，于是出现了好几个版本。一说，她活到五十四岁，将她和周瑜的儿女抚养成人。而据明·隆庆《岳州府志》记载，小乔卒于建安十五年（210年）。这就是说，她与丈夫周瑜是同一年去世的。清版《巴陵县志》则有更详细的记载：周瑜镇守江陵、巴丘时，小乔相随。周瑜病卒巴丘，小乔悲痛，自尽于夫婿灵前，军帐兵卒将其葬于都督府后花园。

这就是我们多方寻觅的小乔墓。

白衣苍狗变浮云。当时的生活场景，已经淹没在历史的长河中无法打捞。千百年来，人们总是根据自己的意愿来塑造小乔的美好形象，并且揣摩她的心灵轨迹。丈夫离她而去，生活的暗流必须由她独自面对。周瑜在世，曹操尚且要为了她而大动干戈，心怀叵测的诸葛亮尚且可以编造政治谣言来消费她。丈夫不在了，谁来保护她，她活着还有什么意思呢?! 她的周围是一群心中没有"善"而只有权谋的男人，为了征服和占有，他们出手就会是"恶"。为殉情，也为抗争，她完全可能以极端的方式表达自己的情感。当然，无论过去和现在，人们都不赞成这样做。这是没有办法的，因为她不是貂蝉，也不是蔡文姬和孙尚香，"逢场作戏""委曲求全"或者"苟且偷安"，都不可能成为她的人生选项。与丈夫生死相恋、固守自己的玉洁冰清，这才是小乔的唯一选择。截断生命去追寻自己最爱的人，也就成了她最后的选择。只是我多年来一直深感遗憾，当我们在那个雨雪纷飞的夜晚，找回了小乔墓的墓庐顶石之后，虽然做了多方努力，但由于种种掣肘，在我的职务任期之内，没能把小乔墓修复好。直到又过了三两年，在接替者的主持下，将小乔墓移至距原址约五百米的岳阳楼北侧，那块墓庐顶石才正式派上用场，安放在它应有的位置上。

如今，小乔墓前游人如织，无论是白发老者，还是年轻

江湖之远
Jianghu
Zhiyuan

情侣，大家都为她的美丽和她与周瑜的经典爱情而祈福。与墓庐遥遥相对的，是洞庭湖的湖洲湿地。前不久，我们趁着初冬时节明亮的太阳，在岳阳楼下，远眺那水天连接处，但见百鸟飞翔。那些从遥远的北方飞来的鸟类，包括象征纯洁爱情的天鹅，纷纷振展双翅。一切是那么和谐而美好。这其中是否有周瑜和他亲爱的夫人小乔，在他们演绎过无限美妙爱情故事的地方，作故地重游呢?!

江山助斯人

张说以文学知名于世，同时也是朝廷高官。唐开元四年（716 年），他再次受到贬谪，由相州（今河南安阳）刺史改任岳州，我相信他此时一定懊丧到了极点。相州，别名邺城、殷都，在三国两晋及南北朝时代，这里的经济文化就十分活跃。经过长时间的建设，现在已经成为中原地区最富庶繁盛的城市。而岳州，水乡泽国，草县荒州。且不说条件艰苦，对于有志于显达的官员，政治上被打入冷宫，就让人受不了！

张说最初的人生道路十分顺畅。二十二岁的那一年，武则天亲自主持，选拔方正贤良的优秀人才，张说获得第一名，自此进入官场。从太子校书郎（朝廷的图书资料管理员）做起，而至左补阙（参与讽谏、廷议），也曾有过短期外放。唐玄宗李隆基即位时，张说升任中书侍郎（与门下侍郎共同行使宰相职权），真是风光无限。只是官场从来都不是风平浪静。在事先没有任何预警的情况下，忽然刮起一阵飓风，张说从朝廷中枢贬谪相州。所谓"能上能下"，那只不过是官场上一些春风得意的官员，高兴的时候说的漂亮话而已。

不过，张说也不必怨天尤人，他的厄运与自己的性格弱点有关。他自恃才高，性格孤傲，且脾气暴躁。这一次，是唐玄宗李隆基打算任命姚崇为相。但是，张说与姚崇一向不和。他觉得自己不便出面反对，便暗中指使御史大夫赵彦昭，写奏折弹劾姚崇。玄宗没表态。张说又让另一位姜皎给皇帝建议，将姚崇派去做河东总管。玄宗主意已定，不受外界左右，不仅任命姚崇为"同中书门下平章事"——宰相；同时兼任兵部尚书，执掌朝廷中枢政务和兵权。这时，张说又十分害怕。情急之下，他跑到岐王李范那里去解释。李范是玄宗李隆基的弟弟，张说也许是想背靠大树好乘凉。然而，事情的复杂在于，封建王朝的皇帝，与众多的嫔妃生下了许多儿子，接任皇位的却只有一人。其他的皇子对继位的皇帝就构成了潜在威胁。张说私会皇族，政治上犯了大忌。《新唐书》第一百二十四卷记述了这么一个细节：一日上朝，姚崇故意跛着脚走路。玄宗问他的脚怎么了？姚崇说，臣足有疾！玄宗说，这很痛吗？姚崇说："臣心中忧，痛不在足。"接着又说："岐王是陛下的爱弟，而张说辅臣，密乘车出入岐王家，我担心出什么大事，故心忧之。"姚崇对张说的报复，可谓"一剑封喉"。他抓住唐玄宗李隆基的心理特点：不放过任何图谋不轨的蛛丝马迹。张说随即被革除朝廷职务，贬到相州任刺史。在那里，又因别的事牵连，再贬岳州。

朝廷给张说的处分文件（制书），是开元四年（716年）四月十二日发出的，二十七日送到相州张说手上。张说不敢延迟，据他本人说，即刻"狼狈上道"。先走旱路，后改水路，经过一个月又一日，于农历六月初旬到达洞庭湖边的岳州城。那时岳州还是荒蛮之地。《旧唐书·地理志》载，开元年间，岳州"辖县五，户一万一千七百四十，口五万二百九十"。每平方千米平均不到四口人。人烟稀少，经济萧条，贫困落后，自不待言。

张说一直生活在繁荣昌盛之地。他世居河东（今山西永济），后来在洛阳，再到相州，可以说是养尊处优。再说，像他这样的朝廷官员，都有一种功名上的优越感。张说是武则天亲临洛阳南门主考第一名，在朝廷是国家重臣。现在，跑到这荒州草县来做个地方官，政治光环不再，"罪臣"身份凸显，这种政治上的落差，也让他备受内心煎熬。再加上此地粗俗的生活习惯，土著居民难懂的口音……一切的一切，都让他郁闷，不适应，不开心。总之，他的心情坏到了极点！

单是那炎热的气候，就让他受不了。农历六月初旬的岳州，正是酷暑季节。岳州又号称卑湿地区，空气中潮湿重，暑热被湿气裹挟，不仅不易散发，还粘贴在身子上，揭不开，挥不走！人被热浪熏蒸着，整日大汗淋漓，昏昏沉沉

的，什么事也不能做，什么事也做不成。于是他叹息："炎洲苦三伏，永日卧孤城。"（《岳州夜坐》）

他也想出门走走，去熟悉一下环境，可是——

"鸟哭楚山外，猿啼湘水阴。"（《对酒巴陵行》）鸟哭，猿啼，置身这样的境地，你能不感到恐怖和害怕吗？

"潦收江未清，火退山更热。"（《岳州作》）雨停了，江未清；太阳下山了，仍旧是那样炎热，这日子怎么打发啊！

这一天，他准备去考察洞庭湖洲，有人却给他讲段子：湖洲上"三只蚊子一盘菜，三只老鼠一麻袋，三条蚂蟥做腰带"。听着都让人心头发怵。起初，他还将信将疑。及至来到湖洲上，果然到处都有一股恶心的鱼腥气，草丛中还有牛虻和旱蚂蟥。也不知怎么回事，从湖洲上回来，他的衣服和鞋上，就沾有蚊子和蚂蟥叮咬的血渍。他只能苦笑："器留鱼鳖腥，衣点蚊虻血。"（《岳州作·夜梦云阙间》）

还有更骇人的。沿途树上，到处是那种怪里怪气的鸟，一不小心还会踩到蛇。他惊呼："日昏闻怪鸟，地热见修蛇。"（《岳州作·水草生秋国》）而老百姓跟他聊天，老是讲那些山精妖怪，还有一条被斩了的巴蛇。"湖阴窥魍魉，丘势辨巴蛇。"（《巴丘春作》）

这样的鬼地方，怎不让他"徘徊恋九华"（《岳州作》）呢？！

但是，牢骚归牢骚，生活还得继续。当张说度过了开头那一段躁动和不安之后，他就觉得，在其位而谋其政，应当做点事情。岳州北门，临洞庭湖边，有一座当年鲁肃练水兵时修的阅军楼。经过将近五百年的风雨侵蚀，到张说来的时候，阅军楼已无踪影，甚至连残存的瓦砾也找不到了，只剩下传说一个。但这里风景特好，可以看到滔滔而来的万里长江，可以极目烟波浩渺的八百里洞庭。他既然做了主政官员，就下令维修。他重新命名为"南楼"。更名"岳阳楼"，那是许多年以后的事情。新楼建成后，他常常邀集一些好友，在楼上喝酒吟诗。远处的君山岛，在诗人的眼里，是一幅漂亮的水墨画：

巴陵一望洞庭秋，日见孤峰水上浮。闻道神仙不可接，心随江水共悠悠。(《送梁六自洞庭山》)

而泛舟洞庭，满湖浮光跃金，诗人怀疑自己投入太阳的怀抱了：

平湖一望水连天，秋景千寻下洞泉。忽惊水上江华满，疑是乘舟到日边。(《和尹从事懋泛洞庭》)

当风暴过去，洞庭湖渐渐平静下来，没有了惊涛骇浪，也不再有咆哮，湖光山色竟是那么迷人。于是，他像一位技艺高超的摄影师，将那些最美丽的画面定格为永久——

"缅邈洞庭岫，葱蒙水雾色。宛在太湖中，可望不可即。"(《游洞庭湖湘》)

"水国何辽旷，风波遂极天。"(《岳州城西》)

"江寒天一色，日静水重纹。"（《游洞庭湖》）

"山庭迥迥面长川，江树重重极远烟。"（《同赵侍御望归舟》）

在岳州过春节，比起洛阳的火树银花，也别有一番情趣："除夜清樽满，寒庭燎火多。"（《岳州守岁》）

岳州东门出城，有一片湖汊，《水经注》称滃湖，当地人叫南湖。南湖与八百里洞庭相连通，同四水潇湘共起落。旷远清空，云山出没，这是多么美丽的景色啊。这时，张说发现自己已经深深地爱上这个地方了："云间东岭千重出，树里南湖一片明。若使巢由同此意，不将萝薜易簪缨。"（《滃湖山寺》）置身于大自然，得山水之乐。我干吗还要回到朝廷，去戴官帽、穿官服，再去受那份官场的束缚呢？

……

世界就是这么有趣，当命运之神把他升官的大门关上了，上帝却把诗的窗户打开了。积累起来，张说有关岳州的诗作，几可盈筐。他把这些作品辑成《岳阳集》。最初，也许是出于文化人的敝帚自珍。恐怕连张说自己也没有料到，此时，他正在引领一种潮流。或者说，他在创造历史！

于此，我们须得把大幕拉开——

在中国历史长河中，唐朝无疑是一个强大而繁荣的时代。尤其是诗歌创作，达到了一个空前的高峰。但在初唐时期，诗歌创作的主要倾向，沿袭了六朝的华艳诗风。又由于唐代封建帝国繁荣富强，专制统治者和贵族生活奢靡享乐，当局需要一批文人来歌功颂德，点缀升平。于是出现了一大批"应制"式诗人。他们的诗词作品，追求华丽的辞藻，歌颂皇帝的英明、公主的高贵可爱。阿谀奉承，平庸浅薄，很少有文学价值。而张说，受贬谪而来到这亘古蛮荒之地，他身心疲惫，放浪于湖光山色之中，昔日那些禁锢和条条框框，自然失效并消遁了。他有自己的伤痛感，于是直抒胸臆，一吐胸中的块垒。他这期间的作品，包括那些牢骚满腹的诗作，由于通过描绘洞庭湖的自然美景，抒发自己的思君、思乡之情，同时还把这种感情上升到对人生、宇宙的哲学思考层面，给当时的诗歌创作注入了新的活力，因而成为盛唐脚步渐近的标志性作品之一。而张说的身份，曾经的朝廷重臣，地位显赫。在创作上，史称他"掌文学之任凡三十年"，是当时影响极大的作家。他的创作动向，无疑具有极大的示范作用。可以这么说，张说在岳州以及稍后在荆湘之地的创作，为不久之后的唐代诗歌创作大繁荣，起到了发轫作用。近年有学者说，张说及其周围诗人群体在此期间的诗作，促成了诗国高潮的到来。

张说擅长碑志，善于朝廷公文。贬谪之后，却是诗词创作大丰收。《新唐书》因此说：张说"既谪岳州，而诗益凄婉，人谓得江山助。"《唐才子传》也认同这一评价："诗法特妙。晚谪岳州，诗益凄美，人谓得江山助。"

记得刚到岳州时候，张说心里是多么的沮丧，回过头来看，又何尝不是"塞翁失马，焉知非福"呢？

当然，所谓"得江山助"，可能包含了两个方面的意思。

一是变幻万千的洞庭湖景色，提供了一个描摹的画本，诗人可以一洒豪情。因为任何文艺作品，都是一定时代社会生活在作家头脑中反映的产物。如果不是朝廷将他一贬再贬，最后将他赶到岳州这个蛮荒化外之地，张说怎么可能有接触浩瀚洞庭的机缘呢？如果他不受贬，仍旧在朝廷过着优裕的生活，纵然有洞庭美景，他也看不到。没有生活中的厄运，他也不会有那些牢骚，也就不可能有那些诗作。这一切，都是来自于命运的安排，或者说这是天助！

《新唐书》是北宋欧阳修等人主持修撰的。欧阳修是大文豪，他懂得作家的人生际遇、客观环境对创作的影响。他更懂得，闭门造车，就只能是胡编乱造。这样，不仅不能产生出好作品，还会使文学蒙羞。因此他认同了"得江山助"一说。

另外呢，江山赋予张说以灵感，使他佳作迭出。而张说作为诗人，反过来也成就了江山之美。在张说之前，除了屈原的《湘君》《湘夫人》，描写过在洞庭湖上，湘君驾着龙舟寻找湘夫人；湘夫人同样在波涛涌起的时候，去寻找亲爱的夫君的故事。其时，"洞庭木叶萧萧下"（《湘夫人》），她们望眼欲穿……那真切细腻的情感，扣动过多少人的心弦！除此之外，鲜见有知名诗人的歌唱。是张说在屈原之后，以他的生花妙笔，描绘了洞庭湖的瑰丽景色，以及湖的大气、美气、灵气，还有那鱼腥气！他主持整修鲁肃的阅军楼后，常在那里与诗友聚会。因为张说的名气，他与诗友们诗作的影响，又把后来的李白、杜甫、白居易、柳宗元……一大批诗坛名人引来，他们又都留下了许多诗词佳作，于是千百年来文人墨客络绎不绝。有道是，江山也要文人捧。洞庭湖、岳阳楼能成为一处文化圣地，开元年间的岳州刺史张说，是最初的策划师、宣传家和发轫者！

张说在岳州待了大约三年时间，后来又到荆州、幽州……开元九年（721 年）九月，张说被诏进京，再次拜相。这时，恰逢边境有事，他受命屯兵西北。在抗击突厥的过程中，张说著有功绩，回京后再次升任中书令。消息传到岳州，整个城市霎时沸腾起来。岳州的老长官，官复原职了，职务是中书令，宰相！这种荣耀，从前没有过，今后也不一定会有。百姓无不兴高采烈，奔走相告。可惜的是，张说的老毛病并没有改掉。回到朝廷，仍然是脾气暴躁，跟同事关系紧张。有不同意见，不是与人商量沟通，而是当面驳斥，有时甚至呵斥谩骂同僚。凡他不喜欢的人，就设法排斥。河南尹崔隐甫，玄宗打算重用。张说知道了，就向皇帝进言，说崔隐甫怎样的不好，结果也就平调了个品位不高的御史大夫。张说与御史中丞宇文融不和，对宇文融的奏折，张说大多加以压制，不给他转递……这样，他得罪了很多人。但是，他自己也很不检点。比如，他勾引术士到家里来占星，按照当时的风纪，有图谋不轨之嫌。再有，当他重新担任了中书令（宰相），大权在握，便有了权力寻租的空间，于是有人给他行贿进贡。关于他徇私舞弊的传言，常常在坊间不胫而走。崔隐甫、宇文融、李林甫，又都掌御史之职，管的就是监察执法。他们于是一齐向皇帝告状：张说贪腐。皇帝大吃一惊，命御史大夫和刑部尚书联合审问张说，所列罪状果然大部属实。贪渎腐败是任何一个朝代都不能容忍的，对号入座，请君入瓮。张说被打入大牢，等待刑律的判决。

这是开元十四年（726年）的事。

如果说，张说贬谪岳州，天气炎热，屋里蚊子咬，出门蚂蟥叮，毕竟还是在任官员。现在关在大牢里，就跟其他囚徒一样，头发散乱，满脸污垢，坐在草垫子上，很粗糙的食物，用瓦盆子盛着吃，惊慌恐惧地等候最后的处分。是张说的哥哥四处喊冤，唐玄宗便派他的亲信，宦官高力士去探望。高力士回来向玄宗报告了张说的惨状，又提及张说对国家的功劳，唐玄宗动了恻隐之心，宽赦了张说，仅免去中书令一职，仍旧让他编修国史。谁知江山易改，禀性难移。张说出来后，又卷入人事纠纷。因为贪腐，舆论也不同情他。唐玄宗也许是厌烦了他，开元十五年（727年），勒令张说致仕（退休）。

张说是高官，名人，我们无法揣摩他坐在牢房里的人生况味。这期间，他写过一篇《钱本草》，或许是打开他内心秘密的钥匙。

这是一篇寓言式的作品，总共一百八十七个字。

他说，"钱"，味道极甜，大热，但有毒。钱能留住美丽容颜，能疗救饥饿，能解危困。

他又说，"钱""利邦国，污贤达，畏清廉"。

他还说，取舍相宜称为义，没有非分追求称为礼。

云云。

总之，他用机智且生动的笔墨，将"钱"的性质、利弊，描绘得淋漓尽致。谨抄前边一小段：

钱，味甘，大热，有毒。偏能驻颜，采泽流润，善疗饥，解困厄之患立验。能利邦国，污贤达，畏清廉。贪者服之，以均平为良；如不均平，则冷热相激，令人霍乱。其药采无时，采之非理则伤神……

张说也许是从《神农本草经》受到的启示，把"钱"当作一味中药来研究。而中药，都有其独特的药理、药性，讲究如法炮制，必须懂得配伍。可以治病，也有毒性。在张说看来，"钱"何尝不是如此呢？

对"钱"有如此深刻的理解，张说很可能是头一个。在此之前，西晋文学家鲁褒，针对当时朝纲不振，风气败坏，他有感于"世人贪鄙成风"，有权势的人莫不疯狂捞钱。鲁褒便隐名埋姓，写了一篇激愤之作，题为《钱神论》。语带谐谑，嬉笑怒骂，专刺钱的丑陋与祸害：

钱之为体，有乾坤之象，内则其方，外则其圆……亲之如兄，字曰孔方。失之则贫弱，得之则富昌。……钱多者处前，钱少者居后。处前者为君长，在后者为臣仆。无德而尊，无势而热，排金门而入紫闼。危可使安，死可使活，贵可使贱，生可使杀。是故忿争非钱不胜，幽滞非钱不拔，怨仇非钱不解，令问非钱不发！

而在此之后的英国戏剧家莎士比亚，在他的经典作品《雅典的泰门》中，泰门在倾家荡产、饱尝世态炎凉后，对金钱（黄金）发出了咬牙切齿的诅咒：

这东西，只要这一点点儿，就可以使黑的会变成白的，丑的会变成美的，错的会变成对的，贱的会变成尊贵，老年变成少年，懦夫变成勇士……这个该诅咒的东西，这个人类共同的娼妇！

无论是中国鲁褒，还是外国的莎翁，他们对钱一概是揭示它的丑恶、残酷和血腥。而缺乏像张说一样，对金钱进行全面的描绘、研究和剖析。在张说看来，钱本身并无过错，它可以"利邦国"。试想，如果没有货币（钱）作为流通的中介，难道仍旧回到用你的山羊换我的布匹、用我的布匹再去换他的粮食吗？问题是，钱"有毒"！前中书令（宰相）张说明确无误地告诉世人，如果采撷不合理，就会得霍乱那样的重病！西晋文学家鲁褒和英国戏剧家莎士比亚，只顾扯着嗓子开骂，却没有意识到获取金钱的方式，决定拥有金钱的人的合法或不合法，罪与非罪。仅就这一项发现，《钱本草》可能是古今中外对金钱的属性进行原创性研究最重要的成果！

我手头的资料，不能证明张说是在牢房里写成《钱本草》

的。但可以肯定的是，这篇文章的最初构想，是在牢房里的草垫子上形成的。历朝历代，从古至今，像张说这样级别的官员，因贪污受贿而关进大牢的，不在少数。有的甚至还被送上了断头台。这些人昔日身居高位，道貌岸然，俨然是国家栋梁。背地里，他们却是一些贪得无厌，巧取豪夺的大蛀虫、心灵肮脏的宵小。他们之所以能够登上高位，是因为最初可能有过一些工作成绩，后来被糖衣炮弹打中；也可能他们压根儿就是一些投机者，唯一的看家本领就是谄媚钻营。一旦东窗事发，他们一个个都如丧家之狗似的失魂落魄。当然，在戴上冰冷手铐的那一刻，他们无不噬脐莫及，悔不当初。前中书令（宰相）张说，也是这样被关进大牢的。张说是高官，同时也是学者。在开头的失悔和痛苦过去之后，他便细细地回忆过去的种种。他没有埋怨检举揭发他的人，而是冷静地思考自己怎么会走到这一步的。于是，他把自己作为一个研究的标本，一个考察的对象。他发现，这一切都是"钱"惹的祸。那么，钱是什么东西？钱是草，是一味中药。凡中药，都可治病，但也有毒。那么，只有用道、德、义、礼、仁、信、智等七种方法去熬炼炮制，如同中药，合理配伍，才可以长期服用，否则就会损伤你的精神和肉体！

于是他便有了写作《钱本草》的冲动。这是他痛定思痛，反思总结，联系社会，论治时弊的成果。相比较而言，那些只知道弄权、捞钱、搞女人的贪官，除了权术和贪渎，他们再无其他本领。堆在牢房里的，充其量也就是一具臭皮囊！

人在遭遇厄运的时候，才会看到他没有伪装的最真实的一面。唯其真实，才能打动别人。洞庭湖边的蚊子和旱蚂蟥，并没有因张说当过中书令（宰相）就不咬他。蚊子咬了蚂蟥叮了，张说所受到的痛楚，跟任何渔民一样，也一样的肿，一样的出血，一样的奇痒难熬。没有疼痛就没有文学。于是他写下了一系列的关于洞庭湖的诗篇。鉴于他的诗词所达到的思想和艺术的高度，以及他的地位和影响，这些诗作引领了一代文风的转变。并将李白、杜甫、白居易……引向洞庭湖和岳阳楼，造就了一方文化。而大牢里臭气熏天的草垫子，以及坐在草垫子上的那份屈辱，使他冷静地想到"钱"的一正一反，因而成就了《钱本草》这篇警世恒言的产生。欧阳修说他是"得江山助"，就包含了人生际遇对创作的影响。这是文艺创作的一个规律。当然，欧阳修在肯定张说的文学成就的同时，也没有回避他品格上的污点。他在主编《新唐书》时，对张说的贪腐，以及他在牢房里的种种狼狈，全都一一照录。纵观张说的一生，三次任中书令（宰相），处理过许多国务军机大事；多次率部戍边，立下过许多战功；同时写过许多好诗好文章。千百年后，笔者作为客居岳州的后世居民，总是替张说——我们的老长官，感到惋惜。人生在世，日食三餐，夜眠八尺，您身居高位，要那么多钱做什么？过后一想，张说不是圣人，品格上有某些瑕疵，正说明人性的复杂，世界的复杂。这么严肃的话题，愚鲁如我辈者，三言两语又怎么能说得清楚呢?!

钱本草

（唐）张说

钱，味甘，大热，有毒。偏能驻颜，采泽流润，善疗饥，解困厄之患立验。能利邦国，污贤达，畏清廉。贪者服之，以均平为良；如不均平，则冷热相激，令人霍乱。其药采无时，采之非理则伤神。此既流行，能召神灵，通鬼气。如积而不散，则有水火盗贼之灾生；如散而不积，则有饥寒困厄之患至。一积一散谓之道，不以为珍谓之德，取与合宜谓之义，无求非分谓之礼，博施济众谓之仁，出不失期谓之信，入不妨己谓之智。以此七术精炼，方可久而服之，令人长寿。若服之非理，则弱志伤神，切须忌之。

洞庭赊月

一

唐乾元二年（759 年）七月末梢，五十八岁的李白从江陵来到岳州。这时，他是一名刚刚被释放的囚徒。

李白祖籍甘肃，出生在碎叶，即现在的吉尔吉斯斯坦。八岁的那一年，他们全家迁居四川江油县青莲乡。父亲是一位商人，爱好文学，曾亲自教李白诵读辞赋。据李白本人说，他"五岁诵六甲，十岁观百家"。堪比神童。但他性格豪放不羁，爱好击剑，喜欢游历。二十五岁的时候，他抱着"四方之志"，出蜀远游，从此浪迹天涯，再也没有回过老家。

李白本来就是一介书生，他却渴望自己成为一位政治家，像春秋时的管仲、晏婴那样，辅佐帝王，"使寰区大定，海县清一"，为国家建功立业。他以张良、诸葛亮自比。可是，他又不愿意按照当时的游戏规则行事，即通过考试获得职位，而是一门心思去"跑官"。广为人知的是，他曾去荆州官员韩朝宗那里毛遂自荐。他这样介绍自己：十五岁时爱好剑术，谒见了许多地方长官；三十岁时文章已有成就，拜

将船买酒白云边

见了很多朝廷卿相。虽然个子不满七尺，但"心雄万夫"！他还说，我已经写了很多作品，若蒙您垂青，愿意看看这些习作，请给以纸墨，以及抄写的人手。然后我回去打扫书房，缮写呈上。希望您顾念身居下位的人，大开奖掖之门……我们不知道这篇"自荐书"最终有怎样的结果。通过这件事，却发现李白对政治的了解，可能只有幼儿园水平，因为他根本就不懂得：任何一个朝代，官场都会有其特定的运作方式。官场原本代表着一种体制，选人首先考虑的是体制的需要。在这个大前提下，那些比较严谨，比较内敛，比较循规蹈矩的人，往往会受到重用；而那些卓尔不群、肆意汪洋的人，通常很难被纳入视野。又因为官场是一个团队，各个职位授权不同，于是就形成了等级，不得随意僭越。像李白这种恃才傲物，情绪来了就忘乎所以的人，上司见了就皱眉头，怎么会得到重任呢?!

当然，李白很有文才，诗写得好。他的诗作感情热烈，想象丰富，语言清新，有着强烈的浪漫主义色彩。但由于他的作品反抗传统束缚，追求自由和理想的积极精神，对当时的黑暗腐朽政治给予无情的揭露和鞭挞，便不见容于主流意识形态。有学者考证：唐天宝四年（745年）编印的《国秀集》，收入当代诗人最佳作品二百二十首，四十三岁的李白竟无一首诗入选；虽然后来他也曾有作品被收入几种诗选，但都不是十分重要的选本。他去世后，到了唐宪宗时代，皇上下令编选一部当代名家名作、供皇帝阅读的诗选《御览诗》，李白也无一首入选。他的诗作主要是在同好之间流传。

过了九百多年之后，清人编选《唐诗别裁集》和《唐诗三百首》时，李白作品的灿烂光芒，才被人发现。"酒仙""诗仙"的雅号，大概也是那时候的"粉丝"们加封的。

李白常年在各地游历，一有机会，就给一些官员"投刺"——即送去名帖，也就是现代的名片，推介自己。在这样漫长的等待中，终于出现了一线曙光。天宝元年（742年），一位名叫吴筠的道士，受到唐玄宗的赏识。恰巧李白在游历中结识了这位道士。吴道士便向唐玄宗荐举李白。李白果然被唐玄宗李隆基召赴长安。消息传来，李白欣喜若狂："仰天大笑出门去，我辈岂是蓬蒿人！"（《南陵别儿童入京》）高歌赴长安。

李白嗜酒。爱喝酒的人，在微醺状态下，思维更为活跃。他的许多诗歌作品都涉及酒。有人甚至说，有的诗，字里行间都能闻到浓浓酒气。这或许不是夸张。可是，到了京城长安，朝廷又是国家最高权力中心和政治中心，多么庄严神圣的地方，他竟没有约束一下自己的嗜好。唐玄宗任命他为"供奉翰林"，虽然这也是一个闲职，除了几次陪皇帝游宴外，并无具体工作任务。但他仍然是想喝酒就喝酒，想风流就风流。杜甫调侃他，揭他的老底："李白斗酒诗百篇，长安市上酒家眠。天子呼来不上船，自称臣是酒中仙。"（杜甫《饮中八仙歌》）有一次唐玄宗召见，他居然也喝得酩酊大醉，并且还出了洋相。可能是因穿的靴子不舒服，他竟然当着唐玄宗的面，伸起脚，要大太监高力士给他脱靴（郭沫若《李白年表》）。这是多么不成体统！高力士可是个红极一时的人物哪，又心地狭窄，睚眦必报，怎么会有好果子给他吃?! 在长安待了约两年时间，李白觉得自己的政治理想无法施展，与其他权臣的关系又格格不入，便请求离开朝廷。唐玄宗以他"非廊庙器"，不是当官的料，顺水推舟批准了他的请求。打发他一笔钱，"赐金放还"了！

此后十多年，李白继续"浪迹天下"。这时，由于政治日渐腐败，社会矛盾加剧，终于爆发了"安史之乱"。太子李亨在危急中即位当了皇帝，命令他的兄弟永王李璘东下讨贼。正在庐山一带隐居的李白，以为实现自己人生抱负的机会已经到来，毅然参加了永王李璘的部队。谁知李璘心怀叵测，在悄悄地酝酿着一场宫廷内部争斗，毫无政治经验的李白，一脚踏进了烂泥坑！永王李璘事败被诛杀，李白被关进了浔阳的监狱。要不是一些友人从中斡旋，他命都保不住。后来以"狂妄之罪"，长流夜郎。年过半百的李白，将在贵州桐梓那个隔山阻水的贫瘠山地，度过他的余生。

书生为政治所累，李白不是头一个，当然更不是最后一位！

二

在去往夜郎的途中，李白的心情别提是多么沮丧了！他不断地给亲人友人写诗写信，诉说他心中的痛苦。"三朝又三暮，不觉鬓成丝。"(《上三峡》)很短的时间，头发就愁白了。船到四川巫山白帝城的时候，因为关内遭大旱，忽闻皇上颁布大赦令。李白喜出望外，旋即放船东返："朝辞白帝彩云间，千里江陵一日还！"（《早发白帝城》）在江陵稍作停留，他便来到了岳州。

李白乘坐的帆船是傍晚时分在岳州码头靠岸的。七月将尽，洞庭湖阔大而壮美。晚霞烧红了西天，又把一碧万顷的湖水染得浮光跃金。这时，十余位乘客弃船登陆，李白就在其中。

岳州又称巴陵，夏商为荆州之域，三苗之地。西汉时才设县制，称为下隽，隶属于长沙郡。直到三国鲁肃在此屯兵，这个地方才显得重要起来。李白来的时候，虽已设州府，城镇仅有其雏形，居民数百人。因为城很小，来了个陌生人就特别显眼。也许李白刚刚下船，人们就知道了他的尴尬身份。但此地民风淳朴，百姓热情豪爽，极富同情心。况且，来这里的贬官和"罪臣"数不胜数。远的说屈原，因得罪了朝廷腐朽权贵，被流放此地。他无法忍受国破家亡的痛苦，又痛感于自己回天无力，不惜以死来抗争。百姓对他的同情和敬重，远胜于亲人。近的有张说、赵冬曦，都曾贬谪岳州。百姓全都以礼相待。眼下就有一位贾至，原为中书舍人，为皇帝起草文告诏书的大秘书，不小心踩了宫廷里一个"地雷"，也被贬为岳州司马。

贾至和李白是老朋友，在城中又邂逅了一位夏十二，他乡遇故知，李白是多么喜悦！囚犯的帽子摘掉了，他是个自由人，岳州的风景又是这般美好，他需要放松情绪，释放压抑。贾至公务繁忙，他就拉着夏十二，先去参观市容。府衙

江湖之远
Jianghu
Zhiyuan

南边有一座城楼，他们拾级而上。

这是当年鲁肃练兵时，在巴丘城上筑起的一个瞭望和观察敌情的场所，那时称为"谯楼"。到了唐开元四年（716年），中书令张说也是因为得罪了朝廷权贵，贬官岳州。这是个想干点事的人，便主持修葺了城楼。因城楼在府衙之南，现在叫"南楼"。

站在城楼举目四望，只见万里长江滚滚西来，湘资沅澧四水滔滔北上，八百里洞庭在此汇流，一条银色的巨龙蜿蜒东去。大约亿万年以来，洞庭湖就是这样大吞大吐，不辞辛劳，不舍昼夜。雍容大度，汪洋无际！李白在城楼上流连，震撼，激动，激荡着一种生命精神、一种宠辱皆忘的人生境界。白天没看够，晚上又登楼。月色下的洞庭湖，竟如靓女换了妆，精灵可人。此情此景，不可能没有酒。在举杯畅饮之中，一首想象新奇，感情强烈，意境奇伟瑰丽，语言清新明快的杰作脱颖而出：

> 楼观岳阳尽，川迥洞庭开。
> 雁引愁心去，山衔好月来。
> 云间连下榻，天上接行杯。
> 醉后凉风起，吹人舞袖回。

他把这首诗题为《与夏十二登岳阳楼》。真正的贵人往往不知其贵，真正的好诗是不需要刻意去炒作的。当时的岳州人，包括李白本人，都不会意识到这首诗对岳阳的意义！

这是第一次将"谯楼""南楼"称为"岳阳楼",也是第一次把在岳阳楼上观赏大江大湖景色写得如此邈远开阔、如此浑然天成的人。由于有了这个第一,成就了岳阳楼的知名度,才相继有杜甫、张继、韩愈、刘禹锡、白居易、李贺、李商隐⋯⋯这一连串在中国文学史上耀眼的名字,将他们引向岳州,引上岳阳楼。于是就有众多关于洞庭湖、关于岳阳楼的名篇佳构问世。有了这样的铺垫和舆论准备,才会有后来的滕子京重修岳阳楼,以及范仲淹的"先天下之忧而忧,后天下之乐而乐"的千古雄文诞生。鉴古观今,李白对岳阳的贡献,已经超越千年时空而愈加光彩夺目!

三

当时的中国,以中原地区的经济和文化最为发达,南方还比较落后。加上气候炎热,常有疾病流行。南方因此被视为蛮荒之地,瘴疠之区。朝廷惩罚"有罪"的官员,通常的做法就是将他们贬谪南方。其实,这种惩罚更多的是精神层面上的折磨与羞辱;在物质上,未见得就怎样地过不下去。南方风景优美,土地肥沃。就说这岳州,大江西来,洞庭汇流。满湖的肥鱼壮虾,湖州上的鲜莲嫩藕,也都在这里登陆。湖田里收获的稻米,酿得出又酽又醇的好酒。可以毫不夸张地说,在岳州,一张小小的餐桌上,汇集了半个中国云水之灵秀。岳州人又是这样热情好客,好酒好菜加上至交好友,李白果然是乐不思蜀!

不过，李白之所以在这里长时间逗留，并不完全是因为岳州人好水好情意好，而是他心中有一个解不开的情结，那就是他的政治热情仍然执着。虽然不久前他还是个囚徒，但历朝历代，遭贬谪又重新起用的先例还少吗？李白觉得，以他的文才，朝廷不可能不重用他。

他在等待。等待朝廷起用的诏书。

他说："君登凤池去，勿弃贾生才。"（《赠江夏韦太守良宰》）

这是他流放夜郎获赦之后的作品。翻译成现代汉语就是这样：我跟西汉政治家贾谊一样，是个有大才的人，朝廷的重要职位可不要丢了我啊。

他又说："圣主还听《子虚赋》，相如却欲论文章。"（《寄王明府》）

汉武帝读到司马相如的《子虚赋》，就把作者召进京城里了。

朝廷一定会慧眼识奇才。他踌躇满志。等！

因此他现在不能去云游四海。假如行踪不定，恰恰朝廷又决定起用，将到哪里去找他呢？当时的交通主要是靠水路。岳阳南极潇湘，北通巫峡，东去江汉，通江达海。他便打算在这里住下来，一有好消息，就立刻起程。

等待使时间变得格外悠长。一天，又一位遭贬谪的官员路过岳州。刑部侍郎李晔，李白的族叔，被人诬陷，贬官岭南。叔侄二人在此地相见，同病相怜，唏嘘不已。李白心中的愤懑，更是无可形容。这一天，叔侄同游君山。君山是洞

145

庭湖上一个小岛，面积约一平方公里。与岳阳楼遥遥相对，仅隔二十华里水程。岛上佳木葱茏，群峰竞艳。置身其上，可揽一湖浩气，可披暮雨烟霞。李白此刻却觉得这个兀立在洞庭湖中的山头，挡住滔滔南来的湘江水，竟是如此可憎！他壮志未酬的愁与愤，一齐涌上心头：

> 划却君山好，平铺湘水流。

李白是名副其实的酒仙，吐掉堵在心中的怨气，又开怀畅饮：

> 巴陵无限酒，醉杀洞庭秋！

热情豁达的岳州人，也许并不知道李白心中埋藏着这么多苦闷与期盼，但当他们读到这首《陪侍郎叔游洞庭醉后》的诗，都会发出会心的微笑：酒仙么，酒仙说酒话，你能不笑么?! 不料过了一千二百多年，二十世纪七十年代初，当代大文豪郭沫若先生，出版了一部皇皇大著《李白与杜甫》，对"划却君山好"作了新的解读。他说：李白"'划却君山'以铺平湘水"，是因为"他看到农民在湖边屯垦，便想到扩大耕地面积。"郭老同时又说："酒在古代是专用稻粱酿成的；要有稻粱的大丰收，然后才能有巴陵的无限酒。"并且这酒也"不是让李白三两人来醉，而是让所有巴陵人来醉。这样才能把那样广阔的洞庭湖的秋色'醉杀'"。因此他说："李白'划却君山'的动机与目的，应该说才是真正为了人民。"

这些文字，怎么看也像李白的"投刺名帖"。因为在当时，山西省昔阳县大寨村村长陈永贵，正和他的乡亲胼手胝足，在"七沟八梁一面坡"上大造小平原，以扩大耕地面积；毛泽东主席就此向全国发出号召：农业学大寨。即便是四十多年后的今天，我们也不能说陈永贵大叔的做法不值得、"农业学大寨"的口号有什么不妥。只是以郭沫若先生在文坛上的崇高地位和社会声望，其实他完全不必这样牵强附会。

四

陪李晔族叔游过君山，岳州司马贾至又尽地主之谊，邀约他们游南湖。南湖有水面约九平方公里，从前叫漅湖，因居巴陵古城东南，后来便叫"南湖"。南湖与八百里洞庭连波，同四水潇湘共汛。四面苍山有绿树，一湖锦鳞追银虾。诗人张说早有佳咏："云间东岭千重出，树里南湖一片明！"

李白一行是长河落日时分去游南湖的。一会儿，月亮升上了天空。李白对月亮有一种特殊的喜好。有学者作过统计，李白现存的一千多首诗中，写月光的竟有四百零三处。一首"床前明月光，疑是地上霜"（《静夜思》）曾经拨动了多少游子思乡的心弦！此刻高悬在南湖上空的月亮，真的是比外国的月亮还要圆！湖面上风平浪静，一叶小舟泊在湖边。月色诗化了眼前的世界。那种优雅和静谧，使人忘记世间上的一切纷繁琐屑，一种羽化遗世之情油然而生。李白忽发奇想，要把这里的月亮借了去！

　　南湖秋水夜无烟，耐可乘流直上天？
　　且就洞庭赊月色，将船买酒白云边。
　　(《陪族叔李晔及中书贾至游洞庭·之二》)

江
湖
之
远
——
Jianghu
Zhiyuan

148

　　送走李晔，李白每天照样喝酒，游览。好友贾至一有闲暇，总是来陪他。时间长了，李白对这个湖滨城市也越来越熟悉了。这样，从当年七月到第二年四月，除了中途去零陵寻访书法家怀素，切磋书艺外，李白竟在岳阳逗留了大半年，留下了十五首诗。

　　他赞美洞庭湖的秋景："山青灭远树，水绿无寒烟。来帆出江中，去鸟向日边。"(《秋登巴陵望洞庭》)

　　他描写雨后的滠湖："雨洗秋山净，林光澹碧滋。水闲明镜转，云绕画屏移。"(《与贾至舍人于龙兴寺剪落梧桐枝望滠湖》)

　　他为君山录影："帝子潇湘去不还，空余秋草洞庭间。淡扫明湖开玉镜，丹青画出是君山。"(《陪族叔李晔及中书贾至游洞庭》)

　　他同时还是一位书法家。在零陵会见了怀素之后，又触发了他书法的兴趣，于是留下了珍贵的墨宝：水天一色；风月无边。他的书法跟他的诗一样，豪放而超迈。这副对联被做成雕屏，至今还悬挂在岳阳楼的廊柱上，为这座千年古楼增添了无限光彩。

……

李白在岳州耽搁得太久了，他还有许多事情需要处理，只好离开岳州去江夏。朝廷仍无起用他的消息，但他豪情不减当年。此时安史之乱的余孽尚在，他渴望为国家立功。他赋诗表明自己的凌云壮志：

洞庭白波木叶稀，燕鸿始入吴云飞。吴云寒，燕鸿苦，风号沙宿潇湘浦。节士悲秋泪如雨。白日当天心，照之可以事明主。壮士愤，雄风生。安得倚天剑，跨海斩长鲸！（《临江王节士歌》）

离开岳州的时候，他的满腔热情没有得到回应，其失望和失落的情绪可想而知。两年后，李白在安徽当涂的亲戚家中去世，他的政治抱负最终未能实现，留下了终生的遗憾。然而，当春风秋雨浸润千余年之后，我们追怀历史，抚摸现实，忽然感受到了一种悖论：李白与官场擦肩而过，对于李白本人，甚至对于中国的文学，未必就是一件坏事。假如李白当初果真谋得一官半职，或者高官厚禄，整天价陷入"等因奉此"的官样文章之中，或者忙于迎来送往，耽于应酬，甚至恋于声色犬马，十处打锣九处在，这样，在漫漫的历史长河中，在攘攘如过江之鲫的官员队伍里，就将多了一名过眼烟云的官僚，中国就会少了一位伟大的浪漫主义诗人。一部中国文学史，也将天缺一角！

而对于岳州，李白豪放的性格，执着的政治热情，对朝廷的一厢情愿，却给岳州带来了一个意外的收获，那就是将他羁留在这里！无论是作家还是诗人，蜻蜓点水，走马观花是出不来什么好作品的。李白在这里逗留的时间越长，对岳州的山川地理、风土人情的了解也就更为深刻。他的千古杰作就这样产生了。假如当初的李白是那种日理万机的高官，抑或是高高在上的贵人，他怎么可能在岳州待这么久呢？对岳州的山山水水，又怎么可能有那样深刻的体验和感悟呢？我们只能说，这是上苍的特意安排，让他为洞庭湖和岳阳楼，留下十五首脍炙人口的诗篇。这些作品，已经成为宝贵的精神财富，经过时间的淘洗而愈见其光华。李白的名字因此永远和洞庭湖、岳阳楼的光辉壮丽联系在一起。

当初，李白赊借去的是洞庭湖上一掬月亮的清辉。还来的，却是一厍金光灿烂的瑰宝。投桃报李，诗人诚信可嘉呀！

诗人与船

　　许多年以前，我跟着一支伐木的队伍，在连云山的深山老林里伐下木材，在山间小溪里扎成木排，牵引至汨罗江边，然后驾着木排顺江而下。大家都知道，伟大的爱国主义诗人屈原，因为忧国忧民，在汨罗江的下游以身殉国；而在汨罗江上游，也曾有一位诗圣，在绿水青山间弥留，告别人世，最后安葬在这里。

　　那就是杜甫。

　　杜甫，河南巩县人，年轻时候作"壮游"，在长安生活了约十年时间，由于战乱，便到了四川。在四川待了九年，又出川来到湖南，后来在汨罗江上的一艘木帆船上去世。

　　出于一种缅怀，有一次，秋天的鱼汛季节，我随出湖的渔船，在湘江与洞庭湖、汨罗江与洞庭湖的汇合处游弋了一整天，直到远捕归帆的时候返回渔港。亲历现场，才知道两条江的入湖口，相距不到二十公里。我的这些水上经历，帮助我对老杜生活场景的揣摩与寻觅……

　　杜甫是大历三年（768 年）暮冬的时候来到岳州的。那会儿，他的妻子、儿子及全家人和所有的家当，都在那船上。船是他出川的时候买的，约两丈几尺长，属于小中型号船。前舱堆着生活用品，兼作全家人的起居间；后舱是晚上睡觉的地方。船篷是用竹篾织成，涂了桐油。时间长了，船篷就成黑颜色了，因此叫乌篷。桅杆上挂着一叶白帆。如果顺风，船借风力，行走如飞。天上白云缥缈，两岸青山叠翠，人坐在船上，如同身在图画之中，这是一件多么惬意的事情啊！

我们已经知道，杜甫手头并不宽裕，似乎也没有那份"自驾游"的好心情，那么，他为什么要花掉几乎所有的积蓄，去买一艘船呢？

杜甫三十五岁到京城长安谋事，没有升官也没有发财，像升斗小民一样常有捉襟见肘的时候。"安史之乱"使他更加陷入困境，他不得不为避乱、为生存而四处奔波。乾元二年（759年）冬天到达益州（成都），经过一些朋友的帮助，他在浣花溪畔建了一个草堂，在那里度过了四五年时光。后来搬到梓州，不久又搬去阆州，五十六岁搬至夔州……在四川九年时间，大约搬了八次家。杜甫频繁搬家，历来的学者都有争论：去投亲，去靠友，去求朝廷起用。这些说法其实也不是空穴来风。杜甫落脚的地方，通常是有友人在当地为官。比如在成都，有好友严武任成都府尹兼御史大夫，在梓州有刺史章彝，在夔州有都督柏茂林……大家对他多有照应。但是官员们的任职也常有调动，所谓"铁打的衙门，流水的官"，杜甫也就需要时常搬家。杜甫的老朋友严武在成都的任所去世了，他便不可能在那里再待下去。再说，杜甫一般不是住在城里，而是在郊外。他从事的工作，也不是做工经商，是以农桑为主。在成都浣花溪，他植树、种菜；在夔州瀼西，他经营四十亩果园，还主管过一百顷公田，过了一把小农场主的瘾，业余时间里写诗。他其实是一位业余作家。但在中国特色的农村，因为受农耕文化的影响，大多是聚族而居，讲究世代为邻。同在一块山上砍柴烧，同在一口井里汲水喝。谁家几口锅，几眼灶，互相都一目了然。外来户要融入当地社会，不是一天两天能够做到的事情。杜甫是北方人，生活习惯也大相径庭。比如在夔州，杜甫说："异俗殊可怪，斯人难并居。"（《戏作俳谐体遣闷》）当地的小官小吏也为难他："肉食哂菜色，少壮欺老翁。"（《赠苏四徯》）"衰颜聊自哂，小吏最相轻。"（《久客》）流落在他乡，到井里汲水都可能有麻烦："畏人千里井，问俗九州箴。"（《风疾舟中》）真是在家千日好，出门时时难啊！

他因此决定出川。出川须得解决交通工具。李白说，蜀道之难，难于上青天。杜甫体弱多病，无法在这种崎岖险峻的山道上长途跋涉。于是买船。船从夔州出发，经江陵抵达岳州，然后转道去湖北襄阳。襄阳是他的祖籍地，他早就计划要回到那里去："白日放歌须纵酒，青春做伴好还乡。即从巴峡穿巫峡，便下襄阳向洛阳。"（《闻官军收河南河北》）是洞庭湖的湖光山色改变了杜甫的计划。虽然他一路备尝生活的艰辛，当他站在巍峨壮丽的岳阳楼上，面对浩浩荡荡的洞庭湖，仿佛受到某种神秘的召唤，他不应当回老家隐居，而应当去展示自己的人生价值！恰巧他的好友韦之晋时任衡州刺史，曾有信欢迎他去。如果韦之晋伸出援手，给他提供英雄用武之地，他仍然可以一展身手。

他在彷徨中登上了岳阳楼。在一条大河与一个大湖的交汇处，他为洞庭湖的广袤辽阔惊愕不已，也为宇宙的豁达邈远感叹不已！这时他也很伤感。壮阔的湖山和万方多难的现实，是这样的不相称。而他本人，晚年"漂泊西南天地间"，没有一个定居之所，亲戚朋友亦无片言只语，陷入"老病孤舟"的凄苦之中。于是，他斜靠在岳阳楼的栏杆上，为自己，也为国家而悲泣——

昔闻洞庭水，今上岳阳楼。

吴楚东南坼，乾坤日夜浮。

亲朋无一字，老病有孤舟。

戎马关山北，凭轩涕泗流！

因为这首诗，过了将近一千二百年之后，杜甫在这里与另一位诗人邂逅。

1964 年，丹桂飘香时节，毛泽东乘坐的火车专列，从长沙返回北京。因为需要会车，专列临时停靠在岳阳城陵矶的辅道上。毛泽东便跟随车送行的湖南省委书记张平化讲古，说起岳阳的历史：南朝设郡，唐代设府……毛泽东海阔天空，忽然想起了杜甫，并且还用他那浓重的韶山口音，一边轻声地吟诵着杜甫的诗，一边就在办公桌上铺开了一张白纸，拿起毛笔，饱蘸浓墨，神情贯注地将杜甫的《登岳阳楼》

江湖之远

Jianghu
Zhiyuan

书写出来！

毛泽东随兴挥洒，遒劲飞动，以豁达的胸襟，高屋建瓴的气势，将杜甫的爱国情怀，再现于尺幅之间。这一切都在不假思索之中。毛泽东酷爱书法，晚年专攻草书。他时常在难得有的空闲，白日晴窗，泼墨挥毫，既是练笔，也是一种休闲。张平化也许过于拘谨，虽然他此时就在毛泽东的书案前，甚至还帮着扶纸，对毛泽东这幅抒发胸臆的作品，他却没有讨要。下车以后，张平化对岳阳的干部说了毛泽东的墨宝。1982年岳阳楼落架重修，有人记起这件事，于是派人到北京中央档案馆查询，果然找出了毛泽东当年的墨迹。后来做成雕屏，悬挂在岳阳楼顶层的厅堂里，使得这座巍峨的千年古楼，平添了几分肃穆与神妙。事隔多年之后，当我们遥想当时的现场情境，历代文化名人在岳阳楼上留下诗作的，除杜甫之外，还有李白、韩愈、刘禹锡、白居易、李贺、李商隐、陆游……熟知中国典籍的毛泽东不可能不知道；他的专列在岳阳停留只不过几十分钟，他为什么一下子就想到了杜甫？又一下子就记起了《登岳阳楼》，并且当场把这首诗背诵、默写出来？毛泽东堪称一代书家，他通常是书写自己的诗词，抄录别人的作品是极为罕见的。当然，毛泽东没有落款署上书家的姓名，他却注意到了杜甫的那条船，只不过有一个小小的笔误，将"老病有孤舟"，误写成"老去有孤舟"。毛泽东与杜甫相隔一千一百多年，但他们同是诗人，杜甫"穷年忧黎元"；毛泽东年轻的时候就"问苍茫大地，谁主沉浮"？两位诗人是否思接千载，视通万里，

诗人与船——文化散文

国家和民族的命运，成了他们共同的心灵契合点?!

　　以我在洞庭湖上生活的经验，杜甫在大历三年（768年）那个岁末寒冬是极其困难的。年关将近的时候，这么一大家子去投奔亲友，肯定十分尴尬。人穷不走亲么。加上大雪纷飞，江湖行路艰难，因此他没有立即动身去衡州，而是让孤舟泊在离岳阳楼不远的岸边。北风贴着湖面划过，发出一种像重症病人喘息那样的"呜呜"声，让人的心一阵紧似一阵；然后从乌篷船的缝隙里刮进船舱，锋利得像刀子。船上又不好生火取暖，杜甫蜷缩在船舱里，犹似掉进了冰窟！幸亏岳州的官员对他很友好，府台衙门的判官郑泛——相当于助理巡视员一类的职务——曾送酒到杜甫的船上，以示问候。春节的前几天，杜甫又结识了一位裴隐，本地人氏，曾为朝廷官员，现在挂冠归里。他们一见如故，裴隐邀请杜甫去家里做客，并且在生活上照料杜甫和他的家人，还邀约他去游洞庭湖。杜甫也与他推心置腹，是否应该南去衡州投奔韦之晋，曾征求裴隐的意见。杜甫一首《陪裴使君登岳阳楼》，详细记述了他们交往的细节。

　　有裴隐的挽留，杜甫在岳州待了两个多月。对岳州的了解逐渐深入，因此他为岳州留下了十二首诗。对洞庭湖的风土人情以及湘夫人祠、青草湖等胜景，都做了生动的描绘。他是一位有着强烈平民情怀的诗人，当他得到暂时的安定，就把目光投向百姓当下的生存环境。发现风景如画的洞庭湖区，同样有着深刻的社会矛盾：在北风凛冽，雪花飘飘的寒冬季节，渔民的生活很苦。去年粮食涨价时，当局要百姓支援军粮；今年米价跌得一塌糊涂，又无人过问，对农民伤害极大。街头卖儿鬻女者随处可见，骑着高头大马的官员，却在豪吃海饮。朝廷规定不准私铸钱钞，掺了假的钱币却在市面上流通，将来也许会用泥制的钱模来糊弄百姓了。他无法保持沉默，于是大声责问："万国城头吹画角，此曲哀怨何时终?!"

这首题为《岁晏行》的诗，把岳州的阴暗面一一曝光。这可能是此地最早的舆论监督了，我们不知道当时的岳州官员，对杜甫这种毫无情面的揭露是否心存不快。但了解杜甫的人都知道，这是一位敢于担当的诗人。由于他一生大部分时间是在忧伤和痛苦中度过的，他的内心激荡着忧国忧民的深厚情感，他对生活永远保持发言的能力，他的作品与人民群众息息相关，极少有风花雪月，揭露封建统治阶级的罪恶，为穷苦百姓大声疾呼，成了他义不容辞的责任！

过了春节，天气逐渐转暖，湖边的柳树开始抽条，树上的小鸟离开逼仄的鸟巢，在湖面上扑扑飞翔。这时，杜甫已与韦之晋取得联系，他的帆船便从岳州起锚，向衡州进发。三月初由洞庭湖进入湘江，到达一个叫乔口的地方，再往前走就是潭州（长沙）了。这就是说，离他的目的地衡州越来越近了，而且潭州城里有他的许多"昔别君未婚，儿女忽成行"（《赠卫八处士》）的亲友，杜甫本来应当有一种与亲友久别重逢的喜悦。这时，却有一股莫名的惆怅弥漫在心头。杜甫犹豫了。或者说，他气馁了！

这已经不是秘密，杜甫经济拮据，时常为一日三餐而伤神。而城里的亲友大都有固定的住所，有一份满意的收入。相比之下，他这么大一把年纪了，长年靠着这条已显陈旧的小船，流离颠沛，一事无成。杜甫不是不食人间烟火的神仙，也有自己的体面与尊严，他能不失望、不困惑么？

漠漠旧京远，迟迟归路遥。残年傍水国，落日对春华。树密早蜂乱，江泥轻燕斜。贾生骨已朽，凄恻近长沙。(《入乔口》)

越近长沙，这种落寞情绪越是那样沉沉地困扰着他。船在颠簸，心也随风浪而漂泊。白天，燕子飞进船舱，他触景生情想起自己同样是托身于江湖："可怜处处巢居室，何异飘飘托此身。"(《燕子来舟作》)晚上，无枝可依的乌鹊绕着桅杆飞，使他更为伤感："莫怪啼痕数，危樯逐夜乌。"(《过南岳入洞庭湖》)然而，一旦面对严酷的社会现实，诗人便立刻从个人的沮丧中走了出来，丢掉小我，直面大我。沿途所见，百姓赋役繁重，人民苦不堪言。作为诗人，他觉得自己承担着一种使命，代表着社会的良心。于是，他在破旧的船舱里，发出严厉抨击："贵人岂不仁，视汝如莠蒿。索钱多门户，丧乱纷嗷嗷。奈何黠吏徒，渔夺成逋逃！"(《遣遇》)在前往衡州的路上，途经湘潭花石，他还特意登岸，拄着拐杖，去一个村子里采风问俗，了解民情。真是不看不知道，一看吓一跳：苛捐杂税猛如虎，百姓逃亡一空，农村一派萧

江湖之远

Jianghu
Zhiyuan

条。要是不吱声，他就不是杜甫了。他拐杖捣地，高声疾呼："谁能叩君门，下令减征赋？"（《宿花石戍》）

……

生活在太平盛世，耳闻一些在改革开放中发了财的中国人，忙着海外移民，在纽约、巴黎、渥太华等国际大都市购置豪宅；坊间则充斥着诚信缺失、底线无存、食品掺假、钱权交易盛行的传言。在这样的时候怀想杜甫的忧虑与激愤，心里头很不是滋味。真想跟他说个悄悄话：亲爱的老杜，您高尚的情操让我们景仰，您岁数大了，身体不好，还是先把自己照顾好吧！

杜甫在洞庭湖上飘零，在茫茫泽国无以为家，他仍然是以饥寒之身而怀济世之心，处穷迫之境而无厌世之想。然而，生活却又老是在捉弄他！

杜甫的船离开湘潭，沿湘江逆水而行，经过千万辛苦到达衡州后，满心欢喜地寻到衡州府台衙门，衙役却告诉他，衡州刺史韦之晋已经调任潭州刺史，二十多天前就去潭州赴任了。那时通讯不畅，杜甫扑了个空，不得不经原路返回，再由衡州赶赴潭州。这时，更有一瓢冷水当头淋下，邀请他南下的至交好友韦之晋，已于十多天前得急病去世了！这真是靠天天塌，靠地地陷。无所适从的杜甫，不得不在一些远亲的接济下，在潭州河边的舟船之中苦苦度日。

大历五年（770 年）四月初八，潭州城里发生了一件大事。唐乾元年间，在相当于省一级的道，设立了观察使一职，主要负责对州县官员政绩和操守的考核。潭州守备臧玠作为地方军事官员，自然也在考核之列。可能是对考核的结果不满，臧玠一时性起，带起一班骄兵起而造反，竟将湖南观察使崔瓘杀了，同时还追杀崔瓘的亲属。这实际上是一场兵变。潭州城内烈焰冲天，全城一片大乱。此时杜甫仍在潭州河边。他经历了太多的战乱，已经身心交瘁。崔瓘又是杜甫外婆家转弯抹角的亲戚，留在这里必定是凶多吉少。幸亏现任郴州参军的崔伟，是他亲缘关系较近的舅父辈，曾来信要杜甫去那里。自家有一条船真好，他即刻转舵前往郴州。

谁知天公不作美。当船行至耒阳县境的方田驿，却遇上连日大雨，江河暴涨。杜甫船上没有雇请专业船工，平时就由儿子杜宗武撑篙摇橹。现在大河涨水，没有丰富的水上经验，是无法应对这滔天而来的洪水的。他们只好将木帆船停靠在河边。

大雨一直下个不停，杜甫船上已为无米之炊，困居了五日之久。无奈之下，杜甫不得不写信向当地政府求援。事隔一千二百四十一年之后，我们真该感谢那位现在只知其姓而不知其名的耒阳县令聂太爷，是他宅心仁厚，派人送来粮食菜蔬，将诗人解救于困厄之中。聂县令早已闻知诗人嗜酒，又赠白酒一坛，牛肉一串。这真是雪中送炭啊，杜甫十分激动，曾写诗致谢："礼过宰肥羊，愁当置清醥。"（《呈聂令》）不料聂太爷的这一番美意，后来演变为一场千年笔墨官司，甚至给杜甫本人也带来了伤害！

玩笑开得有点离谱。聂太爷送粮送菜之后，不久就传说杜甫客死耒阳。甚至唐朝国史《唐书》，都有言之凿凿的细节描述：杜甫的船行至耒阳方田驿，大水遽至，涉旬不得食。县令尝馈牛肉白酒，杜甫"啖牛肉白酒而死"。这就是流传甚广的所谓"饫死"。

《耒阳县志》则另有一说：杜甫嗜酒，聂县令送来酒后，杜甫"一夕大醉，宿江上酒家，为水漂溺，遗靴洲上，聂令徒置坟墓焉"。

到了1971年，当代文坛泰斗郭沫若先生在《李白与杜甫》一书中说得更有趣，杜甫不是吃多了牛肉撑死的，也不是喝醉了酒掉在河里淹死的，而是死于食物中毒。郭沫若说："聂令送的牛肉一定很多，杜甫一次没有吃完。时在暑天，冷藏不好，容易腐化。"郭老是读过医科大学的，他以专业人士的眼光说："腐肉是有毒的。以腐化后二十四小时至二十八小时初生之毒最为剧烈，使人神经麻醉，心脏恶化而死。"（《李白与杜甫》第205页）

真是越说越玄乎。

我们无法重新走进一千多年前的生活现场。但据史料记载，洪水退后，聂太爷的确派人去寻找过杜甫，却不见踪影。据此我们是否可以做这样的推测：由于对诗人爱之深切，找不到杜甫，耒阳民众于是引发了一场群体性焦虑。人们担心，诗人该不会出什么意外吧？关心、忧心、也许还有好奇心，使得这种焦虑不断发酵加剧。信息不对称，各种传言互为因果，于是就形成了一致的结论：诗人肯定是遭不测了！为了释放这种焦虑，就有热心人牵头，按照民俗，在县城北，为杜甫建起了一座虚冢，也叫"招魂冢"，为那漂泊的灵魂设置一处安息的场所。

其实那只不过是一场虚惊。当洪水稍退，杜甫便离开耒阳返回了衡州。诗人安然无恙。离开耒阳后，他还写了好几首诗呢。人们这么牵挂杜甫，是因为当时的中国兵燹四起，田园寥落，他敢于正视惨淡的人生，以天下苍生之苦为苦。诗人对土地、人民、祖国的热爱，对民众生存状态最真实最深刻的书写与表达，因而成为民众疾苦的承载者，民众心声的呐喊者。而这一切，无一不伴随着他个人的辛酸愁困。他的作品和风采，感动了广大的民众，杜甫成了人们心中共同的偶像。于是，修坟，祭祀，烧纸钱……喜剧是将那些滑稽的东西当作正剧表演给观众看。耒阳的故事，是他的那些虔诚的崇拜者，倾情上演的一幕让人流着眼泪看的喜剧！

杜甫辗转迁徙，历尽种种艰辛，却一无所获。他年纪老了，不能再四处奔波了。这时，潭州的乱子已经平定，他便决定要回老家了，还郑重其事地写了《暮秋将归秦，留别湖南诸亲友》。农历十月中旬，杜家的木帆船从潭州出发，沿着北去的湘江，开始了他的北归之旅。

湘江在这一段特别平缓，江水悠悠，船走得很慢。去往洞庭湖的一百几十里水路，也走了好些天。末后在湘阴县芦林潭进入洞庭湖。

这就是那一次鱼汛季节，我曾经游历过的地方。在湘江的入湖口，江水与湖水在这里交汇，互相冲撞，搅拌，纠结，形成一股巨大的漩流；洞庭湖平时就号称"无风三尺浪"，时值秋末冬初，朔风乍起，湖上浊浪排空，汹涌咆哮，我们搭乘的这种80吨级的动力渔船，都颠簸得很厉害。在冥冥之中，我仿佛看见老杜家的船，像一片树叶在风浪中挣扎，时而被抛上浪尖，时而落入谷底，好像随时都会被滔天巨浪吞没。杜甫本来患有多种慢性疾病，这时病情突然加重了。他所患的病，当时的医生称为"风疾"，也叫"风邪"。古医学认为：风为六淫之首，百病之源；善行而数变，治无常方。其实，按照现代医学，杜甫患的是肺病、哮喘病和糖尿病并发症。病情这么复杂，是绝对经不起风寒的，如果再不停下来治疗休养，那简直是要了诗人的命。

一家人忧心忡忡，前行约二十里，船到磊石山，汨罗江从这里注入洞庭湖。在江与湖的汇合处，也有漩流，相对于湘江的入湖口，这里就平和多了。而且汨罗江的水是清的，与浑黄的湖水交汇，真有点泾渭分明的味道。也许就是汨罗江的清流，给杜甫和他的家人带来了一线希望。汨罗江的上游是昌江县，前番在岳州结识的裴隐，在昌江建有草堂，裴隐经常在那里小住，有时还将朋友请到那里去休闲。几年前，皇帝身边的秘书——中书舍人贾至被贬为岳州司马时，就到过昌江草堂，在那里听裴隐弹琴，留下了一首《赠裴九侍御昌江草堂弹琴》的诗作。杜甫还曾听说，安史之乱后，被罢黜的检校工部尚书徐安贞，携眷属避乱，潜迹南游，眼下也在昌江县隐居呢。杜甫跟他也有很好的个人友谊呢。现在，他病入膏肓，举目无亲，除了去找老朋友，他别

无选择。

昌江县后来改名为平江县，隶属于岳州府。境内高山峻岭，汨罗江在海拔最高处的峡谷里发源，自东向西，贯穿县域全境。两岸的山坳里，百姓聚族而居，男耕女织，民风淳厚，形成一个自成体系的农业社会。杜甫的船溯流而上，在汨罗江上走走停停。两岸丛林茂密，河中流水澄明。岸边的房屋，泥墙黑瓦，镶嵌在翠绿的山坡上，无不朗然入目。此时杜甫的身体已经十分虚弱，却觉得有好多话要说。于是，他强打起精神，伏在枕头上，断断续续写成了一首诗。

这是一位饱经沧桑的老人的人生絮语。他说，他的船行走在一条自东向西的河流里。这时北方故乡的天气一定很冷，在汨罗江两岸，风景却很美好。"水乡霾白屋，枫岸叠青岑。"江两岸的房屋笼罩在一片乳白色的雾岚之中，重重叠叠的青翠山峦像图画一样美丽。此外，这里的民俗也很有趣，百姓喜欢敲鼓，"鼓迎非祭鬼"，而是一种娱乐活动。但是我心里非常愁闷。战乱弄得我四处奔走，此时贫病交加。"乌几重重缚，鹑衣寸寸针！"船上的东西都破破烂烂，身上的衣服补了又补。当然，我也曾为官府的郎官"叨陪锦帐座，久放白头吟"。仅仅写了一些诗，没有为朝廷出力，惭愧啊。
……

诗有七十二行。在古体诗词中，称得上是长诗。字里行间，弥漫着一种诚挚凝重的气氛，诗人在细细地叙说他的苦闷与无奈。但他无怨无悔。因为他曾经爱过恨过歌唱过。现在，他的病服药也无效。这也许是他生命的最后时刻，可是，叛乱虽然已经平息，叛乱者却仍未生擒，祸根仍在，他为多灾多难的祖国而心忧啊——

公孙仍恃险，侯景未生擒。
书信中原阔，干戈北斗深。

船在秋末冬初的凄风苦雨中缓缓行进，不觉来到昌江城邑，泊在距县城不远的河边。令人揪心的是，杜甫来不及找到他的亲友，就溘然长逝在这条长年赖以为家的旧船上！江边有一座铁铺，几位好心的铁匠闻信，将杜甫的遗体搬上岸，细心地做了装殓。昌江县令敬重诗人的风范和才华，将他的灵柩安葬在离县城约八里地的天井湖。墓地背依青山，面向绿色的旷野。屈原在江之尾，杜甫在江之头。一条全长不过两百余公里的汨罗江，安息了两个热爱祖国、关注民生、一心系念草根的灵魂。

杜甫去世后，人们在他的枕边发现了这首题为《风疾舟中，伏枕三十六韵，奉呈湖南亲友》的诗，诗稿上似乎还存留有诗人的体温。诗人一生贫穷，但一生都在为社会的底层呐喊，并以一生的心血，为后世留下了一笔千年共享的精神财富。有人说，这是一种宿命。命运和遭遇，选定他担任了一个特定的角色，这个角色需要经受各种艰难困苦，要以极其高昂的人生付出为代价。他心甘情愿，全力以赴。谁也不曾预料到的是，杜甫生前无立锥之地；去世之后，除了平江（昌江）的墓和耒阳的墓，老家巩县有墓，祖籍地襄阳有墓，河南偃师杜楼村有墓，成都浣花溪畔也有墓⋯⋯据说共有八处之多。他的真墓究竟在哪里，学界一直争论不休。其实，这就是历史用一种特殊的方式，对杜甫表达的崇高敬意。与杜甫同时代的一些文人骚客，虽然享有荣华富贵，却未能在文学史上留下片言只语。而杜甫，他的不少作品内容已经融入民族的血液，他的形象活在世世代代华夏子孙的心中！只是让我不能释怀的是，在历史教科书上，唐代有着十分灿烂的文明，经济发达，国力雄厚，号称为当时世界最强盛的国家之一；杜甫的青壮年时代，又逢"开元盛世"，唐玄宗李隆基甚至还沾沾自喜于"野无遗贤"。可是，那灿烂的阳光、盛世的辉煌，为什么没有照耀到杜甫的头上，而让这位其作品有着"诗史"之誉的诗人，要毕生经受艰辛贫苦的煎熬呢？难道是唐玄宗"叶公好龙"，或者当时的世道也是那样世俗功利、精神溃败、物欲横流么？盛世穷诗人，历史偏偏就是这样诡谲。杜甫临终的时候，境况竟是如此凄凉，一条破船，老病饥寒，更无必要的医疗与药物。"家事丹砂诀，无成涕作霖！"⋯⋯每当读到这些诗句，我总是黯然伤神，心情久久不能平静！

江湖之远
Jianghu
Zhiyuan

与水有约

在文学史上，诗人白居易有"诗魔"之称。他的正式身份则是国家公务员，写诗是业余创作。他在多个州府担任过刺史，也曾在朝廷任职。但在内心里，他最心仪的职务却是"水官伯"——唐代负责兴修水利、管理渔事的官员。遗憾的是，他一直未能获得这个职位。好在他自有主张，不管在什么地方主政，总是特别关心水利建设。白氏在这方面的成绩，绝对是可圈可点的。

一个人的人生志向，甚至精神信仰，往往因人生旅途中一个偶然事件而触发。长庆二年（822 年），白居易赴杭州任刺史，途经洞庭湖的时候，遭遇了一场特大洪灾，把在北方生长的白居易给吓坏了，还留下了巨大的心理阴影！从这时起，就形成了他对水的膜拜、敬畏和虔诚。直至晚年，他仍然与水有约，萦念在心的，总离不开水。

白居易是河南新郑人。这一次去杭州任职，是他自己主动申请的。这与他的人生理念密切相关。他虽然出身于官宦家庭，但祖父和父亲只担任过县令、主簿一类的低级职务。他进入仕途，完全是个人奋斗。据他本人说，从五六岁开

白居易，水利官员的最佳人选

始，到二十九岁，他"昼课赋，夜课书……以至于口舌成疮，手肘成胝"（《与元九书》）。考中进士之后，又经过一次"拔萃科"考试，才被正式授职：校书郎，九品，朝廷管理图书资料的岗位。

"安史之乱"后，大唐气势日趋衰微，藩镇割据，宦官专权，朝政混乱，此时急需输入新鲜血液。而白居易呢，他是抱着"济世救民"的理想走上工作岗位的。应当说，这样年轻有为的新人入职官场，对于曾经繁华鼎盛的唐王朝，是一件幸事。让人失望的是，此时的官场竟是一潭臭水。官僚商贾，浮华奢靡。官场内部，贪渎腐败，又互相争权夺利，几乎到处都是陷阱。这个曾经让白居易向往的神秘帝都长安，原来是一个充斥了造言生事，各种是非矛盾搅在一起，让人无法安生的地方。"帝都名利场，鸡鸣无安居！"（《常乐里闲居偶题》）白居易忧心忡忡！

他少年气盛。加上校书郎的工作量也不是很饱和，于是他常常写一些讽喻诗，对生活中的阴暗面，进行揭露和抨击。这样，他成了一位不受权贵喜欢的人。但他的才气也不断显露出来，元和二年（807年），他被任命为翰林学士，进入皇帝的秘书班子。不久又被任命为"左拾遗"，也称"谏官"。尽管也还是个八品，类似于副处级，却可以向皇帝直接进言。实事求是地说，朝廷设立这个岗位，是要广泛听取意见，防止闭目塞听。但只能听奉承话，也是人的一种本性。偏偏白居易爱较真，他以报答皇恩的忠心，拯救民生苦难的良心，一个知识分子对职务的敬畏之心，抱定"有阙必规，有违必谏，朝廷得失无不察，天下利害无不言"（《旧唐书·白居易传》）。不说就如骨鲠在喉。他同时还写了大量的讽喻诗，"难于指言者，辄咏歌之。"（《与元九书》）

由此，他那一时期的许多作品，可谓刀刀见血。比如，老百姓种植桑葚苎麻为生，本来已经交了税，一些权势人物又"税外加一物"，将搜刮来的财物，买恩邀宠，以求升官："夺我身上暖，买尔眼前恩。"（《重赋》）一些官员只顾着及时行乐，豪吃海饮："夸赴军中宴，走马如去云。尊罍滋九酝，水陆罗八珍……是岁江南旱，衢州人吃人。"（《轻肥》）然而此时，江南大旱，衢州发生了食人事件……这些诗作的发表，引起了权贵的极大恐慌。又比如，他抨击黑暗势力的《秦中吟》，豪门权贵读了，"相目而变色"，脸都气歪了！而描写暴卒入户抢劫百姓的《宿紫阁村》，"握军要者"闻之切齿！一时间，关于他的负面言论传得沸沸扬扬，说他"诂名""诋讦""讪谤"。

这样，他得罪了很多权势人物，皇上也不待见他，先是降为江州司马，后来虽然回到了京城，也担任过知制诰（为皇帝起草文告）这样重要的职务，但他作为一名知识分子，总有自己独立的见解和个性，对那些见不得阳光的东西，他不能保持沉默。他也清醒地认识到，在这种封建王朝的体制内，他壮志难酬。与其困在泥潭而无法突围，不如离开朝廷这个是非之地，下去做点实际工作。于是，他要求外放。穆宗皇帝同意了他的请求，派他去做杭州刺史。他便有了与洞庭湖亲密接触的机缘。

白居易出发的路线是乘坐官船，经由汉水，转道长江，到达洞庭湖已是七月末梢了。此时，洞庭湖暴雨成灾。

他并不是第一次来洞庭。三年前，白居易在江州司马的任上，调任忠州刺史，曾经路过这里。那一次也是涨水，只不过是一般的水灾，没有造成太大的损失。白居易慕名登上了岳阳楼。面对滔滔而来的洪水，也曾有许多感慨：

岳阳楼下水漫漫，独上危楼凭曲栏。春岸绿时连梦泽，夕波红处近长安。猿攀树立啼何苦？雁点湖飞渡亦难。此地唯堪画图障，华堂张与贵人看。（《题岳阳楼》）

他描绘了洞庭湖开阔、生动的湖光山色，抒发了诗人再度回长安，施展政治抱负的期盼之情，同时也发现，对于严重危害人民生命财产安全的水灾，华堂贵人却是以旁观者的身份，甚至以欣赏的态度来观看。白居易很有些不屑。没办法，诗人的眼睛里不能揉进沙子。对那些豪门权贵，一有机会就要刺痛他们一下。

这一次，洞庭湖就不是一般的"水漫漫"了，而是一场百年难遇的特大洪灾。洞庭湖水灾形成的因素十分复杂。在农历六七月间，青藏高原的雪山融化，雪水成河；又因受高压气流的影响，上游暴雨不停，雪水和降雨汇集到长江而形成洪水。长江的洪水有个特点，浪峰看似不高，流量却很大。往往前峰未落，后峰又起，重叠的浪峰反复出现。迁延的时间也很长，多至一月有余。这期间，正是湖南的梅雨季节，境内湘、资、沅、澧四条河流，积蓄了大量的雨水，奔腾呼啸而至洞庭。八百里洞庭湖内的区间径流，此刻也是汪洋一片。这三股洪水于是在洞庭湖形成顶托。李白说："黄河之水天上来，奔流到海不复回。"（《将进酒》）无非是说黄河落差大，水流湍急。而在洞庭湖，那汹涌澎湃的洪水，不仅是从天穹顶上倾泻而来，还从地底下冲天冒出来。超量的积水潴留在洞庭湖，无法外泄。时间倒退了，仿佛又回到了亿万年前那个混沌初开的世界。天上的乌云压得很低，天与大地之间，好像只留下了一条窄窄的隙缝。就在这个隙缝里，风在呼啸，水在咆哮。冲天的巨浪互相冲撞，互相挤压，然后形成一个又一个可吞噬一切的漩涡，发出惊天动地的轰鸣，简直要把天穹彻底搅翻！据岳麓书社《洞庭湖变迁史话》记载，白居易长庆二年（822年）七月来到这里的时候，恰巧是洞庭湖遭遇最要命的险情："长江倒灌，湖区大灾。"白居易可能从来没有见过这种阵仗，惊呼："混合万丈深，淼茫千里白！"他乘坐的那条船，就这样被直逼到洞庭湖边的石壁跟前。

白居易被困在船上，很是焦躁，急着要去杭州走马上任。然而，连日暴雨，洪水不仅没有消退，还时时看涨，着急也没用。于是，他有时去岸上观水，有时与百姓闲聊。这样，他对洞庭湖有了更多的发现。最初的地壳运动，形成了纵横交错的河网，延绵不绝的河滩，广袤无垠的芦苇荡。如此复杂的地形，使情势变得极为严峻。他亲眼见到一条大堤被洪水冲垮，瞬息之间，凡有阻塞之处，无不拔木破石而过。堤内霎时一片汪洋，农作物被毁，房屋被淹，百姓纷纷驾着小船逃命，有的被洪水卷走，尸首无处可寻。那情景，真是惨不忍睹啊！

久日流连洞庭，白居易还发现，狂风暴雨，洪水猛烈，真正给百姓带来危害的却是堤防垮塌。那么，大堤为什么会垮溃呢？原来土筑的大堤本身并不牢固。老百姓告诉他：大堤底部，有鱼蛇打洞。如果外湖水压太大，就会造成管涌，大堤瞬间土崩瓦解。灭顶之灾是顷刻之间的事！白居易估计，洞庭的水患，大禹治理过。现在的堤防，可能还是大禹时代留下的基础，那么，大禹当时为什么不彻底治好呢？可能是百姓没有认识到洪水的危害程度。那时洞庭一带是苗人聚居的地方，苗人依仗天险，以为不要紧，老百姓不愿干，大禹也没有办法啊。

此外，洞庭湖境内的湖汊河港不畅，堤内积水流不出去，也是造成重大损失的原因。白居易觉得，水流大地，好比身上的血脉，阻滞就会生疽，医生常用针砭的方法治疗。于是他想，加固外堤，疏通堤内水网，保持畅通，就一定能够提高抵御洪灾的能力。

当然，白居易只不过是一位匆匆路过的旅客，对于洞庭湖的水患，他也没有作过更多的调查研究，不可能提出什么万全之策。但他对湖区人民的生存状况表示深切的同情，希望浩瀚的洞庭湖不再有水患之忧。在湖边船舱里，他写下了一首四十四行的长诗《自蜀江到洞庭湖口有感而作》，详细记述了他被阻隔洞庭，遭遇滔天洪水的经历，百姓的苦难，他的见闻和思考。末后，他对洞庭湖寄予最美好的祝愿：

安得禹复生，为唐水官伯。
手提倚天剑，重来亲指画。
疏流似剪纸，决壅同裂帛。
渗作膏腴田，踏平鱼鳖宅。
龙宫变闾里，水府生禾麦。
坐添百万户，书我司徒籍。

就洞庭湖而言，它太需要一位大禹式的人物了，应当由这样的人物来做大唐的水利官，领导百姓根治水患。也许，白居易本人就是担任"水官伯"的最佳人选，因为他对水患的治理已经胸有成竹。那就是：像心灵手巧的姑娘剪纸那样疏导内湖河汊，像能工巧匠裁绢一样开通壅塞；堵住大堤渗漏，踏平蛇穴鳖洞，把洞庭龙宫变成良田。这样，可为百万户居民提供一个休养生息的地方。他说，到那时，我也不会离开你们，愿意在这里落户，做一个小小的司徒官，为你们管理田亩户籍！

据称，自周、秦汉至今，洞庭湖有记载的洪灾，前期平均八十年一次。因为气候逐渐变暖，水土流失不断加剧，洪灾的频率越来越高。至近代，大约五年一次。白居易写的这首长诗，真实记录了洞庭湖水灾的危害，反映了湖区人民的疾苦，表达了人们治理水患的强烈愿望。水利专家说，白居易的治水思路到现在也不过时。而他的诗作，则是我国历史上最早的描绘洞庭湖水患、唯一在洪灾现场写成，也是迄今为止，对滔滔洪水描写得最直观最逼真的诗篇！且不说白居易"兼济之志"的人生理想，只说他作为诗人，接地气，察民情，"以诗补察时政，以歌泄导人情"（《与元九书》）。其作品就值得后世谦恭一读！

白居易衔命在身，当然不可能留下来，做洞庭湖的"水官伯"或者"司徒官"，但人们感受到了他的悲悯与善良。离开洞庭湖后，因沿途有过一些羁绊，走走停停，农历十月初一才到达杭州。

如果说，早年那个朝廷校书郎，血气方刚，愤世嫉俗，经常写一些带刺的讽喻诗，以表达心中的愤懑与不平。现在的白氏，因为朝廷的纷争倾轧，弄得他身心疲惫，也使他长了许多见识，他变得沉着老练了，很少写那样的诗了。或者说他已经心灰意懒，打算急流勇退了。这种想法也不是今天才有的。七年前，他被贬谪江州司马，就明确地表示："宦途自此心长别，世事从今口不言"（《重题》）。从那时起，他便开始做隐退的准备，甚至还在庐山修了一间草堂，准备"左手引妻子，右手抱琴书，终老于斯"（《庐山草堂记》）。是百姓的疾苦激发了他的责任心！后来他曾去忠州短暂任职，百姓生活的艰辛使他忧虑。这一次目睹了洞庭湖区灾民的苦难，心灵受到极大震撼：他年轻时不就立下了"兼济天下"的宏愿吗，与其牢骚满腹，为什么不利用手中的权力，去做一点有益于百姓的事情呢?

白居易正是带着这样的情感,开始他在杭州的任期的。连日来,新上任的刺史见过同僚,拜访耆老,很快进入了工作状态。这时,他发现,杭州的情形与洞庭湖恰好相反,此地正闹旱灾呢。

他调研走访,马不停蹄。杭州境内有西湖,西湖连着钱塘江。恼火的是,碰上台风,钱塘江倒灌西湖,会造成水灾;而在干旱年岁,农田缺水,禾苗渴死,甚至颗粒无收。在朝廷任职的时候,白居易做过一些专题研究。其中,他写过一篇题为《辩水旱之灾》的策论,对于自然灾害,他坚定地认为,作为当政者,要立足于"保邦邑于危,安人心于困"。现在,他正处于这样的境况。白居易丝毫不敢懈怠,立即组织求雨抗旱,以减灾除害,确保丰收。

然而,智者千虑,必有一失。最初他也走了一点弯路。

这不是白居易的过错。从远古时代起,"神"就进入了人们的生活。一些赫赫有名的学者又加以佐证,认为有一种超自然力的神人存在。庄子就说过:"藐姑射之山,有神人居焉。肌肤若冰雪,绰约若处子。不食五谷,吸风饮露⋯⋯"(《逍遥游》)而此后不久,屈原对楚国民间祭祀的方式,所唱的乐歌,也做过许多具体研究⋯⋯加上那时人类对很多自然现象,还处于未知状态。如此,白居易在杭州领导抗旱的工作模式,就是以万分的虔诚,做着一件在现代人看来十分荒唐的滑稽事:筑祭台,设香案,祭祀龙王求雨。为了表示他的虔诚,祭文是由刺史本人亲笔撰写,而非让下属代劳。刺史说:"率众吏,荐香火,拜告于北方黑龙。"请求降雨。刺史接着又说:"龙无水,欲何依?……泽能救物,我实有望于龙。物不自神,龙岂无求于我。"(《祭龙文》)祭到最后,主祭人质问黑龙:如果还不降雨,难道你今后就不会有求于我吗?刺史大人简直是向龙王爷下通牒了!

第二年又闹水灾,他又设坛祭祀。这回是祭"浙江"神。他向神仙祷告:"居易祇奉玺书,兴利除害;守土守水,职与神同。"(《祭浙江文》)

白居易夙兴夜寐,其诚可嘉。然而,他总是无功而返。

白居易终于醒悟,他掉入了一个"当局者迷,旁观者清"的陷阱。求神有什么用?他曾经寄言洞庭,希望大禹再活过来,为洞庭湖治水。现在,在他主政的杭州,就正需要一位大禹式的人物呀!如果堤防修筑得好,雨季及时关闸蓄水,旱季及时放水浇田,靠近湖边的那一千余顷良田,就会有好收成。为什么只坐而论道,不起而行之呢?经过勘察测量,他决定在西湖筑一道长堤,汛期抵挡洪水,平时积蓄湖水,作为灌溉之用,使千顷农田旱涝保收。这就是后来被人们纪念的"白堤"。

但在当时,他遭遇到了重重阻力。反对的理由简直荒唐可笑。有人主张西湖只蓄水不放水。水放掉了,西湖"鱼龙无所托"。有的不赞成筑堤蓄水,理由是筑了堤,蓄了水,"茭菱失其利"。经过多次调研,白居易终于了解到,主张蓄水的,是钱塘县的县令。西湖干了,就没得鱼吃了。西湖里的白鱼、白鳝,据说是鱼类中的上品。主张不蓄水的,是一些豪门富户。浅水里生长的菱角与茭白，味道特别鲜美。令白居易震惊的是，无论是官员还是富人，竟然没有一人想到"民生之命"！这些人只顾自己一饱口福，根本不管普通老百姓的"稻粱之利"！

这时，更有骇人听闻的奇谈怪论。有人说，白居易这么干，将会导致杭州城里的老百姓没水喝。说如果放掉了湖水，城内六口水井就会枯竭。白居易也是作过详细调查研究的。城中那六口井，是一位叫李泌的官员主政杭州时搞起来的。湖堤高于井管，湖中有数十个泉眼，平时，湖干了，泉水仍然会涌了出来。前些年大旱，西湖干了个底朝天，那些泉眼始终泉水汪汪。这就是说，即算是大旱之年，西湖也不至于彻底枯竭，杭州城里怎么会没有水喝呢？

这似乎已经成了规律，一些关系民生的重要项目，牵涉面广，触及方方面面的利益，于是节外生枝，扯皮拉筋，这对主政官员的判断力和执行能力是一个极大的考验。白居易虽然是一位书生，却不优柔寡断。他在实施既定的工作目标时，就像一位指挥若定的将军。他连日走访那些盼望湖水灌田的农民，向他们请教，给他们加油，紧紧地依靠他们。而对那些只顾自己口福的达官贵人，行政命令也罢，长官意志也罢，刺史的指示必须执行。有权不用，过期作废。一盘散沙式的民主，没有集中，也无法集中，成天闹哄哄的，只会把事情搞乱。也就是一个冬天的施工吧，大堤终于修成。第二年春天开始蓄水，夏天就发挥效益了。但是，用水也是一件很复杂的事情。救苗如救火，天旱了，大家争着要水，白居易又一次大权独揽。他说，如果按照当时政务运行的规则，"状入司，符下县，县帖乡，乡差所由"，公文走一圈，"动辄旬日"。这时虽然可以放水了，禾苗可能早就干死了！因此他决定，用水一事，由刺史本人亲理，一支笔审批。只要是用水申请状，就无须中间环节，可直接送到刺史的办公桌上来。刺史特事特办，即刻审批，当日便可用水。

为了百姓的利益，白居易鞠躬尽瘁！

宝历元年（825年），白居易杭州刺史任期届满。离开杭州前，他念兹在兹的仍然是西湖的水事，他担心人走茶凉，于是草拟了一份文告《钱塘湖石记》，记述了这个水利工程修建实施的过程，管理方案与相关政策规定，刻成石碑，竖立在大堤上，告诉接任的官员和本地后代居民，请你们知晓为什么要这样做，并切实执行。离开杭州时，白居易心里很不是滋味。他清楚地知道，农民负担重，苛捐杂税多，由于干旱，年成又不好，农民们的生活仍然十分贫困。而税收政策的权力在朝廷，刺史也是爱莫能助。只因在西湖兴修了水利，才让他有了一丝宽慰：

税重多贫户，农饥足旱田。唯留一湖水，与汝救凶年。（《别州民》）

很快地，白居易又被任命为苏州刺史。宝历元年（825年）五月，白居易到达苏州任所。苏州地处江南水乡，濒长江，近太湖，京杭大运河贯穿全境。境内水网交错，苏州素有"水城"之称。也许因为经历了洞庭湖的那一次特大洪灾，白居易对水患特别关注。

苏州虎丘，那时已是名胜，白居易去过多次。每次去，都要坐船，下了船还要从田埂上走很长的路，才能上山。同时他发现，河里淤泥阻滞，河水不畅。百姓说，每当春天雨季，涝渍成灾。白居易觉得此事不能延搁，他的任期也就两三年。他汲取在杭州治理西湖的教训，尽量做好宣传发动工作。在取得多数人的赞同后，发动百姓，清淤排涝，使河道畅通。清淤挖上来的泥土，顺势拓展河堤。一条长七里的大堤，就这样筑成了。堤岸上又栽植树木，不仅解决了洪涝之忧，还使行路无阻隔。大堤很快就成了苏州一道景观。为了表达对白居易的敬意，人们也将大堤命名为"白堤"。这当然是后来的事。

白居易年岁已高，又经年劳累，身体每况愈下，觉得难以应付繁重的日常工作，不能做满任期了，于是请求辞职。离开苏州时，人们依依不舍，跟着白居易的船只，在河堤上相送了十多里，不少人还哭了。直至船走远了，看不见了，大家才回去。诗人刘禹锡作《白太守行》，描述了那个感人的场面："苏州十万户，尽作婴儿啼。"白居易却觉得十分惭愧，他应当做得更好。他说："襦裤无一片，甘棠无一枝，何乃老与幼，泣别尽沾衣。上惭苏人泪，下愧刘君辞。"（《答刘禹锡白太守行》）但在内心里，他还是很有成就感。依靠众人齐心协力修成的这道堤，堤上桃李成行，车马行人，络绎不绝。河中小船悠悠，芰荷田田，如画开屏。这是为苏州

"长留一道春"(《山塘》),他为此感到欣慰。

杭州的"白堤",苏州的"白堤"或"白公堤",至今仍在。据说都不是白居易当年修建的那道堤了。这一点也不奇怪。沧海桑田,山川地理总会变迁。只是"白堤"的名称至今没有变。此中蕴含着一种深刻的官场伦理和哲学。君不见,一些官员下台了,老百姓放鞭炮庆贺。某官员被抓了,人们奔走相告,简直成了民间的节日。而他昔日的那些相敬如宾、互相恭维的同僚,必定都会纷纷表态:大快人心,坚决拥护。于是,当官被说成是一种"高危"职业。甚至还有这样的段子:官场有风险,当官需谨慎。然而白居易,他却没有这种尴尬。离任时,百姓十里相送。离开多年后,人们仍然记着他。其实,他在这些地方的任期都不太长。尤其是苏州,也就是一年多一点的时间。古人告诫为官者:"视民如伤"(《左传·哀公元年》)。白居易牢记古人教诲,创建了自己的座右铭:"但伤民病痛"(《伤唐衢》);"救济人病,裨补时阙"(《与元九书》)。把百姓当作伤病员一样忧伤照顾,为他们的冷暖安危尽心尽力。这可能就是白居易的为官秘诀!政声人去后。如此,凡他工作过的地方,总会有关于他的纪念地或纪念物,他作为一种精神而长期存在,他的形象如一座丰碑而千年屹立!

从苏州回到洛阳,朝廷先后任命白居易为秘书监、刑部侍郎、河南尹等官职,但任职时间都不长。再者,他感到郁闷。身在那个如铁桶般禁锢的体制内,白居易追求的却是精神层次上的人格独立，张扬个性的自由。在当时的语境下，这些想法只不过是海市蜃楼。但他又不愿意"内直而外曲"——保持内心的独立，而外表则去迎奉。两副嘴脸双面人，他做不来。"寄言立身者，勿学柔弱苗"。(《有木名凌霄》)许多年以前，他对攀附权贵，仗势招摇，就进行过抨击和劝诫。当他已经通透了人生，就不愿意再去那个染缸里搅和了。于是要求彻底退休。

他终于如愿以偿，卸下公务，回到了洛阳，住在履道里。无官一身轻，名副其实的自由人。令他高兴的是，好友刘禹锡也回洛阳了。刘禹锡，字梦得。两人同岁，又志趣相投，终生为挚友。"少时犹不忧生计，老来谁能惜酒钱。"于是两人常常一边喝酒，一边论诗。白居易总是以诗相邀，《晚夏闲居，绝无宾客，欲寻梦得，先寄此诗》："无人解相访，有酒共谁倾。"刘禹锡当然是有请必到。过了一些日子，他们又在一起把盏言诗，并约定下次喝酒的时间："更待菊黄家酝熟，共君一醉一陶然。"(《与梦得沽酒闲饮，且约后期》)

喝酒需要气氛。有时，白居易还会把刘禹锡的堂兄刘禹铜也约来。刘禹铜经商，不写诗，但与白居易很合得来。那是一个冬日的傍晚，白居易打发家人去请刘禹锡，同时也给刘禹铜送去一方短束：

绿蚁新醅酒，红泥小火炉。晚来天欲雪，能饮一杯无？(《问刘十九》)

刘氏家族按辈分排行，刘禹铜十九，刘禹锡二十八。白居易说，新酿的米酒色绿香浓，小泥炉上的炭火烧得殷红。天好像又要下雪了，你们是不是过来喝一杯呢？刘家兄弟哪敢延宕。在那个充满生活情趣的夜晚，他们就着暖烘烘的小火炉，喝着芳香四溢的绝品佳酿，直喝得"忘形到尔汝"（杜甫句）！

他惬意于退休老人的生活，安享那一抹美丽温馨的夕阳红。然而，长期的生活磨砺，年轻时候的人生抱负，形成了他的生活信念，这种信念熔铸了他的基本思想和行为准则，不会因环境改变而改变，更不会因年岁大了而忘却。就在他小酒喝得有滋有味的时候，家人又为他新做了一件御寒的棉袄。绫面，故而柔软；丝绵作絮，故而轻且暖和。白天去踏雪，晚上去赴宴，都体面地穿着，甚是可心。那天晚上，他穿着新袄，因为暖和，也可能是宴会上多喝了一杯，竟然坐在茶几边睡着了。当他醒过来时，忽然惊出一身大汗：

"百姓多寒无可救，一身独暖亦何情。心中为念农桑苦，耳里如闻饥冻声。"

——百姓的饥寒无法解决，我一人穿得这么体面，浑身这样暖和，这算哪门子事呀！

"争得大裘长万丈，与君都盖洛阳城。"（《新制绫袄感而有咏》）

——他忧虑的是天下百姓，民间疾苦啊！

白居易不是说漂亮话，更不是作秀。他是一个真实的存在，没有必要制造舆论热点去吸引公众的目光。他与寻常百姓一样，也有许多人生的不幸。晚年所得唯一的儿子阿崔，才两岁多就夭折了。女儿结婚只不过五六年，女婿又英年早逝。他本人年老多病，孤独痛苦自不待言。为了排解心中的郁闷，他像许多退休老人一样，常常出门散步。

白居易家在伊水河旁。伊河是洛水的支流，流经嵩县、伊川，穿伊阙而入洛阳。河床高高低低，水势深深浅浅。在一个叫"八节滩"的地方，河中有九处嶙峋的怪石耸立水面，还有多处堆集着的硕大圆形石块，阻碍船只过往。伊河却是一条黄金水道，进入洛阳的货物，大都要经过此地。出门散步的时候，白居易不止一次见到船夫过滩的情景，弄不好就触石遇险，不是撞坏船身，就是搁浅。而在前不久的一个晚上，时值隆冬，北风呼啸，天空下着纷纷扬扬的雪花。白居易本来早早地睡了，夜深时，忽然听得伊阙方向传来吆喝声，他很是诧异。此后连续几个晚上都是如此。这天夜里，他一定要去看个究竟。在家人的陪伴下，冒着风雪，来到河边，终于看到触目惊心的一幕：一支船工队伍驾着负重的木船，迎着八节滩疾驶过来。河中的激流像一匹脱缰野马，汹涌奔腾，满载着货物的船眼看就要撞在岩石上，船工们纷纷跳下冰刀一般的河水中，前推后拉，艰难地护船过滩。他们"踩跣水中，饥冻有声，闻于终夜"。白居易回到家里，再也无法入睡，在床上辗转反侧至天明。

前不久他还说，要争得一件"万丈裘"，为洛阳百姓御寒保暖，那只不过是抒发一种忧患苍生的情怀，表达他对社会底层的关切。现在，险滩峭石就在他的眼皮底下，跳进冰

江湖之远
Jianghu
Zhiyuan

河排险船工的呼叫声声入耳，空洞的关心有什么用，廉价的同情又值几何呢？他，白居易，年岁大了，不能下河帮着推船了，却可以设法帮助他们改善工作条件呀！第二天，他与一位僧名叫悲智僧的和尚相遇，谈及八节滩的险情，悲智僧早就闻知。两人于是一拍即合，相约分头去募捐，疏通八节滩。为了筹集足够的资金，白居易决定变卖自己的家产，包括他御寒的衣袄，可能就是那件让他心里不安的绫面棉袄！还有他为朋友元稹写墓志铭时，元家赠送给他的银鞍玉带，通通都卖掉。在叫卖这些物件的时候，他一点也不觉得难为情，心中反而充满憧憬。滩险给过往船工带来无穷苦难，如果一下把它除尽，这该是一件多么值得庆贺的事情啊！

白居易顿生激越之情，人都变得年轻了。他用在杭州、苏州治理水患的经验，指挥伊河上的疏通工程，改造那个既定的客观世界；他以悲天悯人的情怀，为在半夜里跳入冰河作业的船工谋福祉。在他的运筹和督促下，八节滩终于修通了，怪石被炸掉，石滩被除去，船筏畅通无阻。诗人兴高采烈，高唱"心中别有欢喜事，开得龙门八节滩"（《欢喜二偈》）。接着又写道：

七十三翁旦暮身，誓开险路作通津。夜舟过此无倾覆，朝胫从今免苦辛。十里叱滩变河汉，八寒阴狱化阳春。我身虽殁心长在，暗施慈悲与后人。（《开龙门八节滩石诗》）

二十四年前洞庭湖的那一场洪水让他刻骨铭心。此后，他对与水有关的事项，就会变得特别敏感，条件反射似的急于要行动起来。杭州常有大旱，他为百姓"唯留一湖水"；苏州内涝，他在此"长留一道春"。当然，这两个城市的基础设施建设，是刺史的工作职责，属于职务行为。而作为洞庭湖的过客、龙门八节滩边的退休老人，他完全可以袖手旁观。可是，"志在兼济，行在独善"（《与元九书》），这是他的人生宣言。面对民生疾苦，他怎么可能熟视无睹呢？他或许会感到遗憾，因为没有当上洞庭湖的"水官伯"，也与那里管理户籍田亩的"司徒官"失之交臂。但是，疏通内湖，加固外堤，堵塞蛇洞鱼穴，他的这些建言，千百年之后，仍然是人们治理洞庭湖水患的不二法宝。更让他得意的是，晚年，他做了一件实事，为洛阳的船工们疏通了河道！如果要给白居易贴个标签，他不属于"好官"与"孬官"的评价范围，而是作为人的纯粹与觉悟，为官者的伦理与操守，都堪称无缺无瑕！

在拜金主义、享乐主义盛行的年代回访白居易，仍然感到特别亲近。这不仅是作为高官，他不装威，不摆谱，而是脚踏实地，勤勤恳恳为老百姓做一点实事，奉献的是真情大爱。还因为他作为诗人，留下了三千多首诗作，数量之多，为唐代诗人之最。他的许多作品，与读者交流的渠道至今畅通，且常读常新。他不慕荣利，施散家财疏通龙门八节石滩后，不到两年，就与世长辞了。赤条条地来，不带半根草去！古今中外的官员和文人，仰天俯地，如此彻底且完美者有几人？！

晚年，他写过一首《忆江南》：

江南好，风景旧曾谙。日出江花红胜火，春来江水绿如蓝，能不忆江南？

留在诗人记忆深处的，是水的精灵，水的魅力。他所留恋的，除了江南的青山和绿水，或许，更留恋那曾经忧虑过、奋斗过、歌唱过的峥嵘岁月，火样年华！

【链接】

自蜀江至洞庭湖口有感而作

白居易 著　张步真 释

江从西南来，	大江从西南方向来，
浩浩无旦夕。	浩浩荡荡日夜奔流。
长波逐若泻，	波涛追逐一泻千里，
连山凿如劈。	破山开道似斧劈。
千年不壅溃，	波涛千年不阻塞，不决堤，
万姓无垫溺。	万里也不陷落，渔民也不溺死。
不尔民为鱼，	假若不是大禹治水，人民就变成了鱼，
大哉禹之绩。	大禹的功劳大呀！
导岷既艰远，	传说大禹治水，始于岷江，当初是那样艰难啊！
距海无咫尺。	其实，洞庭湖离海很近了。

胡为不讫功，	为什么不完成，要半途而废呢？
余水斯委积？	造成余水聚积。
洞庭与青草，	洞庭与青草两个湖，
大小两相敌。	大小两湖旗鼓相当。
混合万丈深，	两湖的水混在一起深不可测。
淼茫千里白。	渺茫茫一片，千里汪洋。
每岁秋夏时，	每年夏秋时，
浩大吞七泽。	大水一望无际。
水族窟穴多，	鱼鳖多处打洞，
农人土地窄。	农民土地狭窄。
我今尚嗟叹，	我都很着急，
禹岂不爱惜？	大禹岂能不爱惜？
邈未究其由，	这个事情已经很遥远了，
想古观遗迹。	我由古人而想到今日的洞庭湖。
疑此苗人顽，	可能是当时的居民顽固，不听大禹的命令，
恃险不终役。	仗着天险没有把水治好。
帝亦无奈何，	天帝也没有办法，
留患与今昔。	水患于是留到今天。
水流天地内，	我认为，水流大地，
如身有血脉。	好比身上的血脉。
滞则为疽疣，	阻滞就会生疽疣，
治之在针石。	医生须得用针砭法治疗。
安得禹复生，	希望大禹再活过来，

为唐水官伯。　　成为当代（大唐）管水利的长官。

手提倚天剑，　　手持靠着天的长剑，

重来亲指画。　　重新来谋划治水。

疏流似剪纸，　　疏通河流似剪纸，

决壅同裂帛。　　像裁绢那样开通拥塞。

渗作膏腴田，　　让细流灌溉良田，

踏平鱼鳖宅。　　踏平鱼鳖洞。

龙宫变闾里，　　使龙宫变成村庄，

水府生禾麦。　　水府变成良田长禾麦。

坐添百万户，　　因而增加百万户人家，

书我司徒籍。　　到那时，我愿意来当这个管理户籍土地
　　　　　　　　的司徒官！

（《自蜀江至洞庭湖口有感而作》一诗，摘自上海古籍出
版社《白居易选集》，译文为本书作者所拟。）

邂逅柳子厚

一

在元和元年（806年）金秋十月温暖的阳光下，如果说有人在岳阳楼下邂逅了柳子厚先生，肯定会遭到史官的严厉批评。从前的苏联叫"客里空"，现在网络上叫"摆乌龙"。因为岳州的地方文献和相关史料，都没有子厚老夫子来过的记载。但是，晚了一千多年的我，却确信他是来过岳州的。读他的四十五卷文集，其中涉及洞庭湖和岳州的文字，特别鲜活，可谓画龙点睛。如果没有亲临其境，是绝对写不出来的。难道这位大文豪远道莅临的时候，我们的史官漏记了，过后又忘记补上？

我可以负责任地说，子厚先生至少有三次到岳州。

柳子厚，世称"柳河东"，也就是大名鼎鼎的"唐宋八大家"之一的散文大家柳宗元先生。山西运城人。出身于官宦家庭，从小勤奋好学，志存高远。二十岁考中进士，一度担任过县令一类的职务，不久就进入朝廷中枢，任礼部员外郎。因参加王叔文为首的政治革新失败，永贞元年（805年）九月，被贬到湖南，任邵州（今邵阳市）刺史。他还在赴任的路上，后面追来的钦差又宣布：再降一级，改任永州司马。"司马"在魏晋时是参与军事领导和管理工作，属于地方军事官员；到了唐代，则是佐官，也就是主官的副手。柳宗元从京城长安，去遥远的南方任职，那时没有火车，也没有汽车，更别说坐飞机出行了。唯一的选择是坐船。最佳路线是经汉江到湖北襄阳，再由长江进入洞庭湖，然后转道湘江，再转资江。一路风帆给力，桨橹齐摇，大约一个月可以到达目的地。

柳宗元乘坐的木帆船，从三江口进入洞庭湖，停靠的第一个码头，就是在岳阳楼的河坡底下。这时，船老板需要休整，同时还要补充蔬菜、粮食和燃料。船客柳宗元先生，难道不上岸，不进岳州城吗？

二

柳宗元到了岳（州）阳，他不可能不去岳阳楼。

岳阳楼在洞庭湖东岸。它的历史要追溯到三国时期，那场血流成河的赤壁大战结束之后，在战争中建立起来的"孙

（权）刘（备）联盟"破裂，岳州成了孙、刘两个军事集团的交界点。这时，鲁肃接替周瑜率万人驻守岳州。为了固城御敌，鲁肃筑巴丘城，建阅军楼。后来，阅军楼经过若干次修葺，渐渐成为一座城楼，起初叫"谯楼"；唐开元四年（716年），岳州刺史张说主持重修后，改名为"南楼"。

站在城楼上，眺望洞庭湖，大江西来，四水北上，洞庭汇流，巨龙东去。亿万年来，洞庭湖就是这样大吞大吐，不辞辛劳，不舍昼夜。其雄伟的气势，引得南来北往的文人墨客赞叹不已，写下了许多名篇佳构。孟浩然笔底留华章："八月湖水平，涵虚混太清。气蒸云梦泽，波撼岳阳城。"（《望洞庭湖呈张丞相》）王昌龄诗中有奇观美景："摇曳巴陵洲渚分，清江传语便风闻。山长不见秋城色，日暮兼葭空水云。"（《巴陵送李十二》）李白则画了一幅诗意盎然的水墨画："洞庭湖西秋月辉，潇湘江北早鸿飞。醉客满船歌白苎，不知霜露入秋衣。"（《陪族叔晔游洞庭湖》）

当然，这些诗人都是前辈。不过，柳宗元的朋友圈也是群星灿烂，个个大名如雷贯耳。刘禹锡与柳宗元是同一届考取进士的，互称"年兄"，比一般的同窗学友关系更铁。白居易，跟柳宗元一样，对佛学很有研究，两人志趣相投，堪称同道。老大哥韩愈比柳年长五岁，在文学史上，"韩柳"并列"唐宋八大家"榜首。这三位至交好友，都来过岳州。当然，在时间上，比柳宗元要晚。但他们来了，没有不登岳阳楼的。刘禹锡选择了月夜遥望的角度，别出心裁，把月下的洞庭描绘得美如仙境："遥望洞庭山水色，白银盘里一青螺。"(《望洞庭》)白居易一首四十行的长诗《自蜀江至洞庭湖口有感而作》，对湖区的水利建设提出了很好的建言。韩愈在这里怀二妃，怀屈原，留下数首诗作，被广为传诵。

洞庭湖碧波万顷，既有阳刚之大气，又有淑女的温柔。此时登上岳阳楼，才子可以一洒汪洋，俊杰可以豪情万丈。那么，当柳宗元来到了岳州，他怎么可能不去岳阳楼呢？

但是，他没有留诗。

我曾数次在湖边码头流连，揣摩柳宗元登岸的路线，猜度他当时的心绪。我估计，柳宗元来岳州的时候，他的心情很不好。

柳宗元是有着雄才大略的，他曾对友人说："励才能，兴功力，致大康于民，垂不灭之声。"(《寄许京兆孟容书》)这是何等宏伟的人生抱负！在实际生活中，柳宗元则更是一位闻风而动的人物。贞元二十一年（805年）正月，翰林学士王叔文有感于朝政的腐败，推行一场变法革新。柳宗元积极响应，并全力投入。革新派执政后，大刀阔斧，雷厉风行，罢黜罪恶昭著的贪官污吏，免除老百姓的苛捐杂税，并着手接收宦官手中的兵权……这些措施，对于革除丧失民心的弊政，减轻人民负担，无疑有着非凡的进步意义。那些日子，他们意气风发，血脉偾张，神采飞扬！由此而获得了普通百姓的拥戴，赞扬声不绝。但是，他们毕竟是一群文化人，有知识分子的狂热，而缺乏政治家的手段，理想的破灭也就成了一种宿命。由于改革触动了宦官们的利益，对手们决不会善罢甘休。那个病恹恹的顺宗被逼退位，太子李纯成了皇上，为宪宗。守旧一方以雷霆万钧之势，用霹雳的手段，把大棒挥向革新派。改革进行了一百四十六天，刚刚才开了个头，就被扼杀在摇篮之中。王叔文被整死，骨干分子柳宗元、刘禹锡等人被贬谪。沮丧万分的柳宗元，九月初离开长安，一路随波逐流，到了这一碧万顷的洞庭湖，他仍然没有从愤懑和愁苦中走出来，这时，怎么会有写诗的雅兴呢？

再说，柳宗元学风严谨，不是那种浮躁之人。从古至今，迁客骚人写洞庭湖、写岳阳楼的诗作很多，说浩如烟海也不是夸张，柳宗元也读过不少。坦率地说，那种使人过目不忘的精品力作却是凤毛麟角，不少作品是附庸风雅，堆砌一些华丽辞藻而已。柳宗元有自己独特的文艺观。他主张"文者以明道"（《答韦中立论师道书》），要"辅时及物"（《答吴武陵论非国语书》）。这就是说，创作要紧密结合现实，有感而发。不作无病呻吟，不作文字游戏。也不把自己的一些小情绪，一唱三叹；一点小得意，就大肆渲染，恨不得让满世界都知道。在他的心目中，好诗必定是结构奇崛，意境隽永，语言精美，或如铜琶铁板，平地惊雷；或如轻风拂柳，泉水叮咚。余音绕梁，不绝如缕。他讨厌的是积字累句的平庸，苍白浅薄的咏叹。于是，他从岳阳楼上下来，回到船上，一言不发。岳州的史官因此说他没有来过这里。

三

当时的岳州并不是一个清明社会。柳宗元早就听说，诗人杜甫曾在这里做过深入的调查研究。这虽然是三十多年前的事情了，现在的情况仍然没有任何好转。杜甫是大历三年（768年）腊月中旬到的，从四川夔门来，第二年柳絮飞花的时候才离开，前后待了一个多月时间。杜甫发现，岳州百姓的生存状况，官场的政治生态，让人触目惊心！

杜甫来的时候，天寒地冻，洞庭一片白雪皑皑。这时，渔夫不能下湖作业，只能到湖边用弓箭去打鸟，这怎么能够维持生活呢？前一年粮食价格很好的时候，官府要求百姓支援国家，多交军粮；次年粮价低贱，官府充耳不闻，农民苦不堪言。最可恶的是，那些长得肥头大耳的官员，每天在宾馆酒楼，生猛海鲜，肥鸡美酒，吃得嘴角流油。而在街头巷尾，将小孩子插着草标当街叫卖，面对这种人间惨剧，路人竟然熟视无睹！更奇怪的是，岳州市面上流通的钱币，都不是官铸铜钱，而是掺杂了铅和锡的假钱。这到底是怎么一回事？难道有官员暗中参与，私铸假钱币，合伙坑人？如果要捞钱，用陶泥铸钱最易得，怎么可以这样坑害老百姓呢？

柳宗元读过杜甫的《岁晏行》，诗人对岳州的种种弊端，进行了无情的揭露和抨击，在当时引起了很大的反响。跟杜甫一样，柳宗元忧国忧民的精神令人钦佩。对生活中的丑恶现象，他从来不会无动于衷。当他离开岳州，去那个再次降职的永州地方担任司马一职时，发现那里官员的工作作风十分恶劣。官府去老百姓家收取税赋，动辄打人抓人："公门少推恕，鞭朴恣狼藉。努力慎经营，肌肤真可惜。"（《田家》）而在郊外的山地，柳宗元与一位捕蛇的蒋姓农民邂逅。

这位农民兄弟告诉他，朝廷有令，凡会捉蛇并能提取蛇毒者，免交当年租税。这个工作极其危险，弄不好就会被蛇咬死。他的祖父和父亲，就是这样被毒蛇咬死的。但他仍然不想放弃，因为捕蛇每年只有两次，这就是说，每年只有两次面临死亡的威胁；而他的邻居，天天都要为官家的迫害担惊受怕……柳宗元听了十分难过。孔夫子曾经说："苛政猛于虎。"（《礼记·檀弓下》）过去觉得这是老先生夸大其词。现在，在他自己工作的地方看到了实例，官府的横征暴敛，比能咬死人的毒蛇还要可怕，于是写出了《捕蛇者说》等一系列对丑恶的社会现象讨伐的檄文！

那么，柳宗元对岳州的情形，为什么不置一词呢？难道仅仅是路过，没有什么深刻的印象？此说差矣。柳宗元是何等睿智，何等精明的人，他又是一位使命感极强的人，他的洞察力绝对不会比杜甫逊色。既是这样，他对岳州的种种，为什么视而不见呢？为什么不能像杜甫一样，发出谴责，以引起当政者的重视呢？其实原因还是有的。柳宗元与杜甫，身份不同。老柳是一位现职官员，老杜虽然做过工部员外郎，人称"杜工部"，那是受朋友之邀，去做幕僚，一个挂名儿的小官，连个正式编制都没有。说到底，他只能算一个"民间人士""自由撰稿人"。他可以口无遮拦，骂"朱门酒肉臭，路有冻死骨"（《自京赴奉先怀咏》），骂"有吏夜捉人，老翁逾墙走"（《石壕吏》）。可以高声呐喊"嫁女与征夫，不如弃路旁"（《新婚别》），可以叹息"垂老不得安，子孙阵亡尽"（《垂老别》）……这些，老柳都不行。老柳即将去邵州担任刺史一职，一把手呢！降职永州是离开岳州以后的事情。作为一位候任官员，你途经岳州，可以顺道去拜会这里主政的同僚，参观、学习、取经，联络感情，绝不可以跑到人家的一亩三分地里来指手画脚，这是犯了官场的大忌！

此外，他与杜甫还有一个根本性的差别，杜甫是诗人，诗人通常都感情奔放，关注生活现场，注重生活细节，说白了，微观观察独具慧眼。柳宗元虽然也是诗人、散文家，但他更是一位思想家、哲学家。他虽然写过《钴姆潭西小丘记》《小石城山记》等等脍炙人口的散文精品，但他政论性的哲学论文《封建论》同样名垂青史。这样的文章，是对整个官场的弊端，当然也包括了岳州，在理论上进行分析研究，在政治上进行抨击。通俗地说，老杜的《岁晏行》是治标，老柳的《封建论》则是治本的。

在这里，我们须得把目光投向一个更远的方向。中国的历史，是从奴隶社会进入封建社会的。当然，"封建制"相对于"奴隶制"，是社会的一种进步。但一种制度施行久了，弊端也就出来了。封王封地成诸侯，搞到公元前五世纪，神州大地搞出七个国家，就是所谓的"战国七雄"，互相征伐，战争不断，直到秦始皇统一中国，这种战争才逐渐平息。柳宗元的《封建论》，就是对这一历史演进，进行研究论证。因为在柳宗元生活的年代，藩镇割据又死灰复燃，妄图使历史退回到从前。柳宗元坚决反对，旗帜鲜明地主张加强中央集权，取消藩镇割据，全国统一于中央的政令。

我们无法对《封建论》的学术思想，作更深入的探讨。

但就实际操作而言，柳宗元反对分封世袭，主张郡县制，加强层级管理，全国统一于中央政令，这对岳州当时的负面情形，无形中起到了抑制的作用。这时，我们终于发现，柳宗元做的是顶层设计，更多的是作宏观思考。岳州的事例，是他做宏观研究的一个对象，抽样调查的一个点。观棋不语真君子，柳宗元的岳州行，因此就没有像许多诗人一样，对一碧万顷的洞庭湖水，皓月当空的满天银辉，留下优美的诗篇，当然也没有像杜甫一样提出直言不讳的批评。但如果就因为柳宗元没有留下诗作，就对他的光临故意视而不见，这就不仅仅是史官工作的疏忽大意，还涉及传统的待客之道了！

四

柳宗元的岳州行之所以弄得如此诡谲，或许还有更深层次的原因。他是一位犯了错误受到"贬谪"的官员，政治上不灰不白，地方当局避之犹恐不及，就装作不知道。柳宗元本人呢，为了避免互相的尴尬，也不愿去打扰人家。这种情形在中国官场不是个例。于是他在岳州的行踪就像谜一样扑朔迷离。但在逗留期间，有一个地方他不能不去，那就是岳州往南出城，坐小船过一个湖汉，上岸有一处古树参天的寺庙——圣安寺，那里有一位佛法高超的和尚。

在唐朝，佛教是一种时尚。贞观十九年（645年），河南偃师人陈祎，也就是后来的玄奘法师，在天竺，亦即现在的印度哈尔邦的那烂陀寺（大学），攻读了十七年佛学，获得了优异的成绩回国。在当时交通极其困难的条件下，要在荒无人烟的戈壁沙滩长途跋涉，玄奘竟能孤身成行，又带回了六百五十七部梵文佛经，这件事本身就带有很大的传奇性，当时就引起轰动。后来又经明代小说家吴承恩演绎成《西游记》，现在已经家喻户晓了。居住在圣安寺的这位和尚，他原来姓什么，叫什么名字，别人都不知道。而据他本人说，佛家都是释迦牟尼的弟子，他因此姓释，法号"释法剑"。他最初在房州（今湖北房县）出家，后来到岳州，设道场于楞枷山北峰，定期开场讲道。因为他是国内知名的佛学家，除了本地信众，外地也有人专程前来聆听，包括过往官员。唐·大历四年（769 年），道州刺史杨炎上调京城，升任宰相。途经岳州时，杨炎听了他一堂讲道，极为佩服。杨炎便以候任宰相的身份，邀请无姓大和尚同赴京师，却被和尚婉言谢绝。

凑巧的是，柳宗元对佛理也有很深的研究，自称"好佛求其道积三十年"。现在，他到了岳州，怎么会放弃这样一个求教的极好机会呢？

事情可能很矛盾。柳宗元本来是一位无神论者。早年，他在《蜡说》一文中说："神之貌乎，吾不可得而见也；祭之飨乎，吾不可得而知也。"神仙是什么样子，我没见过；祭奠的贡品神仙是否能吃到，我也不知道。因此，他不相信有神仙。他还写过《天说》《天对》《时令论》等一系列重要著作，宣扬自然法则，认定天是物质的，与儒家宣扬的"天命观"

邂逅柳子厚 —— 文化散文

针锋相对。然而，他又确确实实信奉佛教。这只能有一个解释，知识分子性格的复杂，以及世界的丰富多彩。就柳宗元而言，可能因为他在生活中总是受挫折，工作上总是碰钉子，一再受贬，就觉得命运不可捉摸，便想从佛学中寻找精神安慰。搜索他一生的行踪，凡到一个地方，他必定要去拜访寺庙。一些重要的名寺，只要有邀，他必定为其写文章。收集在《柳宗元文集》里关于寺庙的碑文，有十余篇，全都是弘扬佛学的。那么，他到了岳州，怎么会不去圣安寺，见见这位无姓大和尚，互相研讨一番佛学呢？但是，柳宗元本人又深感遗憾地说，他没有见过这位和尚。到了元和四年（809 年），无姓和尚圆寂。时任京兆尹的杨凭，是柳宗元的岳父。四年前，杨凭当过湖南观察使，与无姓和尚相识并十分崇拜，杨凭于是致信在永州的女婿柳宗元，要他为和尚写一篇碑文。柳宗元本是佛教信众，也敬重无姓和尚，于是欣然命笔，写下《岳州圣安寺无姓和尚碑》，称赞他"佛学高远，修持深厚，文武并茂，勤谨诚实"。佛教进入中国后，形成了许多派别。最明显的有两派，一派是小乘佛教，主旨是严格秉承释迦牟尼的遗教；另一派大乘佛教，则是外道与佛教的混合体。两派一直争论不休。柳宗元说："和尚绍承本统，以顺中道，凡受教者不失其宗。"对无姓和尚坚持信念，执着而虔诚，做了充分的肯定。

柳宗元还写了《碑阴记》，记载了圣安寺的方位、规模和无姓大师的社会影响，称赞这里"空山寂历，虚谷遥远"，是理想的参禅拜佛的好地方。

柳宗元乘船去永州，一定要经过圣安寺前边的水道。千百年后，我们没有必要再去争论柳宗元是否到过圣安寺，是否见过无姓大和尚。只说自无姓和尚圆寂以后，圣安寺影响渐渐式微。昔日香火旺盛的寺院，逐步荒废，到后来，仅存一堆瓦砾，完全碎片化了。如果不是柳宗元的《岳州圣安寺无姓和尚碑》和《碑阴记》，刊列在他的文集里；更或者这两篇《碑》和《记》，是一位不知名的文人写的而很快被人遗忘，这样，圣安寺的清名很可能在时光的流逝中踪影全无。1997年，佛教界的宝昙大和尚依照柳宗元的记述，携其弟子，为弘扬佛教大法，在原址恢复圣安寺。经过近二十年的建设，现今已然是一处庄严肃穆的名寺古刹。记忆是香火传承的火种。柳宗元的文名百世流芳，他是圣安寺火种的千年保护者。他撰写的碑文，现在刻在一块三米多高，二十几米长的整块汉白玉石上，置放于寺门前的大广场。应当说，这是圣安寺的镇寺之宝。人说"投桃报李"，当年，柳宗元在岳州受到冷落，他却为这里留下了巨大的精神财富。这不仅是佛门之幸运，更是岳州之大幸。仅此一端，后世就应当为之顶礼，为之吟诵而跪地一拜！

五

柳宗元第二次途经岳州，则是十年以后的事情了。如果说，第一次来岳州，他的心情很不好。当他再次来的时候，说他心花怒放也不为过。元和十年（815年）正月新春，他在永州接到了皇帝的诏书，宣他入京觐见。

　　柳宗元到永州整整十年了啊！他是在毫无思想准备的情况下来到永州的。那时，他只知道永州在湖南和广东、广西交界的地方，没想到竟是这样的荒僻。山上尽是那种颜色很重的岩石，使人感受到一种久远的荒凉。即便是走官道，有时老半天也见不到一个人影。雨后松湿的路面上，或许还有昨夜老虎路过的脚印。与他同行的，还有六十七岁的老母亲，以及堂弟和表弟等人，他的旅途因此更加艰难。尤其让他沮丧的是，到达永州后，政敌对他的造谣诽谤已先期到来，关于他的各种负面言论可以说是沸反盈天。因为他是犯了错误的"罪臣"，地方官员时时都在监视他，府衙里也没有给他安排官舍，要自己到外面去找房子。如有一张巨大的罗网将他罩住，找不到逃遁的路。幸亏他多年研究佛学，与佛家结缘，在一位僧人的帮助下，让他寄居在永州城外的兴龙寺，才没有陷入露宿街头的窘境。

　　兴龙寺东北角有一个正厅，地面有一块砖头总是隆突而起。弄平了，很快又凸上来了。据说拿铁锹铲平的人，不久都会死去，因此有人说兴龙寺有鬼。柳宗元不信鬼，说：地隆起来，是自然现象。持铲者死亡，"其死于劳且疫也，土乌能神"（《永州兴龙寺息壤记》），奇怪的是，他的住处无缘无故地发生了几次火灾。半年后，与他长途奔波、相依为命的老母亲在永州逝世！

　　残酷的政治迫害，艰苦的生活环境，个人的种种不幸，简直把柳宗元逼到了人生的绝境！由于时代久远，我们无法了解他在永州生活的更多细节，一些基本情况却是众所周知的：他的妻子杨氏夫人，是贞元十五年（799年）去世的，终年二十三岁。柳宗元是元和元年（806年）来到永州的，这时他三十二岁，一直没有再娶。母亲和妻子都不在了，其时正值盛年，他的心里该是多么的孤独寂寞！丧母丧妻再加上政治压力，那又是怎样一种人生况味啊！当然，坊间也有人说他并不缺同居女友。流言无法证实，没有正式结婚则是确凿无疑的。幸亏石头也有翻转时，元和十年（815年），柳宗元曾写过一首题为《叠前》答友人的诗："小学新翻墨沼波，羡君琼树散枝柯。在家弄土唯娇女，空觉庭前鸟迹多。"那意思是说，现时他可爱的娇娇女能够学书写字了。拿着树枝在地上划着写字，可能有四五岁了。当然，孩子的字迹歪歪斜斜，很不像样。柳宗元却特别开心。传说当年仓颉观鸟迹而创篆书。瞧，我家门前地上那些鸟迹般的书写，就是我那宝贝女儿的杰作呢，我女儿也有仓颉相似的灵感呢！……大家都知道，元配杨氏夫人没有生育。于是，我们惊喜地发现，至少在五六年前，柳宗元就重组了家庭。瞧，孩子都这么大了！至于新夫人是从长安一起来的陕西婆姨，还是永州当地的多情湘女，这已经不重要了。一个人只要有了家室，漂泊的心灵就有了归宿。

生活于是进入了一个理想的轨道。在京城的时候，他总是很忙。刚到永州那会，心情又极不痛快。由于有了家庭的温暖，渐渐调整好心态，尽管官场失意，他的学术研究却是成果辉煌！不长的时间里，他不仅写出了《封建论》，还写了《四维论》《天爵论》等一系列名作，这些作品，奠定了他的哲学家、思想家的地位。在永州待的时间越长，他对那里的风土人情越熟悉，同时还结交了许多士子和闲人，于是写成了脍炙人口的《永州八记》《三戒》，以及一大批赋、记、书。有学者做过统计，《柳河东全集》中的五百四十多篇诗文，有三百一十七篇是在永州写成的。永州的山风和地气，为他登列"唐宋（散文）八大家"，搭起了一把登高望远的天梯！但如果把话题再扯远一些，当年在长安，围攻王叔文、柳宗元等革新派最起劲的，都是柳宗元彼时的一众同僚。在那场政治绞杀中，落井下石者有之，添油加醋者有之，无限上纲、欲置人于死地而后快者有之……当他们达到了自己的目的，把柳宗元们赶出了朝廷，于是纷纷弹冠相庆，此后便在宦海中呼风唤雨，平步青云。吊诡的是，到末后，又有几人的成就能与这位连遭贬谪的柳宗元相提并论呢?!

历史就是这样奇妙有趣。

当然，在永州的日子，柳宗元心里十分苦闷。一个志存高远、才高八斗的文豪，困在这个山高水远的地方，每天看着主官的脸色，干的是"等因奉此"的活儿。他有独立的思想，但只能记在笔记本里，不能说与他人；他有治国经略，也只能束之高阁，不能付诸实践。他犹如困兽困在牢笼。你看，永州的山，"势腾涌夫波涛"，四方团团把你围住，见不到阳光，阴湿很重，这像不像一座天然的牢房？山上的虎豹就是凶恶的狱卒，牢狱就是一个枯井啊。我在这个牢笼里关了十年，谁能让我逃了出去呢？于是，他写成如岩石一样沉重的《囚山赋》。此中有多少心酸，多少血泪啊！

他做梦都想着要回去。他说，自从遭到摈弃斥责，来到这荒凉偏僻的地方，常常在梦里回到故乡。那些岩石突起的山峰，矗立在天的角落里，峡谷里的河水湍急漂流……逼得我气都喘不过来，我的灵魂仿佛都要死去了，我的眼泪哗哗地流啊。当年，屈原在汨罗江畔唱着"鸟飞反故乡兮，狐死必首丘"（《哀郢》）。现在，他困在永州，有着与屈原同样的乡愁。屈原说，狐狸死的时候，脑袋要朝着故乡。柳宗元则进了一步，说，这不仅仅是思乡，还是一种很高的道德表现。而鸟雀飞越故乡，总是频频回头，频频鸣号，是因为它们不能舍弃故乡啊！在永州山旮旯里，他一唱三叹，一吐衷肠，含着眼泪写成《梦归赋》，就是他思乡的心灵写照！

……

现在，终于接到皇帝的诏书了，要他回京城了。当年，他是作为"革新派"被打下去的，这会儿叫他回去，说明他们的革新蓝图，仍然有可能重启。他交代工作，打点行装，立即动身，一刻也没有延捱。在回京的路上，一路都很高兴。船经汨罗，遭遇到了大风，他一点也不惊慌。船老大要抛锚停靠，他口占一首《汨罗遇风》：

南来不作楚臣悲，重入修门自有期。

为报春风汨罗道，莫将波浪枉明时。

此时他想起了屈原。屈老夫子怀着一腔义愤，抱石沉江，葬身鱼腹，实在是太悲惨了。他柳宗元可不同，不管有着怎样的压力，都不灰心，不气馁，他在等待时机，准备东山再起啊。这不，皇上召他回京，重新起用他呢。他如同坐在春风里。在他看来，不要因为有一点小小的风浪，就丧失了信心啊！

昨天还垂头丧气的柳宗元，此刻可有点沾沾自喜的味道了！

过了汨罗，经岳州，出洞庭……不多的日子，就回到了日夜思念的长安。到达的当天，刚刚安顿下来，就写了一首诗给好友刘禹锡。云：投荒垂一纪，新诏下荆扉。疑比庄周梦，情如苏武归。赐环留逸响，五马助征骓。不羡衡阳雁，春来前后飞。（《寄刘二十八诗》）

他投荒永州已经十年了，现在回到长安，就像庄周梦见自己成为一只蝴蝶，在愉快地飞翔；又像"渴饮雪，饥吞毡"，羁留北海十九年，回到中原故国的苏武！燕子纷纷飞来，春天真正来了！

这一次途经岳州，柳宗元没有久留，可能仅仅上岸逛了一下商店，买了一些诸如银鱼干、湘莲、虾仁之类的洞庭特产，带回去送给亲朋好友。商铺老板得悉他奉召返京，大家对他们当年推行的革新弊政记忆犹新，于是纷纷向他道贺。他含笑向众人，拱手，称谢而去！

先生归心似箭。

六

柳宗元绝没有料到的是，皇帝的召见，却是当头一瓢冷水！对于当年的政治结论，朝廷没有任何松动，他的幻想彻底破灭。不仅没有让他回来，反而把他发配到更远的地方——柳州。当然，职务提升了一点——柳州刺史。去永州收拾行李搬家，然后再去柳州上任，柳宗元于是有了第三次途经岳州的机缘。

这一次南行，他与"年兄"刘禹锡结伴。刘禹锡被贬到播州，也就是现在的贵州遵义。那地方太遥远太荒凉，经人说情，皇帝同意刘禹锡改去广东连州，他们正好一路同行。刘禹锡是来过岳州的，因为两人心里都不痛快，又都是旧地重游，估计他们没有什么心思去观赏岳州的变化，城里也就无人知晓他们的行踪。两个月前，柳宗元写《汨罗遇风》，是何等意气风发。这一次往回走，过了汨罗，再由洞庭湖进入湘江，他的惆怅与失望，简直无法形容："好在湘江水，今朝又上来。不知从此去，更遭几年回。"（《再上湘江》）

柳宗元告诉刘禹锡：前一次途经湘江，辗转到永州，竟待了十年。这一次再进湘江，又将待多长的时间呢？人生在世，又有多少个十年呢？

这种情感一直困扰着他们。在衡阳与刘禹锡分手时，柳宗元又写了一首赠诗给他：

十年憔悴到秦京，谁料翻为岭外行。波伏故道风烟在，

翁仲遗墟草树平。直以慵疏招物议，休将文字占时名。今朝不用临河别，垂泪千行便濯缨。(《衡阳与梦得分路赠别》)

　　两人曾经希望，有朝一日能重返京城，继续实现他们的政治抱负，造福于黎民百姓。但朝廷一再疏远他们，新贵不断造谣中伤，理想已经被严酷的现实击得粉碎。在苍茫的暮色中，柳宗元"垂泪千行"与老友作别。万万没有料到的是，他这一次到柳州，就没能再回去了。在柳州任职四年，虽然也尽职尽责地做了一些工作，但心里总是闷闷不乐。在永州时，他身体就有病。到了柳州，天气炎热，空气中湿气比较重，他曾写信给好友："今年噬毒得霍疾，支心搅腹戟与刀。"(《寄韦珩》)也不知得了一种什么怪病，老是戟心搅腹地痛，多方求医问药，仍然不见好转。元和十四年（819年）十一月初八，柳宗元不治去世，终年四十六岁！

　　柳宗元去世的消息，很快就传到岳州来了。他为圣安寺写过碑文，为弘扬佛法，延续古寺香火，尽心费力。他的许多作品，记录了洞庭湖的美丽与仁慈。比如，"桂岭瘴来云似墨，洞庭春尽水如天。"(《别舍弟宗一》)"凌洞庭之洋洋兮，溯湘流之沄沄"(《惩咎赋》)……岳州城里留有他的足迹，汨罗江上展现过他的身影。对于赞美过洞庭、赞美过岳州，并且有过亲密接触的故人，湖乡百姓总是怀着美好的感情，常常惦记并感念他们。人们同时也知道，读书人渴望自由的思想，自由的表达，现实却又将他们限制在一个固定的套子里。柳宗元在永州、柳州，写下了大量抒发心中苦闷的诗文，岳州的士子们都是读过的。大家非常同情他的处境，又爱莫能助。但是，人们也觉得，柳宗元先生其实是可以有另外的人生选择。比如，与湖湘山水有过密切联系的陶渊明，在江西彭泽担任县令的时候，因为上级机关的"督邮"，也就是前来考核政绩的官员，对陶县令颐指气使。陶县令觉得自己的人格尊严受到损害。那是一个等级森严、以"官本位"为重的年代。他无力改变这种官场陋习，于是拂袖而归乡。陶渊明"不戚戚于贫贱，不汲汲于富贵"的品性，历来受到中国知识分子的称道。那么，我们的柳宗元先生，是否也可以取法乎上呢？仔细一想，又觉得不行。子厚先生是一位思想家、哲学家，渴望有一个舞台展示他的人生理想，与陶老"采菊东篱"隐归田园，代表着不同的人生理念。性格决定命运，这是勉强不得的。由此我忽然想起，作为中国精神一个重要元素的"先忧后乐"，应该是起始于最早一批洞庭漂泊者——屈原、李白、杜甫们的砥砺与催生，最后由另一位神游洞庭的贤哲范仲淹，所提炼升华的道德理想和做人标准。而在洞庭湖上来去匆匆的柳宗元，则是通过他的人生故事，他的心灵呐喊，也为这种"忧乐文化"的诞生，做了实际的铺垫和酝酿。这不是穿凿附会。须知，一种文化，不能凭空产生，也不能一蹴而就，需要经过长时间的积累与沉淀。我们的史官竟然视而不见，怠慢了远道而来的柳子厚先生，无论是疏忽，还是势利，作为后来者，我都觉得赧颜汗下！

一篇文章和一座楼

——岳阳楼别记

一

在江南水乡岳阳，范仲淹是一位人人皆熟悉的长者，形象亦如邻家老伯：望之俨然，即之也温。

然而，据史料记载，范仲淹没有到过岳州。许多人都不愿意接受这个结论，认为这是历史书记官的重大疏失。为了做出新的考证，我仔细地阅读了《宋史》《范文正公文集》，也读过能够找得到的稗官野史，还走访了好几位世居本地的老人，遗憾的是，都没有能寻觅到范老先生在岳州留下的足迹。在当下潘金莲、西门庆之类的小说人物，也可以弄出个"故居"来展示一番所谓深厚的历史文化底蕴，并以此来赚取旅游收入，鉴于史实，我不得不放弃为岳州争得一份荣光的奢望。

但是，如果没有范仲淹，岳阳的知名度是要大大打折扣的。当然，岳阳地理位置显要：万里长江像襟带一样飘过，八百里洞庭如一片嫩生生的荷叶，将岳阳拥入怀抱之中。水

凝聚了他一生的经历与思考

乡鱼虾肥壮，田畴粮棉丰盈。富饶美丽，堪比人间仙境！可是，在辽阔的神州大地，名山胜水数不胜数呀！唯独这里与别处不同，只要是中国人，在他进入初中的第二个学年，即八年级的学生，这时，该同学已经有了一定的文言文基础，并掌握了一定的朗读技巧，他的老师就会在课堂上介绍岳阳讲述《岳阳楼记》。老师必定还会神采飞扬，声情并茂地领着同学们一起齐声朗诵全文。在这个年龄时段获得的感受和教益，包括现场的氛围，将伴随他整个一生；同时也记住了《岳阳楼记》的作者，那正是范仲淹！因此可以说，范仲淹是岳阳永远的城市名片，永远的形象代言人！

二

范仲淹没有来过岳州，那么，他的《岳阳楼记》是怎么写出来的呢？坊间有多种传言，其中流传最广的一个版本是：范仲淹是比照一幅题为《洞庭晚秋图》的水墨画而写成这篇文章的。这又是一件不可思议的事情，因为这在作文的法则上就讲不通！西晋文学家陆机著《文赋》：尊四时以叹逝，瞻万物而思纷；南北朝著名文艺理论家刘勰作《文心雕龙》：人禀七情，应物斯感。历代文论家的论述归根到底一个意思，作家在创作之前，首先是由于客观事物的感染而生发。说白了，创作离不开生活。仅仅凭一张画，按图索骥，要写出一篇流传千古的名文来，那只能是《天方夜谭》中的故事！

然而，民间传闻又常常并不是空穴来风。这件事是庆历四年（1044年）的岳州太守滕子京一手操办的，个中情由，除了滕太守本人，恐怕无人能够说清楚。

滕子京，河南洛阳人氏。大中祥符八年（1015年），他去京城参加会试，与同时去赶考的范仲淹相识。他们一起走进考场经受检验，一起为金榜题名而雀跃欢呼。他们的这种关系被称为"同年"，相互之间以"年兄"相称。同船过渡五百年修，中国的官场特别讲究关系。同学，同乡，亲爱者，往往是一种资源，在关键的时候将发挥着作用。当然，前提是性格和政治志向相一致，否则也将是陌如路人。

这两位新科进士，正是一对志同道合者。

滕子京比范仲淹小一岁。以他的学识和能力，本来应当在仕途是大有作为的。但他一路走来，却总是碰碰磕磕。他曾在好几个地方职位上，经过较长时间的历练，景祐元年（1034年）上调京城，被任命为太常博士。这个职务是"国有疑事，则备咨询"，属于皇帝身边的智囊人物。朝廷同时又命他兼任左司谏，对皇帝的日常言行进行监督。滕子京学养深厚，又为人正派，性格耿直。应当说，担任这两个职务是挺合适的。但事情往往不遂人愿。宋仁宗赵祯和许多皇帝一样，三宫六院，佳丽成群，美女如云。恰恰宋仁宗又特别好这一口，整天沉湎于温柔之乡，身体透支，掏空了底子。临到上朝的时候，面对文武百官，商讨的都是国家大事，他却常常哈欠连天，精神萎靡不振。滕子京实在看不下去了，于是当面进谏，说："陛下日居深宫，留连荒宴，临朝则多羸形倦色，决事如不挂圣怀!"触及到皇帝的私生活了，这可能是最早版本的《皇帝的新衣》！宋仁宗龙颜大怒，以"坐言宫禁不实"之罪，撤销了他在朝廷的职务，贬到信州去做知州。也许滕子京根本就没有弄明白，这种体制内的监督，无非是做做样子罢了。郎中不自医，谁见过医生给自己做手术的?!

　　幸而他心胸开阔，能上能下。此后他的任职又有过几次变动，他都乐喵喵地去，并且都有所建树。康定元年（1040年），西夏元昊不断在边境骚扰，西陲不宁。滕子京调任泾州知府。泾州在现在的甘肃境内。应当说，这是朝廷对他寄予厚望。到职后不久，战争果然压顶而来。更要命的是，前去靖边的将领葛怀敏，叫敌人抄了后路，宋军大败，葛怀敏当场战死。这时边境各级官员一片恐慌，把毫无军事经验的滕子京一下推到了风口浪尖。他没有自乱阵脚，而是沉着应对。为团结当地少数民族，做了大量深入细致的工作。面对敌军压境，他也表现出非凡的应变能力，发动数千农民，并把他们武装起来，配发军装与武器。那些天天气不好，一些军卒士气低落，滕子京便在城里杀牛宰羊，大摆筵宴，慰劳部队。同时又在寺院举行公祭，祭祀与元昊作战而牺牲的葛怀敏部将士，隆重悼念为国捐躯者，抚恤其遗属……种种细节的铺陈，相似于现代的部队"思想政治工作"。士气果然鼓起来了，军民同仇敌忾，奋力抗御敢于进犯的敌人。这本来是一项应当受到特别嘉奖的政绩，不料有人向皇帝告状，说滕子京守边"费公钱十六万贯"，有贪污嫌疑。滕子京有口难辩：武装兵勇，犒劳将士，哪样不花钱呀！偏偏皇帝也相信了，不仅没有奖励他，反而将他拘押审查。经过长时间的内查外调，也没有查出什么问题。庆历四年（1044 年）春，朝廷还是将滕子京贬到了岳州。

不干事的整干事的，自古皆然。

那时的岳州还是一个小郡，很荒凉，很落后。也不知是从什么时候开始的，朝廷处分"有罪"的官员，总是把他们贬到南方去，岳州就是接纳受处分的官员最多的地方之一，以致形成了一种"贬官文化"。贬官们来到了岳州，发现这里的风景是这般美好，老百姓又纯朴善良，他们很快就调整好自己的心态，全力投入到工作中去。据历史记载，这些受贬而来的"罪臣"，大都有所建树。眼前的这位滕子京，也是一位有担当的官员。来到岳州后，他没有牢骚满腹，没有怨天尤人，而是迅速进入角色，接连办了三件大事。

岳州地处洞庭湖滨，由于水利失修，每遇洪水，必然成灾。滕子京经过反复调研勘测，决定筑堤。他动员民众，投工一万五千五百余个，修起了一条长一千尺、高三十尺的防洪大堤。"醉翁亭"主人欧阳修因此著文，称他"才大志高"，"不苟一时之誉，思为利于无穷，而告来者以不废"。

他同时又把目光投向兴学。现在的州学狭窄矮小，破破烂烂，学生也很少。他深知要使一个地方得到发展，风化未开是最大的制约，因此必须办好教育。他多方筹措资金，修建了一座宽敞明亮的新学宫，接纳更多的适龄青少年入学。当时的龙图阁大学士尹洙也著文称赞，说这是利在当今，功在后世的盛举。

接下来的第三件事，就是他在公余之闲暇，常去岳阳楼上观赏大江大湖的美景，这时，他发现矗立于洞庭湖岸边的岳阳楼，楼基下沉，梁栋倾斜，壁板腐朽。如不及时维修，很有坍塌的危险。他很着急，官员的任期最长也就是三两年。为官一任，造福一方，他不能留下遗憾。于是决定重修岳阳楼。

前两件事关系到改善民生和社会发展，阻力较小。重修岳阳楼，最大的难题是缺乏资金。通过调查，滕子京了解到当地一些有钱人，把钱借了出去，由于种种原因要不回来，形成"呆账"。滕子京便与他们商量，动员他们把这些呆账捐赠给官府。然后由官府出面去要回来，作为重修岳阳楼的资金。他的动议获得了广泛的响应。《岳州府志》记载："民负债者争献之。"这样筹得了一万余两银子。经费问题解决了，重修岳阳楼的工程便在紧锣密鼓中开始了。

工程进展很顺利。滕子京心里却在筹划另一件事。他觉得重修后的岳阳楼，须得有一篇好文章。唐·永徽四年（653年），洪都都督李元婴修起了滕王阁，起先寂寂无名，后来因为王勃写了一篇《滕王阁序》，使得滕王阁声名远播。他于是想到了"年兄"范仲淹。无论学识与资望，他都是写这篇文章的最佳人选。滕子京也知道范仲淹没有到过岳州，但他求成心切，为了给范仲淹提供详细的参考资料，滕子京请来两位读书人，从李白、杜甫、韩愈、白居易、杜牧等历代文化名人的作品中，挑出与岳州有关的诗词作品七十八首，印成一册。又请画家画了一幅《洞庭晚秋图》，亲笔写了一封信，一并寄给范仲淹。

滕子京在信中说：

> 天下郡国，非有山水瑰异者不为胜，山水非有楼观登览者不为显，楼观非有文字称记者不为久，文字非出于雄才巨卿者不成著。

他举出南昌的滕王阁，九江的庾楼，虽然"浸历于岁月，挠剥于风雨，潜消于兵火，圮毁于艰屯"，到现在仍昂然屹立，就因为"当时名贤辈，各有纪述，而取重于千古者也"！

他在信中表示对范仲淹的无限怀念之情，并且恭维他：阁下的"文章气业，凛凛然为天下之特望，又雅意在山水。"希望他抽出一点时间，吐"金石之论"！

滕子京随即将信和有关资料交派专差，加急送往正在邓州的范仲淹。这一天是庆历六年（1046年）六月十五日。

三

邓州是河南省的一个小郡，在豫、鄂、陕三省交界处，虽地属中原，毕竟是边缘地区，经济文化都十分落后。滕子京的书信送达的时候，范仲淹来邓州也不过几个月时间。那会儿，他的心情很不好。

他也是因为降职而来到此地的。

来邓州之前，范仲淹的职务是"参知政事"，副宰相。比照现在的游戏规则，属于国家领导人之列。从中枢高位降到邓州来做太守，时下叫"断崖"式处理，落差之大是显而易见的。当然，作为政治家，范仲淹不会仅仅是为个人进退而耿耿于怀，令人痛心的是他的政治主张被无情地扼杀了。为了国家的长治久安，他曾向皇帝提出十条建议，内容包括改革吏治、改善民生、加强国防等方面。皇帝觉得这是经世治国的好主意，于是诏令全国推行，史称"庆历新政"。当改革遭遇到阻力，皇帝竟然出尔反尔，宣布诏书作废。仿佛他的那个象征权力的玉玺，是泥胎塑成。范仲淹的沮丧之情可想而知。这时他已经五十八岁了，逐渐进入老境，还患有肺病。有一天，他和欧阳修喝酒，借酒浇愁，他向老朋友倾吐了自己苦闷的心境——

　　昨夜因看《蜀志》，笑曹操孙权刘备。用尽机关，徒劳心力，只得三分天地。屈指细寻思，争如共，刘伶一醉？　　人世都无百岁。少痴騃、老成尪悴。只有中间，些子少年，忍把浮名牵系？一品与千金，问白发，如何回避？！（《剔银灯·与欧阳公席上分题》）

　　真是酒后吐真言啊。曹操孙权刘备，斗得个你死我活，最后也只得到三分天下。人活在世上，没有能够活到一百岁的。年少时不懂事，老了又衰弱不堪。只有中间一二十年最可宝贵，干嘛要去争那空泛的浮名呢？
　　大约就在这个时候，滕子京的信送到了他的手上。
　　展读之后，给范仲淹以极大的心灵震撼，此时再读《剔银灯》，简直让他无地自容！老朋友才是一位真正的实干家！他也一把年岁了，又患有多种慢性疾病，去往那个远在江湖、荒凉落后的岳州，两年多一点时间，就做出了这么多当代受益，千秋共享的大好事！而这一切，是他背着贪污嫌疑的黑锅，带着遭羁押的耻辱，经受着巨大的政治压力，忍辱负重而做出来的。不以物喜，不以己悲。这是多么高尚的人生境界，多么可贵的灵魂坚守啊！

坦率地说，刚刚读到滕子京的《求记信》的时候，范仲淹感到十分为难。他没有领略过"气蒸云梦泽，波撼岳阳城"（孟浩然）的壮美，没有观赏过"楼观岳阳尽，川迥洞庭开"（李白）的浩瀚，更没有感受过"吴楚东南坼，乾坤日夜浮"（杜甫）的雄浑。真不知该如何下笔。再说，作品也不能堆砌一些辞藻，仅有华丽的外衣。他历来主张"国之文章，应于风化；风化厚薄，见于文章"（《奏上时务书》）。强调的是文学的审美功能，讲究的是作品的社会效益。此刻，他突然获得了一种灵感：那就是从滕子京本人背着沉重的枷锁跳舞引申开去，呼唤一种进取精神，弘扬一种情操品格。

但是，他没有立刻动笔。

中国的士大夫，不管他身处何方，总会恪守自己的人生底线。孟子"穷则独善其身，达则兼济天下"，就是他们入骨入髓的座右铭。这样，在严峻的现实中，便会有一种裕如和从容。到达邓州后，范仲淹虽有失落，但没有消沉。仍然是殚精竭虑促发展。他以副宰相的谋略治理一个小小的邓州。他的施政方针是：重教化，轻刑罚，废苛税，倡农桑。

他亲自抓的一项重点工程，是筹建花洲书院。他们那一代知识分子，都把开发民智放在重要位置。这个三省交界的边缘地区，教育竟是这样落后，甚至连一所像样的学校都没有。十年树木，百年树人。没有人才，一切都无从谈起。于是，从书院的筹款、选址、设计到施工，范仲淹都事必躬亲。书院一边建设，一边招生。他政务繁忙，有时还登台给学生传道、授业、解惑。整天忙得团团转，哪有时间去写一篇文章呀！

四

其实，范仲淹一刻也没有忘记这起"文债"。曾经有一两次，书童已经给他洗了砚盘，磨好了墨。临到要动笔，却又停下来了。也许他还没有进入一个特定的气场。他需要调动生活，积累感情。只有当这一切都进入最佳状态的时候，才有可能进行一次所向披靡的冲刺！

转眼过了重阳，地里的庄稼收了，原野上树叶的颜色重了，秋天的声音越来越给力了。农历九月十五日的晚上，天很凉，在刚刚落成的花洲书院，面对着皎皎明月，范仲淹吟哦讽诵。滕子京在来信中提到了"豫章之滕阁"；不错，还是在少年时代，范仲淹就熟读过《滕王阁序》。那辞章瑰丽的骈体文，如徐步而行的行板，读来令人回肠荡气。他当然不可能再写这么一篇美文。因为王勃是在"襟三江而带五湖，控蛮荆而引瓯越"的现场挥就这篇文章的，而范仲淹对"巴陵胜状"却只是一片朦胧的憧憬。再说，在人生阅历上，王勃与范仲淹也不在同一个层次。尤其是王勃感叹"时运不济，命途多舛"(《滕王阁序》)，觉得人生无常、命运不可捉摸的失望之情，也与范仲淹的人生理念大相径庭。

这与他的坎坷经历有关。

大约在两岁的时候，范仲淹的父亲就去世了。母亲无法养活他，带着他改嫁到朱姓人家，他也跟着改姓朱，取名朱说。但继父的前妻还有两个孩子，是范仲淹的哥哥。那两位兄长常常用一种怪怪的眼光看着他。虽然纳闷，也没往心里去。后来，他长大了，上学了，却见两位哥哥学业荒疏，还随意挥霍，觉得应当提醒他们。不料两位哥哥霍然动怒，说："我们花朱家的钱，关你什么事?!"他去问母亲，母亲不得不将真实情况告诉他。这时，他才第一次知道自己姓甚名谁，家在何方！

对于一个正在成长中的少年，突然发现自己的人生谜底竟是如此尴尬，他仿佛顿时被阴霾裹挟，阳光不再明媚，天地黯然失色！一气之下他离开了朱家，来到学校，借住在一个寺院的僧舍。他将人世间的一切宠辱都深埋在心底，昼夜苦学，五年未曾解衣就枕。艰难困苦，玉汝于成。祥符八年(1015年)，奋力的拼搏终于有了收获，范仲淹一举而考中了进士，从此开始了他的宦海生涯。

饱受人生的艰辛，形成了他刚毅的性格。进入官场，最初是在较低的职位上，获得的评价都相当正面。比如，在安徽广德任参军，管理狱讼，他坚持秉公执法；在江苏泰州做盐仓监管，碰上海潮倒灌，酿成水灾，他力主修筑海堤……后来，他被调到朝廷任右司谏，随着职务的提升，生活面的扩展，却发现理想与现实总是发生抵牾，他常常陷入痛苦与郁闷之中。但他不愿意在那个大酱缸里随波逐流，于是，在充斥着阿谀奉承的官场，范仲淹显得相当"另类"。

明道二年（1033年），江淮发生十分严重的蝗灾和旱灾，范仲淹主动请缨下乡救灾。灾区颗粒无收，百姓嗷嗷待哺，而京城里却是灯红酒绿，曼舞轻歌。从江淮返京时，他特意带回一些野草野菜，那是灾民充饥的食粮。上朝的时候，他将这些野草野菜当众展示，意思是提醒皇帝和王公大臣"以戒侈心"，弄得满屋子官员都脸色僵硬，错愕无语。

景祐三年（1036年）年，他痛感于吏治的腐败，将京官晋升情况绘制成一个《百官图》，抨击朝廷不能选贤任能，毋须考试，也不是选任，就凭各种说不清道不明的关系，一些人提拔了，占据了许多重要职位。这下可捅了马蜂窝了，他因此被贬至江西饶州。

……

范仲淹的做派很有点像当代"愤青"，其实不是。在历史教科书上，赵宋王朝是一个十分软弱的朝代，执政三百一十九年，军事上连遭挫败和退却，它的军旗从来没有在北方的草原上飘扬过，它的皇帝被俘、国都长途迁徙……俯瞰着这些场景，最冷静的看官也会扼腕叹息。范仲淹是剧中人，强烈的忧患意识使他欲罢不能！

康定元年初（1040年），国家果然遭遇了重大危机，西夏元昊进攻延州。所谓西夏，原本是西北边境上党项族建立的一个政权。因为经常以各种借口在边境闹事，在宋真宗赵恒时代，因找不到对付的办法，便将他们的首领李继任命为夏州刺史，定难军节度使。实际上是一种招安。李继死后，他的儿子元昊胃口更大，竟然自行称帝，立国号为"夏"。泱泱中华版图上，就出现了这么一个分裂政权。元昊还不肯就此罢休，为了扩大地盘，春节刚过，就率兵十万，势在夺取整个延州。而在这紧急关头，朝廷竟派不出武将。临时抱佛脚，遂将范仲淹调任陕西经略安抚副使，前线副总指挥，以应对西夏战事。

延州就是后来的延安。这里自然环境十分严酷，每逢西北风盛行的冬春季节，戈壁滩上细小的粉沙和粘土，随着骤起的狂风向东南飞扬，霎时尘土蔽日。经过若干万年的堆积，形成了气候干旱、沟壑纵横的陕北黄土高原。范仲淹到任的时候，宋军刚刚进行过一次征战元昊，部队在西夏六盘山遭遇伏击，士卒惨死一万余人。黄土高原上的延州城，此时被一片悲怆气氛笼罩。

范仲淹受命于败军之际，系西北的安危于一身。这对他的人生意志和力挽狂澜的胆识，都是一次严重的考验。他虽然读过《孙子》，读过《三国》，还读过许多兵家列传，那都不过是纸上谈兵，现在面对的是张牙舞爪的敌人！是古老的西北风，从遥远的大漠荒原吹来，吹得"塞下秋来风景异，衡阳雁去无留意"（范仲淹《渔家傲·秋思》），也把文官出身的范仲淹，打造成为一位运筹帷幄的军事家。他首先对部队进行了整顿和改编，从士兵和下级军官中提拔了一批猛将，加强训练，严明纪律。在战略上以防御为主，人不犯我，我不犯人。在紧靠西夏的地方，发动军民筑城屯田，建立坚实的据点。延州、庆州一带本是羌族游牧民族地区，范仲淹逐一走访，做好民族团结工作……经过三年多时间的励精图治，边关气象一新，精兵良将，供给充足。当地老百姓说："小范老子腹中自有兵甲数万。"当历史翻过了一页又一页，九百年后，中国工农红军在陕北建立革命根据地，毛泽东的"持久战"，王震的南泥湾开荒，显然是借鉴了范仲淹的经验。而西夏连年穷兵黩武，境内田地无人耕种，牛羊无人放牧，经济十分困难，内部矛盾重重。曾经野心急速膨胀的西夏，现在处于风雨飘摇之中。庆历三年（1043 年）正月，元昊派人带着"国书"来延州求和，却遭到范仲淹的拒绝。范仲淹说，必须取消"西夏"国号，否则一切免谈。而对边境的防卫，范仲淹一刻也没有放松，他决不允许搞出个什么"国中之国"，或者"一边一国"。这时，范仲淹是一位高瞻远瞩的谋略家。元昊捞不到便宜，终于向大宋称臣。中国完整的疆域版图，就是包括范仲淹在内的历代仁人志士的坚守与捍卫！

西北的军事形势基本好转，范仲淹出色地完成了任务，他被调回京城，任参知政事，副宰相。古人说："宰相必起于州郡，猛将必发于卒伍。"（《韩非子·显要》）范仲淹经过在州县的历练，又参与了对西夏元昊的平定，担任这个职务可谓实至名归。他希望有所作为。他对当时存在的主要矛盾有着比较清醒的认识：国势识弱，机构臃肿，官场腐败，且效率低下，已经到无法容忍的程度。他知道前边很可能是万丈深渊。但他别无选择。曾经在战场上铁马金戈的范仲淹，为了富国强兵，他开始了一位政治家的人生实践。他在富弼、韩琦等朝廷名臣的支持下，雷厉风行地推行他提议的、经过皇帝批准的"庆历新政"。不料他刚刚开始展布，一场官场地震果然引爆。早在宋太祖赵匡胤时期，朝廷就制定了一个所谓恩养士大夫的"封荫制"，王公大臣不仅自己享受各种荣华富贵，还要给他们的子孙封官授爵。这些"官二代""官三代"不学无术，甚至文不能识字，武不能射箭，每年恩荫补官者至少超过五百人。而范仲淹提出的新政规定，大臣不得举荐自己的儿子到中央政府任馆阁之职。官员的儿子没有经考试，也不能录用。分配给官员的公田，也要大幅度削减。总之，要减轻老百姓的负担，用有限的财力，加强国防建设。这场改革无疑是利国利民的好事，就因为触动了封建官僚腐朽势力的利益，搬动了他们的奶酪，既得利益集团对他恨之入骨，串通去向宋仁宗告状，说范仲淹"私树党羽，图谋不轨"。在封建专制王朝，"私党"是一项可以掉脑袋的罪名。宋仁宗害怕动摇了自己的统治基础，不仅下令取消已经付诸实践的新政，还大规模清洗范仲淹的支持者，甚至张榜公布"仲淹朋党"黑名单，并将他们一个个逐出朝廷。京师内外，达官贵人以及他们的子弟，依旧歌舞喧天。范仲淹革除弊政的苦心孤诣，转瞬间付之东流。在无助与无奈之中，范仲淹自请辞去"参知政事（副宰相）"的职务，皇帝顺水推舟将他降职去邓州做知府。

范仲淹铩羽而归。他当然感到失望。但他不是一位消极的逃遁者。进入仕途的三十年来，他的职务一会儿升了，一会儿降了，在历史的大潮中，他总能找到自己的最佳着力点。居庙堂之高时，他想到的是百姓的疾苦；处江湖之远时，他萦念在心的是国家民族的利益。这样不断地换位思考，时刻都有一种神圣的使命感在激荡着他，即便是因受贬谪而有小小的不快，也能很快调整好心态。

然而，他的这一次职务变动，却引起朝野一片哗然。许多重臣为他打抱不平。龙图阁大学士尹洙挺身而出，自称是范仲淹的"私党"，自请朝廷撤销他的职务。欧阳修更是情绪激愤。一篇振聋发聩的《朋党论》一挥而就，痛斥对范仲淹的诬蔑，并以极其崇敬的心情描绘"仲淹朋党"们的高大形象：

所守者道义，所行者忠信，所惜者名节。以之修身，则同道而相益；以之事国，则同心而共济；始终如一，此君子之朋也。故为人君者，但当退小人之伪朋，用君子之真朋，则天下治矣！

欧阳修锋芒毕露，言辞犀利，不仅为范仲淹辩护，还暗中讥讽皇帝有眼无珠。范仲淹深知政治的复杂险恶，担心欧阳修受到牵连。欧阳修却心地坦然，说：您曾经告诉我，一个人要有大节，要有志于天下。我记得您还常常自诵曰：士当先天下之忧而忧，后天下之乐而乐！现在朝纲不振，国将不国，我自己还顾及什么呢！

……

银盘似的月亮高悬在天空，四下里阒寂无声。新落成的花洲书院宽敞而明亮，新打造的书案上，散发着树脂的清香。一幕一幕的往事，使他心潮澎湃，似有激浪在拍击他的胸腔。此刻，他不可能写出一篇无关痛痒，或者风花雪月的文字。不错，他没有到过岳州，但在他五岁的那一年，继父朱文翰调任安乡县令，母亲带着他跟随继父赴任，后来他在那里上学，安乡县正是在洞庭湖区。况且，他老家在太湖边上的吴江。他领略过阴风怒号，浊浪排空的湖的咆哮；也观赏过春和景明，水波不兴的水乡柔美，切实地感受过湖的神韵与灵性。当然，作品华丽的外衣，可以移植，组装，借鉴，还可以揣摩和想象。只有作品的风骨和灵魂，则需要作者用自己的身心去感悟、体验、捕捉，甚至用整个生命去砥砺。想着，他突然情绪高亢，文思如泉涌。"岳阳楼之大观也，前人之述备矣"，有李白、杜甫、韩愈、白居易等大师们的作品在，我就不必多说了。那么，他最想要表达的是什么呢？——

……

嗟夫，予尝求古仁人之心，或异二者之为。何哉？不以物喜，不以己悲。居庙堂之高，则忧其民，处江湖之远，则忧其君。是进亦忧，退亦忧。然则何时而乐耶？其必曰：

"先天下之忧而忧，后天下之乐而乐"乎。噫，微斯人，吾谁与归！

一篇震古烁今的文字，如江河之水从笔端倾泄而来，这就是《岳阳楼记》！虽然只有短短的三百六十八个字，范仲淹却为此准备了一生，凝聚了他一生的经历与思考。既是作者政治理想的抒发，也是以历史过往者的名义，留给未来的中国社会公仆、中国知识分子的一种深情的期待！

五

从三国（约公元 215 年）军事家鲁肃修筑的"阅军楼"算起，到滕子京重修，岳阳楼已经有八百多年历史了。如果说以前的岳阳楼只不过是一处历史遗址，一个旅游胜地。现在，由于有了范仲淹撰写的《岳阳楼记》，岳阳楼就有了一种特殊的精气神。任何一个登楼的人，除了享受一场文字的盛宴之外，必定还会经受一种高尚情操的陶冶，一次灵魂的洗礼。滕子京懂得它的价值，延请当时最有名的书法家书写，又请篆刻名家刻成雕屏，悬挂在岳阳楼上，成为当时一道亮丽的文化风景线。

然而，随着时间的推移，到乾隆八年（1743 年），岳阳楼又成了危楼，原有的雕屏已不见了踪影。当时的岳州知府主持重修，正琢磨找哪一位书法家来重新题写《岳阳楼记》，忽闻钦差大臣张照押运粮草途经岳阳。张照是有名的书法家，他果然出手不凡，他题写的雕屏，也惊艳四方。咸丰年间，岳州来了一位魏知府，他对范仲淹的"忧"与"乐"压根儿没往心里去，却老惦记着那块雕屏价值连城。于是找来一位写手，将张照题写的雕屏临摹下来，请匠工做成一块复制品。在一个月黑风高的夜晚，他弄来一条船，偷偷将复制的赝品挂上去，换下张照题写的真迹，然后搬到船上，准备运回家去，攫为己有。白天在府台衙门正襟危坐、发号施令的知府大人，夜幕之下竟成了震惊岳州的第一号窃贼，超级黑色幽默！人在做，天在看。船行到一个叫鹿角的湖段，忽然电闪雷鸣，狂风大作，滔天的巨浪将木船掀翻，魏知府葬身鱼腹，雕屏也飘散四方。第二天，一位渔人发现了飘浮在湖面上的雕屏，连忙捞起，送回岳阳楼，才没有造成历史的遗憾。后来，人们将真迹和赝品分别悬挂在岳阳楼一楼和二楼的大厅里，魏知府便成了某些官场人物的一个标本：在台面上道貌岸然，背地里却是鸡鸣狗盗之徒。而据当地老一辈人说，乾隆皇帝下江南时，曾在岳阳楼上观赏过张照书写的雕屏。皇帝自命为天子，他把自己的工作称之为"奉天承运"，秉承天的旨意，管理国政民生。那么，当他与范仲淹邂逅，是否想到过庶民的艰辛，百姓的疾苦呢？人们不得而知。至近代，中国国民革命军总司令蒋中正，曾五次登临岳阳楼。最末一次是公元 1932 年 9 月 28 日。因他指挥的对中国工农红军的第三次"围剿"吃了败仗，这一天，他从武汉乘兵舰去南岳衡山，途经岳阳而登楼。其时岳州楼又准备大修，蒋氏以他个人的名义，捐大洋一千圆，同时应邀题写了一块匾额：中流砥柱。这也许是他的一种自我期许。尽管战场失利，他仍然踌躇满志。蒋总司令的终极目标是在政治上、军事上，甚至在肉体上消灭他的对手，至于在炮火中生灵涂炭，百姓遭殃，他也在所不惜。这显然与范仲淹的"先忧后乐"南辕北辙了！此后各个时期的政要登临岳阳楼者不计其数，都会因各人所处的社会地位、当时的心境，对范仲淹的"忧乐观"做出不同的解读和表述，我们就不一一叙说了。

却说在岳州家喻户晓的范仲淹，虽然身居高位，一生不置产业，也无积蓄，可谓一无所有。快退休时，他的儿子想给他置一处庄园养老，也被他一口否决。平时，他生活俭朴，粗茶淡饭，更无"公款消费"一说。除非来了重要客人，桌上绝不可能有两样荤菜。几年之后，他调任颍州知府，在赴任途中的旅舍里去世，家人从他的衣箱里竟然找不到一件好衣裳为他装殓。但是，他并不缺钱。职位高了，薪俸自然不菲，戍边时还有各种津贴。节余下来的钱，他全数付回老家江苏吴县，在那里购置良田一千亩，修建房屋数十间，命名为"义庄"。他通过这样的方式，将自己的全部财产公示于天下，轻而易举地破解了一个至今都在纠结官场的大难题。然后以义庄的田产收益作为基金，按时给本族的鳏寡孤独和病残者发放钱粮；本族贫困子弟上学，也可领取所需学习费用。近年有学者研究发现，当地外姓人中生活特别困难者，也可以从中获得帮助……每年资助的特困户，登记在册的通常在三百六十户到三百八十户之间。这是在作者涉猎历史典籍的范围之内，自白居易施散家财、疏通龙门八节滩石后，朝廷高官又一次"裸捐"——不将自己的财产留给儿孙，而是全数捐赠社会。也可能是中国最早的希望工程，最早的慈善事业。"范氏义庄"持续运作了八百多年，不知给多少陷入困境的人送去了人间温暖，书写了人间大爱！

与范仲淹失之交臂，无缘一睹其风采，岳州民众是多么地遗憾。他生活在一个表面上歌舞升平、实际上危机四伏的年代。是他的"千古之忧"使他走向永恒。国家的命运、人民的福祉，为他一生所牵挂，并为此付出了自己的全部善良与忠诚，因此他也属于未来。"望之俨然，即之也温"形象如邻家老伯的范仲淹，或许正在打点行装，从历史的深处向我们走来，走来……

【链接】

岳阳楼记

〔宋〕范仲淹

庆历四年春，滕子京谪守巴陵郡。越明年，政通人和，百废具兴。乃重修岳阳楼，增其旧制，刻唐贤今人诗赋于其上，属予作文以记之。

予观夫巴陵胜状，在洞庭一湖。衔远山，吞长江，浩浩汤汤，横无际涯。朝晖夕阴，气象万千。此则岳阳楼之大观也。前人之述备矣。然则北通巫峡，南极潇湘，迁客骚人，多会于此，览物之情，得无异乎？

若夫霪雨霏霏，连月不开，阴风怒号，浊浪排空，日星隐曜，山岳潜形；商旅不行，樯倾楫摧；薄暮冥冥，虎啸猿啼。登斯楼也，则有去国怀乡，忧谗畏讥，满目萧然，感极而悲者矣。

至若春和景明，波澜不惊，上下天光，一碧万顷；沙鸥翔集，锦鳞游泳；岸芷汀兰，郁郁青青；而或长烟一空，皓月千里，浮光跃金，静影沉璧；渔歌互答，此乐何极！登斯楼也，则有心旷神怡，宠辱偕忘，把酒临风，其喜洋洋者矣。

嗟夫！予尝求古仁人之心，或异二者之为。何哉？不以物喜，不以己悲。居庙堂之高，则忧其民；处江湖之远，则忧其君。是进亦忧，退亦忧。然则何时而乐耶？其必曰："先天下之忧而忧，后天下之乐而乐"乎。噫，微斯人，吾谁与归！

时六年九月十五日。

岳州美女

——一首经典宋词诞生的经过

一个偶然的机会，我读到一册《岳阳军事志》，其中有德祐元年（1275年），元军扫荡岳州城的记载。读着那些文字，我的心情有十分沉重，因为我想起了一个人。

这是一位美女。

准确地说，是一位古典江南美人儿。她容颜姣好，秀目含情。一头柔软亮丽的黑发，梳着最流行的发髻。苗条的身子，穿着最时尚的大红石榴裙。出门时，肩披一条米色长巾，更显出她仪态万方。但她不同于一般市井女子。五岁的时候，她就在父母的指导下诵读经典，至十三四岁，书史皆通。知识学问丰富了她的精神世界，使她有一种高雅的气质，虽小家碧玉而兼有一种难得的知性美。这些，既成全了她也保护了她。大家都喜欢她，但如人人都喜爱月亮的清辉，却不能把月亮拥入自己的怀抱一样，就连街头的泼皮也不敢对她无礼。

她住在离岳阳楼不远的街巷，我们不知道她叫什么名字，只知道依照当时的习俗，她十六岁即已结婚。丈夫姓

少瞬间已经成永久

徐，名君宝。那么，我们就叫她徐家媳妇吧！

徐家媳妇的丈夫那时正在苦苦攻读圣贤，有这么一位美人儿红袖添香，他的学业大有长进。如果不是一场飞来的横祸，她的丈夫一定会金榜题名，夫妻俩以后的日子一定是如花似锦。

灾星是成吉思汗——那位"只识弯弓射大雕"的射手——他的孙子忽必烈。1271年，忽必烈在大都（今北京）称帝。为了占领中原，他命手下的大将伯颜为中书省左丞相，率领十万人马南征。伯颜首先攻克了湖北襄阳，然后沿长江而下，意在彻底摧垮南宋王朝，夺取整个中国。中书省的右丞相名叫阿里海牙，勇猛异常，且心狠手辣。攻打湖北沙市时，因久攻不下，他就纵火烧城，使一座美丽的沿江城市，顷刻之间就成了一片废墟。根据《岳阳军事志》记载，正是这个阿里海牙，于1275年3月，率领一支由蒙古人、鞑靼人、色目人组成的元军，骑着高头大马，刀兵齐举，旌旗猎猎，直指洞庭湖滨重镇岳州城。宋将高世杰在荆江口奋起抵抗，经过数日拼死血战，终因敌我力量悬殊，宋军大败，宋将高世杰被阿里海牙当场斩杀。消息传到城里，岳州知府吴子缙吓得魂都没了，他只顾自己保命，根本不管全城百姓的死活，公然宣布："举城降。"

这真是开门揖盗啊，往日繁华绮丽的岳州城，遭遇了一场空前的民族灾难。十里长街，高楼耸立，绿窗朱户，银钩灿烂，瞬息就被蹂躏得如风暴扫落花。入侵的元军，一个个张牙舞爪，视汉人为奴隶，任意驱使，任意杀戮。就在老百姓呼天抢地，慌不择路，四散逃生的时候，元兵们发现了徐家小媳妇。

当然，《军事志》只记载较为重要的涉及军事的事件和情节，不可能——记述普通百姓的悲惨遭遇。下面的生活场景，是根据有关历史资料做的一些揣摩，也包括了徐家媳妇本人的叙述。应当说，具有很高的可信度。

徐家媳妇没有经历过战争，这么些年来，娘家夫家，她生活在一个相对平和的环境。在战争来临之前，城里各种传言纷纷扬扬，使她有一种本能的恐惧，但她并不知道战争的残酷程度，更不可能懂得战争与男性荷尔蒙存在着某种千丝万缕的关系。因此她的巨大灾难还在后面。这些来自"天苍苍，野茫茫，风吹草低见牛羊"的草原的大兵，他们丑恶可憎，气势汹汹，凶狠如貔貅（一种猛兽）。经过长途征战，他们此时都是一些性饥渴者。现在，徐家媳妇的突然出现，在草原大兵的眼里，这真是一位美若天仙的仙女！他们惊呆了，不知所措了。大约只过了一会儿，他们就回过神来，开始蠢蠢欲动了。消息自然传到了最高指挥官阿里海牙那里。这种好事绝对不会让部下捷足先登，他派两个亲兵，将徐家媳妇强掳而去。她挣扎，哭叫，甚至大声咒骂，那当然是无济于事。

阿里海牙，蒙古畏兀儿人，时年四十一岁。往常，他接触的都是一些北方女子，虽然也有一种粗犷美，但眼前这位江南美女，唇若樱桃，面如凝脂，亭亭如玉树临风，令人心旌摇荡！人说在漂亮女人面前，无赖也会变得规矩起来。也许阿里海牙那会儿军务繁忙，也许是他打心底里喜欢这位绝代佳人，总之，阿里海牙当时没有为难她，派有女兵照料她的生活，行军时有一辆豪华的马车，沿途宿营也给她安排舒适的住所。当然，也曾有好几次，阿里海牙晚上来到她的屋里，示意要与她做爱。她不是啼哭，就是推说身体不适。在战场上杀人如麻的阿里海牙，每一次胸中都堵了一口恶气，但因这女子的美貌姿色实在是让人牵肠挂肚的，欲杀而不忍，于是打算从长计议，也没有实施强暴。

1276年3月，元军攻入南宋首都临安（杭州），标志着南宋王朝彻底灭亡。进城的当天，阿里海牙就给徐家媳妇安排了一幢豪宅。那是南宋名将韩世忠的府第。韩世忠因抗金战功卓著，死后被追封为"蕲王"。他的府第宽敞明亮，陈设古色古香，外有照壁，内有庭院，杭州城里无人不知"蕲王府"。然而，对于占领军，前朝高官的房子，同样也是战利品。

徐家媳妇从进入这幢房子的那一刻起，就知道了自己的结局。尽管这深深的庭院里，奇花异草带来了春天的气息，啁啾的鸟儿在树上歌唱着自由的快乐，但春天和自由都不属于她。从岳州到杭州，辗转奔波，将近一年。一路上，她巧妙地保护了自己，没有让浑身羊膻味的阿里海牙占到便宜，她的身子没有被占领者玷辱，也没有被送到北方去，她为此而暗中庆幸。然而，这会儿把她安顿在这个豪华的大宅里，阿里海牙的用意不言自明。

如果是那样，毋宁死！

回想宋朝三百年，农业和手工业得到较快的发展，带来了城市的繁荣，成就了欧阳修、苏东坡、陆游、辛弃疾等文学巨匠，华夏文明因此而增添了灿烂的篇章。然而，如今一切都没有了。北宋亡于女真，南宋亡于元军，三百年灿烂文化，在残酷的战争中灰飞烟灭！国君不能保护自己的臣民，使她这么一个弱女子也当了亡国奴。没有国家和民族的保护，她失去了人的尊严，甚至连生存的权利都无法保障！覆巢之下，岂有完卵啊，她为懦弱的皇帝和众多无能的官员而深深叹息！

她曾经试图逃跑，但没有机会。从表面上看，她很自由，实际上却是名副其实的囚徒。在她的周围，有一张无形的网笼罩着，她绝无可能逃出魔掌。况且，四处都是满脸横肉的大兵，个个如茹毛饮血者，只要她胆敢逃跑，就立刻会像老鹰抓小鸡一样把她抓回来。当然她还有另外的应对方式。比如，当年蔡文姬被胡虏掳去，匈奴左贤王逼她成亲，在胁迫之下，蔡文姬做了那里的压寨夫人，还跟着生了两个"胡"儿，委曲求全不也是一种活法么？退一万步说，秦淮河上曾经有过"商女不知亡国恨，隔江犹唱后庭花"（杜牧《泊秦淮》）的先例，麻木不仁，得过且过；此外，她还可以利用自己的色相，去陪酒，去卖笑，甚至陪着睡觉，随波逐流，苟且偷生！……但她不能这样做。她虽然出身于小户人家，却家世清白，门风严谨，且从小诵经读典。传统家风的熏陶，博大精深的经典滋养，形成了一种文化基因，如甘露一样滋养着她的情感，如泉脉一般伏流于她的灵魂。她所坚持的是道义，履行的是忠信，珍惜的是名节。作为女人，恪守妇道，维护女人的良知、体面和尊严，那就是女人立身的根基。倘若丢失，就与行尸走肉无异！她更看不起岳州知府吴子缙那样的官员，他们沐浴着大宋王朝的皇恩，享用着大宋王朝的俸禄，平日里坐高堂、骑大马、昂昂乎如庙堂之器，到了民族危亡的关键时刻，竟然吓得屁滚尿流，鲜廉寡耻，做了秦桧一般的卖国贼！徐家媳妇虽是女流之辈，却是一位饱读诗书的知识女性，她身上同样负载了国家民族的大义。现在，她身陷囹圄，失去了自由，但只要活在世上一天，她就要死死守住自己的底线，决不能受到些许玷污！

最让她牵挂的是她的丈夫徐君宝，不知徐郎此刻身在何方！她记得那个"破镜重圆"的故事。南朝陈（南陈）即将亡国的时候，驸马徐德言（多有意思，驸马爷也姓徐），与妻子乐昌公主各自逃生的时候，将一面铜镜破开，夫妻二人各拿一半，以作失散后的信物。后来，他们夫妻果然劫后重逢了。我的亲爱的夫君啊，我们在乱中分离时，虽然没有各拿一半铜镜，夫妻俩是否还有团聚的机会呢?!

徐家媳妇想入非非，希望有奇迹出现。然而，异族入侵，江山易手，生灵涂炭，浩劫空前，连临时偏安的都城都陷落了，皇帝本人也仓皇逃命不知去向，一个弱女子的奢望，当然就如海市蜃楼一般了。这样挨到夜深时分，窗外虫鸣四起，她在屋里愁肠百结。在死一般的寂静中，忽听得一阵喧哗，阿里海牙跟着就进来了。一进屋，阿里海牙脱掉战袍，往椅子上一丢，脸带怒气地走过来强拉她。如果她反抗，对方很可能有激烈之举。此时的徐家媳妇已经明白，这是她最后的时刻。她手无寸铁，无法与一脸杀气、手握重兵的阿里海牙对抗。这时，求生的本能已经让位，"死"成了为人妻、为国之子民的一种职责，一份应尽的义务。在"死"高于"生"的转换中，她获得了一种奇妙的感觉，恰似一丛美丽的鲜花在心灵深处盛开，她反而神态自若了。她款款走到窗前，又款款走回来，对阿里海牙说："将军不必生气。我的家乡有古训：一日夫妻百日恩。我与徐君夫妻一场，也不能没有任何表示。请让我先祭谢了先夫，然后再作别的处置吧！"阿里海牙以为她回心转意了，以战胜者的姿态允诺了她的请求。

徐家媳妇坐在梳妆台前，为了一种虔诚，她细细地化了妆，戴上最耀眼的头饰，换上最庄重最合身的衣服，从容不迫地来到庭院里。在那参天古树底下，她焚香跪拜，饮泣吞声，朝着家乡岳州的方向，对亲爱的丈夫、对她所有的亲人默默祷告。然后，她霍地转身，抓起一支毛笔，在白色的墙壁上龙飞凤舞起来。当祖国沦亡，亲人永诀之际，国家与个人的双重悲剧向她袭来之时，一首用生命写成的、读来令人回肠荡气的《满庭芳》，赫然出现在墙壁上：

汉上繁华，江南人物，尚遗宣政风流。绿窗朱户，十里烂银钩。一旦刀兵齐举，旌旗拥、百万貔貅。长驱入，歌楼舞榭，风卷落花愁。

清平三百载，典章文物，扫地俱休。幸此身未北，犹客南州。破鉴徐郎何在？空惆怅、相见无由。从今后，断魂千里，夜夜岳阳楼。

　　她本来想留下自己的名字。她能诗能文，怎么会没有名字呢？但为了告诉世人：她生是南宋人，死是南宋鬼。生是徐君宝的妻子，死了也是徐家的媳妇啊！至于她叫什么名字，这并不重要。于是，她义无反顾地写道：徐君宝妻绝笔。

　　写毕，这位高洁如圣母的岳州女子，像从烈火中飞出的凤凰，不顾一切地往庭院尽头奔去。那百十米远的地方，有一个水池，池中有水草，水草中有小鱼游弋。在扑通水响的那一刻，她的思绪十分清晰：今天晚上，她的魂灵就会飞过千里东来路，回到她亲爱的夫君身边，回到生她养她的故乡热土！

　　洞庭波涌连天雪，不舍昼夜。过了七百多年，人们突然发现，历代的迁客骚人，为洞庭湖和岳阳楼，留下了许多华章佳构。其中的一些还被遴选标准极为严格的经典，比如《唐诗三百首》《宋词选》收列其中，成为千古传诵的杰作。然而，却罕见有女诗人的作品，岳州本土籍诗人更是付之阙如。而名不见经传的徐家媳妇，在诀别于人间之际，以一种壮怀激烈的情感，像衣衫褴褛、披发行吟的屈原著《离骚》，将自己的精神和生命作一次总爆发，化作一章千古绝唱。光阴荏苒，多少瞬间已经成永久。此诗不朽，其人也将不朽。清人称赞说：至今烟雨江天暮，犹自哀吟续《九歌》。如此，这位国色天香的美女，原来还是一位才华横溢的才女、死节殉国的烈女！

岳阳楼由于"川迥洞庭开"（李白）的浩瀚，"乾坤日夜浮"（杜甫）的恢宏，更由于范仲淹一篇《岳阳楼记》"先忧后乐"，登临者络绎不绝。人们在这里享受一场精神盛宴的时候，却常常忽略了这位曾经生活在岳阳楼下小巷里的灵魂不灭的女性。这真让人产生一种莫名的失落！有她的一幅写真画像就好了。或者说，有一尊雕塑就更好了。为什么不可以呢？太平盛世，阳光和煦。她虽然没有显赫的社会地位，却是一个历史标杆；她没有卓著的文武功名，但已经是一个文化符号。如果有画像，她的形象一定光彩照人；如果是雕像，一定高雅、圣洁、美若天仙，一定会置放于高高的湖岸上。于是，在白帆、渔歌和水鸟的簇拥下，她与烟波浩渺的洞庭湖、与巍峨壮丽的岳阳楼日夜相守，这样，她的"夜夜岳阳楼"的夙愿，也就梦想成真了。当然，《岳阳军事志》里那个卖身投敌的岳州知府吴子绾，已经记录在案，将永远地钉在历史的耻辱柱上。逝者如斯，但我坚定地相信，徐家媳妇如果仍然健在，祖国的繁荣富强，人民的体面尊严，必定是出自她心底里的殷切期盼！于是，我肃立湖边，为她——一位美丽善良的洞庭女儿，祈福！

乾隆五年的县太爷

　　谢仲堉是乾隆五年（1740 年）由常宁县令调到平江去当县太爷的。平江距长沙不过两百多华里，但那里是山区，很是偏僻。那时候还没有现代交通工具，当然不会有小车接送，南方也极少有骡马可以代步。谢太爷是沿湘江从衡阳乘船到达长沙，转道去岳州拜会了知府大人，然后船经汨罗江而去平江上任的。那时的汨罗江是平江的交通大动脉。两岸丛林茂密，河中水净沙澄，载重万斤以上的木帆船，不仅可以直抵平江县城，还可以溯流而上，走一百多里水路，在汨罗江上游的长寿街码头靠岸。设若是在春江水涨时节，木帆船上的货物，甚至可以卸在与江西修水接界的龙门镇。可惜的是，由于历年的水土流失，河道淤塞，往日汨罗江上的轻舟白帆，船工号子，如今已成为一个遥远的故事！

　　谢仲堉是广东省阳春县人，出身寒门。因他自幼苦苦攻读圣贤，雍正元年（1723 年）参加会试，以全省第一名成绩而成为广东的解元。此后，他便进入仕途。先后在广东惠州和湖南常宁担任过县令，在这些地方都有很好的表现。据典籍记载，谢仲堉"爱民重士，自奉如寒素"。那时的官员，其实也是很注重自己的操守的。

平江原属古罗城，东汉末年设县，经过一千五百多年的繁衍生息，到谢太爷上任的时候，全县人口接近十万。县府衙门的官员编制为五人，即：县令、主簿（类似办公室主任）、教谕（主管教育）、典史（负责缉捕、监狱）、长寿司巡检（驻长寿镇）。另外还有衙役三人。谢太爷除了日常公务之外，花的时间最多也最费精神的，就是刑侦和审案。在谢太爷上任之前，新编县志的初稿已经写出，编纂人员请新来的县太爷写序，谢仲埙拖了好长的时间才交卷。他说："仲埙审案公出，奔走于省郡之间，刻无暇晷。随携志稿，于馆舍车舟之空隙，朝暮数页……"这样才把志稿读完。可以想见，那时县太爷的工作是多么的繁忙！

然而，谢仲埙并不满足于这些没完没了的文牍公案。他是一位有抱负、想干点事的人，他把手头那些最紧迫的公务理出个头绪之后，就由一位衙役领路，携带一把油纸雨伞，脚蹬一双麻秆草鞋，下乡巡视，时下叫考察。绵亘于平江境内的连云山和幕阜山，昔称有四十八条洞。所谓"洞"，实际上是山的峡谷，当地人自嘲为"洞夹"里。人们在"洞夹"里聚族而居，繁衍生息。谢仲埙走村串户，风尘仆仆。古老的山梁沟壑，历经沧桑的田畴阡陌，破天荒地留下了一位朝廷命官的身影和足迹。山区百姓的生活状态，在县太爷的心里产生了极大的震撼。山民们住的房子，多数是以竹片为墙，杉皮或芦苇盖顶，有的还住在山上的岩洞里。岩洞里面潮湿，虫豸和野兽时常来光顾，与原始洞穴无异。耕作条件也十分困难，田土在半山腰，鱼鳞坑、挂壁丘，又毫无水利

江湖之远
Jianghu
Zhiyuan

灌溉条件；刀耕火种，靠天吃饭，谈不上精耕细作，因此产量低下，山里人的温饱都成问题。在春荒时节，许多人家以野菜果腹。遇上荒年，常有卖儿鬻女者。真是想象不到的贫困，想象不到的悲惨！

身为父母官，谢仲埙觉得既要尽职，还要尽心。尤其是在三闾大夫屈原以身殉国的汨罗江上游任职，他更不能碌碌无为。他想起了家乡的番薯。番薯原产于南美洲，大约十六世纪九十年代，由吕宋（菲律宾）引进，在中国沿海地区种植已有一百多年历史了。番薯有红白两个品种，具有耐旱、耐瘠、耐风雨和抗病虫害的特征，适应性很强。但由于信息不灵，无人推广，山区鲜有人种植。当然，没有现成的经验，谢仲埙也不敢一拍脑袋就下命令。他去请教老农。老农告诉他，有广东和福建来平江落户的移民，他们栽植了番薯，听说都长得很好。谢仲埙立即前往调研，果然不假。他顿时情绪高涨，回到县衙，连夜起草告示。一篇收录在清·乾隆版《平江县志》中的《劝种杂粮示》，就是出自于谢仲埙的手笔——

照得平江，环处万山。承平百年，硗确尽垦。田只此数，岁只一收。偶值不登，啮蕨茹藜，啼饥者众。为今之计，惟有推广杂粮。闻两粤农家，多种番薯一物，青黄不接，藉以济荒。番薯种植时为夏末，此时垅有闲地，农有余力，正好乘此播种。……番薯原系蔓生，截蔓为秧，约以尺长。起土作列，秧横列中。上盖浮土，拌以灰粪，初种浇水数次，此后听其蕃昌。十月掘之，亩收数担。充饵作羹，杂米为饭，且可熬糖。费功甚微，收获甚大。……此系本县念切民食，梦寐萦怀。务宜各奋其始，勿怠其终。

即使以现代眼光来看，这篇《文告》也文情并茂，通俗易懂，又琅琅上口。更难得的是，他还详细介绍了番薯的栽培方法以及如何食用，具有很强的可操作性。县衙将《文告》发到四乡，广为张贴。天高悬日月，地阔载群生。细读《文告》，一位情系苍生、把黎民百姓时刻挂在心头的社会公仆，仿佛正在历史的隧道里向我们频频招手！

为了把推广番薯落到实处，谢太爷的工作方式也很独特。在番薯种植季节，他派人到外地购买薯秧，无偿地发给百姓。在当时，这是一项难得的惠农措施。但他规定，发放薯苗的事，得由保甲和当地耆老协同办理。把年高德劭的老人请出来进行现场监督，相信就不会有人忽悠县太爷了。这时，谢太爷和县衙的五位官员全体出动，分头到四乡，"躬行阡陌，慰劳辛勤"。既是鼓劲，也是检查督促。以当时的交通和通讯条件，为推广一项农作物，能够造成如此浩大的声势，做出如此周密而细致的安排，谢太爷殚精竭虑，实在是令人肃然起敬！

番薯栽下去了，谢太爷的工作还没有完结。他了解到往年稻谷收割之后，农家有放牧牛马的习惯，这对正在生长的番薯很不利。他于是通告全县："秋耕伊始，所有牛马牲畜，概行严禁，毋许放纵践踏生芽。倘敢违反，从重责处。并赔

江湖之远
Jianghu
Zhiyuan

苗价，决不姑息。"

大张旗鼓，雷厉风行，如是者连续抓了两年。

谢仲埙在平江任职三年半，到他离任时，平江的番薯可谓是"家家广植，户户丰收。十亩田土，可增五亩之入"。从这时起，番薯也就成了山区仅次于稻谷的重要农作物，最高年产量达三万余吨，并且形成了一个产业链。因为有番薯藤作猪饲料，带动了山区的养猪业；猪多肥多，又促进了粮食的丰收。而薯粉和薯丝，也丰富了山区的食物结构，薯丸、薯片、薯粉丝……可煎可煮可蒸可炒。由此还衍生出许多与番薯有关的民谣，比如，苗丝苗拌饭，苗粉煎鸡蛋。又比如，辣椒配苗坨，日子慢慢悠……既有调侃，当然也包含了某种无奈。然而，一种独特的山区风俗风情因此而形成。随着时间的推移，番薯的战略性意义逐渐凸现。只说在荒年，番薯就拯救了无数嗷嗷待哺的饥民。一百二十年之后的清朝同治年间，还有平江读书人著文怀念谢仲埙："平江山多田少，无特殊之产。近来生齿日繁，虽丰年不敷民食。乾隆初，阳春谢仲埙劝种番薯，至今仍赖其利。"又过了一百多年，到了二十世纪的六十年代初，广大农村陷入饥饿的深渊，啃树皮，嚼草根，饿殍遍野，平江却因为有番薯，饥荒的程度才没有那样骇人听闻。当苦日子刚刚缓过劲来，又要支援世界革命，山区以四百斤番薯折一百斤稻谷，将番薯发给社员当口粮，腾出稻谷交公粮。舍命陪君子，勒紧裤带过日子，如此才有支援亚非拉、支援第三世界的本钱。不想到了全民奔小康的年代，番薯却备受营养学家的推崇，在世界卫生组织推荐的绿色食品名录中，番薯排在首选的位置。番薯和番薯制品，于是堂而皇之地进入大小超市，搬上琳琅满目的货架，受到消费者的青睐。从土疙瘩里长出来的番薯，闹饥荒解人危难，逢盛世锦上添花。就推广番薯一事而言，公元 1740 年代的平江县令谢仲埙真是功德无量！

农历丙戌年春节，潭州人氏张某从清同治版《平江县志》上读到《谢仲埙小传》，最后的两句是："功侔诞降，邑人祠祀之。"那意思是说，谢仲埙对老百姓有很大功劳，如同有上天再生之恩，当地人为他设立祠庙，常年祭祀。那地方叫谢令祠，民间又叫"薯王庙"。在老百姓心目中，谢仲埙已经成为神仙了。怀着一种好奇的心情，在一个难得的晴天，我迎着早春的太阳，去平江城郊寻访典籍中的谢令祠。然而，走了很多路，问了很多人，都不得要领。末后，一位年逾八旬的老先生说："前两年因为修路，庙被拆掉了。不过，一个小小的县令，都过去这么多年了，还有人记得他，这说明只要为黎民百姓办了好事，哪怕是一件小事，总会有人记得他！"

左宗棠和他的柳庄

在一个晴朗的秋日，我来到距湘阴县城二十几公里的柳庄。这里是清末重臣左宗棠的故居，砖墙燕瓦，坐西朝东，传统民居的格局。屋后是绿色的山岗，门前一汪清澈的池塘。主人曾称这口池塘为"天砚"，是上天给他磨墨洗砚的馈赠。隔着池塘，再隔着两丘水田，在大门的正前方，有一株高大挺拔的枫树。在鲜亮的阳光下，密密的枫叶红若火焰。举目四顾，田园葱茏，色调明快。既有南方农庄的美丽，又有一种不可轻易造次的浩然正气！

左宗棠是道光二十三年（1843 年）置下柳庄的，第二年全家搬来，这一年他三十二岁。在此之前，左宗棠总是时运不济，搬来柳庄后，他的人生道路就顺风顺水，甚至横空出世，拜相封侯！当地朋友说，是柳庄的风水好。这其实是一种表层的认识。孟子以他对人生的透彻理解，说："天将降大任于斯人也，必先苦其心志，劳其筋骨，饿其体肤，空乏其身……"西方基督经典《彼得全书》则认为，人生总是与苦难结伴，一个人如果没有苦难，就是失去对生命成长的体验。当我们在柳庄流连的时候，忽然发现，世间上的人生困厄，感情煎熬，几乎伴随了这位晚清中兴风云人物的

一位书生的逆袭

一生!

左宗棠虽然出生于书香之家，家道并不殷实，仅有数量不多的田产。祖父和父亲都是乡村私塾先生，全靠他们教书的报酬养活一个十口之家。不幸的是，正当左宗棠寒窗苦读的时候，在三年多的时间里，父母相继去世。这不仅给左宗棠在感情上带来了痛苦，同时也失去了经济上的依托。无奈之下，他只好转学到公资书院就读，这里学费全免，还供给伙食。贫困激励着他，使他学习特别刻苦。道光十二年（1832年）四月，他参加了在长沙举行的乡试。

他的成绩被老师和同学看好。考试结束，他果然从五千多名考生中脱颖而出，名列举人第十八名。他的下一个目标，是去北京参加会试。京城会试的重要性和竞争的激烈程度，远远超出如今的高考。读书人考中了进士，就可以入仕为官。如果考上了状元，一生的荣华富贵自不待言。如此，更增添了其竞争搏杀的残酷。

北京的考场叫"棘院"，也叫"棘围"。因为考场的围墙上，插满了荆棘，以防有人逾墙作弊递夹带。那种威严肃穆的气氛，无形中给考生增加了心理压力。令人惋惜的是，志在必得的左宗棠，却在走进考场那一刹那间乱了方寸。整个考试的过程中，他都觉得自己没有进入最佳竞技状态，灵感已远离他而去，临场发挥很不理想，进士及第的喜报就这样与他失之交臂！离京返家时，他的内心深处不免会感到失落，但他不是一个轻言放弃的人，不像有的落榜生那样心灰意冷，而是豪气十足地说："西山猿鹤我重来!"（《燕台杂感》）三年后，二十四岁的左宗棠又一次赴京参考。这一次考试的结果，可就有点儿让人哭笑不得了。他的考卷经过正副主考反复斟酌，确定为乙卷第十五名。这就是说，他虽然没有考上进士，总算是入围了。在最后确定录取名单的时候，主考官发现，湖南取录的名额已经超过一人。就像现在大学招生，各省招生的人数，都是有具体指标的。左宗棠排名第十五，又是乙卷，末位淘汰便在所难免了。这时，主考官发现左宗棠写得一笔好字，为了不埋没人才，将他录为"誊录"，去做衙门里为长官抄写文稿的小干事。心比天高的左宗棠窝了一肚子火气，拂袖而去，拜拜了！再过三年，二十七岁的他，又一次来北京，结果又一次名落孙山！

三次志在必得的进京赶考，却是三次榜上无名。我们完全可以想见落榜者当时的失望、失意、也许还有一时的失态。而对于左宗棠，可能比别人有更多说不出的苦衷！

那会儿的柳庄还是海市蜃楼，柳庄未来的女主人却已经出场。现在，我们该说说左宗棠夫人周诒端女士的故事了。

周诒端是湘潭县隐山紫山村人。周家在当地是名门望族，祖父辈当过户部左侍郎。周家的女眷们也饱读诗书，周诒端的母亲王慈云，就是当地小有名气的女诗人。周诒端在这种家庭环境中长大，无论是教养和学养，都非一般村姑可比。

关于左宗棠与周诒端的结合，有许多种版本。左宗棠的后人撰写的传记上，是左宗棠的父亲左观澜在世时，亲自为儿子订下的婚事。左观澜是一位资深私塾教师，家中寒素，那时的婚姻讲究门当户对，两家又相隔一百几十里路，左父是怎样寻觅到这么一个儿媳妇的，现在已无法考证；倒是隐山一带的民间传说似乎更接近生活真实。

周家大小姐容貌端庄，既聪慧又贤淑，应该说是皇帝的女儿不愁嫁。由于她自身条件好，不肯随便嫁人，在高不成低不就的选择中，不觉芳龄已过了二十岁。在当时，称得上大龄女青年了。再不嫁，就可能要当"剩女"了。周诒端的母亲王慈云很有些着急，因她是知名诗人，思想比较开放，又有着较为广泛的社会联系，于是决定面向社会，公开招婿。

湘潭名媛到长沙来招女婿，是当时的一大新闻，但在长沙读书的左宗棠并不在意，他觉得自己一介贫民，没有成就功名，跑去凑热闹，自讨没趣罢了。不料他的一帮同学却极力撺掇。左宗棠拗不过大家的一番好意，在乡试结束后的第二天，对考试的结果也胸有成竹的时候，便请二哥左宗植和一位姓欧阳的同学，前往周府提亲。出现在周家的左宗棠，虽然个头不太高，却是目光炯炯，双眉浓黑，印堂饱满，鼻梁坚挺，眉宇之间流露出一股阳刚之气。准岳母王慈云当场出了几首对子，考察左宗棠的智力。王慈云出联：胸藏万卷圣贤书，希圣也，希贤也；左宗棠答联：手执两杯文武酒，饮文乎，饮武乎。王慈云又出联：鸿是江边鸟；左宗棠又答联：蚕为天下虫……这类绕口令式的语言游戏，是当时的一种时尚。刚刚从考场上下来的左宗棠对答如流，不仅王慈云老太太已经喜欢这个女婿了，躲在屏风后面的周诒端小姐，心里也蹦蹦跳，婚事就这么定下来了。

然而，左宗棠无法把周诒端娶回家去。无论过去和现在，结婚都得有一点经济基础。左家原本有一些田产，由于家庭不断遭变故，首先是左宗棠二十五岁的大哥去世，遗有妻儿；接着，母亲和父亲相继撒手西去，欠下了许多债务，只得变卖田产。后来，左宗棠和二哥商议，决定将家中所剩的几亩田土，全部留给了大哥的遗孤，他和二哥各自出门闯荡。现在他要结婚，且不说新房不知设在哪里，就连聘礼也没有着落！

周家看重的却是左宗棠这个人，相信他能有出息。父母不在，老家又无房屋和田产，周家虽然有儿子，因求婿心切，就要左宗棠入赘周家！在那个时代，男子汉招郎入赘，是一件很令人尴尬的事情。而作为读书人，左宗棠也许还有更多的心理障碍。但他别无选择。更何况周诒端这样的姑娘可遇不可求。入赘就入赘吧，左宗棠就这样做了上门女婿！

周家的堂名叫"桂在堂"，取"折桂蟾宫"之意，是考中进士的一种隐喻。住在一个本来应该出"进士"的地方，又是王慈云老太太锣大鼓响，周家大小姐左挑右选，公开招选来的女婿。从道光十三年（1833年）至道光十八年（1838年），前后六年，连续三次去北京赶考，三次都是榜上无名！

却原来，周家的姑爷，只不过是一只绣花枕头！

人们对周诒端的态度，也随之发生了变化。最初是诒端

"不为家人礼遇"。接着，就有顺口溜在周家的远亲近邻中传播，比如：

桂在堂，
招个郎。
吃掉一仓谷，
睏烂一张床。

幸而周诒端没有埋怨丈夫，也不自怨自艾，始终保持着娴静贤淑的态度。为了照顾左宗棠的面子，她与母亲商量，借来娘家西边一个独进独出的院落，左宗棠夫妇另立门户。即使是这样，仍然不能摆脱左宗棠心中的苦闷。他曾叹息说：余居妇家，耻不能自食。他还在自己的照片上题诗曰："九年寄眷住湘潭，庑下栖迟赘客惭。"左宗棠也许觉得，他物质上贫穷，精神却未落魄，眼下只不过是将家眷暂时借住在岳丈家而已。但话又说回来，连吃饭都成问题，名副其实的"啃老族"，"啃"的还不是自己的父母，而是岳丈岳母娘，又是住在岳家旁边的小屋子里，那种尴尬与难堪，除了左宗棠本人，谁又能说得清楚呢?!

没有柳庄的时光，左宗棠就像水上的浮萍，随风浪而漂泊，心里从来都没有踏实过。然而，人生的机遇，常常在冥冥之中。因为考场失利，没有获得进入仕途的门票，左宗棠便不再作非分之想了。穷则独善其身，他于是安下心来过日子。远近都知道他书读得好，有醴陵渌江书院慕名而来，延聘他去主持教学。在这里，由于一次偶然的机会，左宗棠认识了两江总督、当时经世致用的代表人物陶澍，并结成忘年交。后来，左宗棠应陶澍的邀请，去安化陶府执教家塾，前后八年。这期间，左宗棠一边教书，一边充分利用业余时间，读遍了陶澍家的大量藏书，极大地丰富了自己的学养；而周夫人也善于理家，用左宗棠历年教书的报酬，积累了一笔九百两银子，于是用这笔钱，在老家湘阴县樟树镇柳家冲购置了七十亩田产，并建造了砖木结构的住宅一幢，取名"柳庄"。从这时起，左宗棠便结束了寄居岳家的"入赘"生活，有了一个属于自己的家。无论在经济上和心理上，都是一种解放！

左宗棠精心经营着自己的庄园。湘江之滨，洞庭湖畔，土地肥沃，雨量充沛，除着力搞好传统农业的水稻种植外，还植果树，栽桑竹，种茶叶。屋前屋后，池塘路边，栽植了许多柳树。春天柳绿花红，夏天稻菽疯长，好一处江南农家乐园！但他仍然兼任着安化陶澍家的塾师，农事活动则雇请长工料理。柳庄经由资江一百五十里水路到安化陶澍家，他利用节假日往返兼顾。他彻底忘却了功名，继承着祖父和父亲"耕读传家"的生活理念，自称"湘上农人"，他在自家的院门上贴门联："参差杨柳，丰阜农庄。"他怡然自乐。

这时，京城里发生了一件大事。道光皇帝驾崩，咸丰皇帝继位。新皇帝想搞一点新气象，诏令全国各府、州、县，由官绅保举"孝廉方正之士"，经总督巡抚核实，以"实名制"推荐，可赐六品官阶。本来，通过科举考试选拔官员，是国家的一项基本制度，也是在当时条件下，保证社会公平正义的一项重要国策。咸丰皇帝的举措，无疑是一项大胆的改革。左宗棠的学问在湖南很有名气，为人也称得上是"孝廉方正之士"。与左宗棠一起参加会试、获得进士资格的本县学人郭嵩焘，邀集地方一些有声望的人士，联合推荐左宗棠。

由于在考场上屡屡受挫，左宗棠对功名已经心灰意冷，或许还因为怀才不遇而耿耿于怀，总之，他谢绝了大家的一番好意。

此时太平军已成燎原之势，湖南巡抚张亮基急需人才以备顾问，并协助处理军政事务。与左宗棠相识，二十五岁就考取进士的益阳人胡林翼，咸丰二年（1852年）给湖南巡抚张亮基写信推荐左宗棠："廉公刚方，秉性良实……其才品超冠等伦。"巡抚大人两次派人来柳庄敦请，也被左宗棠婉拒。胡林翼于是邀约郭嵩焘，亲自登门，再一次动员左氏，左宗棠才答应出山试试。这一年，他四十一岁。

古希腊力学家阿基米德说："给我一个支点，我就能撬起地球。"左宗棠有了一个供他施展才能的舞台，可谓英雄有了用武之地，他很快就成了官场的一匹"黑马"。与当时的政坛风云人物相比，左宗棠没有过硬的学位。比如曾国藩，虽然复读了两次，也考了个"同进士"；李鸿章则是一举中试而成为进士的。再说，左宗棠也没有在官场任职的台阶，仅仅是刚出山的时候，作为幕僚辅助过湖南巡抚张亮基。但他的政治眼光和组织能力，已为上司和同僚所瞩目。他于是进入了一个升官的快车道，由一介"布衣"升任兵部郎中（司局级）而至封疆大吏（省部级），整个过程，他只用了九年时间！咸丰十一年（1861 年），左宗棠升任浙江巡抚，成为统管全省行政、军事、司法的最高长官。不久，他又总督闽浙，首办船政，创建近代海军。在与太平军的战争中，左宗棠的军事才能也大大彰显。同治五年（1866 年），西北回民举行大规模起义，五十六岁的左宗棠被朝廷任命为钦差大臣，督办陕甘军务。从此，左宗棠开始了长达十五年的靖边生涯。

从柳庄来到长沙的巡抚衙门（省政府）上班，可就不能像在安化当教书先生那样两头兼顾了，于是雇请了一位忠实可靠的何姓工人照管他的庄园。他心中盘算，等忙过这一阵子就回去，继续以古农法耕田柳庄，栽培他研究了多时的桑、茶、竹。

没料到的是，一旦公务在身，他就身不由己了。

左宗棠在柳庄住了十四年。刚到长沙的时候，他是租房居住。为了使他集中精力处理公务，新任湖南巡抚骆秉章串联左宗棠的好友、湖北巡抚胡林翼，劝说左宗棠将家属接来。又为了打消他回去当"湘上农人"的念想，两位巡抚慷慨解囊，凑了五百两银子，为他在长沙近郊买了一个房子。迁入新居后，左宗棠给友人写信说："虽近城市，却似山村。种蔬十数畦，养鱼数百尾，差足自给。"一个"复制"的柳庄。然而，湘江之畔的柳庄时时在他心中萦绕，"复制"的柳庄很快就变成了"城中村"。有的时候，他的失落感是那样强烈。

后来他越调越远，先是在杭州，接着又到福州、西安、兰州、新疆哈密……在闽浙任职时，周夫人还可以去小住，到了黄土高原和戈壁沙滩，天寒地冻，气候殊异，且军务政务繁忙，左宗棠将家属子女都留在家乡湖南，他是作为一名"裸官"去任职的。这时，他对柳庄的怀念，只有在"举头望明月"的时候了。

陕甘的形势极为严峻，由于清朝统治者采取"以汉制回"的政策，挑起民族矛盾，因此常常发生汉回仇杀事件。陕西回民为了抵抗朝廷与汉族官僚的压榨，提出"反满排汉"的口号，举行起义。帝俄分子又从中挑唆怂恿，多种矛盾交织在一起，当时可谓烽火遍地。左宗棠入陕之后，调整了民族政策，严厉打击一些有外国背景的民族分裂主义分子，而对普通回民，则以安抚为主。一切为了稳定大局，促进社会和谐。他给属下的州府下达指示说："无论汉、回、番民，均是朝廷赤子，一本天地父母之心待之，俾各得其所，各遂其业。"并设赈局，招流亡，垦荒地，给回民百姓无偿发放耕牛、种子，帮助他们发展生产。当情形渐渐好转时，他就想尽快告退回乡，回到如诗如画的柳庄。但是不行。民族分裂的残余势力仍在伺机再起。偏偏在这节骨眼上，他个人和家庭的不幸接踵而来。

他来到陕甘才两年多一点，同治九年（1870 年）二月

259

初二，诒端夫人在长沙病逝！

那时交通不便，通讯不畅，左宗棠是过了整整四十天，才接到夫人去世的消息的，真是情何以堪！回想起在那些既困惑又尴尬的日子里，是诒端夫人给他精神上的安慰，生活上的细心照料。特别是道光十五年（1835年）他第二次落榜回到隐山，身无分文，白丁一个。亲戚的白眼，旁人的闲话，使他如芒刺在背，以致对整个人生、所有的信念，都发生了动摇，真是不知道心往哪儿安放！为了打发时光，他躲在屋里读一些闲书，比如农学和地学。读农学，住在乡间，园圃果蔬，可以学以致用。而读地学书籍，是因为平时有些兴趣。地学书籍读得入迷了，他就对书中记述的山川地理，在纸上作描绘。地名、河流、山峰、物产、雄关险隘和历代兵事……都作了细细的研究。在旁人看来，读这些书真是百无一用，但妻子周诒端却默默地陪伴着他，并且帮着他把地形草图，绘制成正式的地图。历时一年，左宗棠的著作《舆地图说》脱稿，周夫人的横三尺，竖三尺，共九平方尺的地图，也绘制成功。——三十年后，左宗棠由一介书生，到指挥千军万马的统帅，运筹于帷幄之中，决胜于千里之外，就因为祖国的大好河山、山川地理皆了然于心！

当然，站在一个新的时间节点上回眸逝去的年华，功名上的挫折，经济上的拮据，人世间的世态炎凉，以及心灵上的煎熬，与其说是时运不济，还不如说是一种人生的砥砺！蚌病成珠，磨难成佛，困境可以使人获得发现真理和正视人生的勇气。如果没有这些锤炼，左宗棠可能就是凡人一个！

在他人生最困难的日子里，诒端夫人一直坚定地跟他站在一起，这难道不是一种伟大的奉献么?!

尤其让他心痛不已的是，诒端夫人逝世的前七日，即正月二十五日，三十二岁的四女儿孝宾因病去世。丈夫远在天边，又痛失爱女，诒端夫人经受了怎样的人生悲痛啊。她原本有肝病，这时肝痛大作，几天后撒手人寰。左宗棠是三月十二日才接到家信的。恸哭起悲风，他说：珍禽双飞失其俪，绕树悲鸣凄以厉！

这时他想到要回去。他写信给好友杨石泉，说自己患有慢性腹泻，至今未愈，"春间复抱亡妻之戚，忍哀割痛，以就王事，形未瘁而神已伤!"打算在"西事粗定"之后，他就要回老家，为亡妻守灵，将一篇含泪写成的《亡妻周夫人墓志铭》，刻在她的墓碑上！

然而，复杂的边陲形势使他无法抽身，归期一再推延。同治十一年（1872 年）五月，新疆叛军三千人攻打肃州（今酒泉），正在安定大营（今定西市）指挥作战的左宗棠，又接家书，他的相依为命的二哥左宗植在家乡病故。他给儿子孝威写信说："二伯竟不起，哀痛何言!"父母去世后，他与二哥一起度过了人生最艰难的时光，二哥永诀，竟不能亲临致祭，他提笔想写一篇祭文，寄托自己的哀思，却因"吾此时昼夜治军无暇执笔，又频年衰病侵寻，怕闻伤心事，怕说伤心话，暂不能为……"（《致孝威》）他要儿子代写一篇，代他在二哥灵前祭奠。

"祸不单行"可能是一种宿命。同治十二年（1873 年），由于俄国人侵占伊犁，左宗棠正准备把大本营移至肃州。这时，人生的再一次打击不期而至。在诒端夫人重病时，郎中为了全力诊治，查遍了药典医方，唐朝陈藏器《本草拾遗》称：人肉可以治病。那位老郎中宁可信其有，不可信其无。开出的药方上，需要儿子在身上割肉做药引子，传统的"割股疗亲"！长子孝威毫不犹豫，从手臂上割了一块肉给母亲治病。即使是这样，也未能挽救母亲的生命，却给身体原本就不甚强健的孝威留下了隐患。也可能是当时消毒不怎么严密，伤口虽然愈合，但此后孝威还是得了一种疾病。母亲去世后，孝威又来兰州看望父亲，感受了风寒，回去后就一直病病恹恹的。是年七月，病情突然加重，药石未能奏效，二十七岁的孝威英年早逝。而在此前的农历二月，左宗棠的二女儿、终生未嫁的老姑娘孝琪在老家病逝，终年四十岁。五个月之内，六十二岁的左宗棠，接连面临白发人送黑发人的人间惨剧！

人生的痛苦，莫过于生离死别了。在短短的三年多时间里，一起度过人生艰难岁月的夫人、寄托了无限希望的长子、两个羸弱的女儿，一母同胞的兄长，五位骨肉至亲，相继离开人世。左宗棠所经受的感情痛苦，为常人所不知！他本人也已到了退休的年龄，又患有多种慢性疾病，身体每况愈下。他在兰州给友人写信说："本拟收复河湟后即乞病还湘。"河湟就是黄河与湟水流域肥沃的三角地带，甘肃兰州以西、青海西宁周围地区。然而，河湟收复以后，新疆又有事。那时新疆没有建省，新疆的军政事务，由陕甘总督节制，也是左宗棠负责的范围。他在家信中说："我年逾六十，积劳之后，衰态日增……腰脚则酸痛麻木，盘络不通，心血耗散，时患健忘，断不能出玉门矣！"

陶渊明曾有"田园将芜胡不归"的感叹，左宗棠的柳庄却是一处风景如画的水乡啊，他为什么不回去呢？他不羡慕刘邦唱着"大风起兮云飞扬，威加海内兮归故乡"那样踌躇满志；也不愿意像项羽"富贵不归故乡，如衣绣夜行"那么张扬显摆；无官一身轻的陶渊明，"舟遥遥以轻飏，风飘飘而吹衣"，这种回乡的情景当然是美妙无比，但这些都与左宗棠无缘。他回到故乡，是要在湘江边上洗涤身上的征尘硝烟，为长眠于地下的亲人献上一份奠仪，然后在宁静的故乡将息浑身病痛的身子！也许他已经心动了，就要下决心了，然而，他在给家人写信时，又想到了肩上的责任。他说："此时不求退，则恐误国事。急于求退，不顾后患，于义有所不可，于心难安也！"恰恰这个时候，敌人已经入侵我国土，完整的版图已经被肢解，中华民族到了最危险的时候！他，一个有血性的中国人，一位威名赫赫的中国军事统帅，怎么能像一个毫无主见的老妇人一样，嘴欲言而嗫嚅，身欲行而趑趄呢?！

他放心不下的是"西陲之事"，"西陲"却总是"树欲静而风不止"。

首先是阿古柏匪帮侵占南疆。阿古柏本来是中亚乌兹别克斯坦一支武装的头领，趁着新疆发生民变，阿古柏火中取栗，在南疆成立"洪福汗国"，这么一个小混混出身的外国人，竟在那里称朕称孤。英国人又心怀鬼胎，率先承认阿古柏政权，接着俄国、印度都表示承认。阿古柏在得到英、俄帝国的支持后，又从那里得到了大批先进武器装备，于1870年10月攻占了吐鲁番，切断了北疆与河西走廊、也就是新疆与内地的联系。此时，阿古柏仿佛成为全新疆的主人。

过了五个月，同治十年（1871年）二月，沙俄派兵占领了伊犁，公开宣称伊犁永远归俄国管辖，一面又派人给清政府说，陕甘地区发生回民暴乱，波及新疆，他们出兵是为了安定边境秩序，等清朝政府解决了自家内部的矛盾，他们立即将伊犁奉还。沙俄演出的是尽人皆知的老虎借猪的伎俩。

而陕甘地区一些不甘失败的民族分裂主义分子，仍在寻找机会，蠢蠢欲动。

这期间，曾经有过辉煌历史的中华帝国，已经陷入了四面楚歌的境地。同治十三年（1874年），日本悍然侵占台湾，虽有台湾民众英勇抵抗，软弱无能的清朝政府却被吓坏了，连忙与日本签订条约，赔偿日本五十万两银子，还眼睁睁地看着日本霸占了琉球。并由此还产生一种悖论，即直隶总督李鸿章认为，自鸦片战争以来，外国侵略者多在沿海骚扰，他主张加强"海防"，裁撤左宗棠的西征军。李鸿章说："新疆乃化外之地，茫茫沙漠，赤地千里，土地贫瘠，人烟稀少。乾隆年间平定新疆，倾全国之力，徒收千里旷地，增加千万开支，得不偿失。"他主张放弃新疆的"塞防"，"已经出塞及尚未出塞各军，可撤则撤，可停则停。其停撤之饷，即匀作海防之用。"

李鸿章的主张如果变为国策，那就是"撤岗裁员"，左宗棠就可以告老还乡了。

左宗棠坚决反对。

他说："自撤樊篱，则我退寸而寇进尺。"

他又说："我朝定鼎燕都，蒙部环卫北方，百数十年无烽火之警……是故重新疆者，所以保蒙古；保蒙古者，所以卫京师。若新疆不固，则蒙部不安。匪特陕、甘、晋各边时虞侵轶，防不胜防，即直北关山，亦将无晏眠之日。"

他特别指出沙俄包藏的祸心："俄人拓境日广，由西向东万余里，与我北境相连……尤不可不未雨绸缪者也！"

他正气凛然地说："收复新疆，势在必行。胜固当战，败亦当战。倘若一弹不发，将万里腴疆拱手让给别人，岂不会成为中华民族的千古罪人?!"

铮铮铁骨，锐不可当！

这是光绪元年（1875年）二月间的事。在江南，正是莺飞草长时节，柳庄的水田经过冬天的休眠，现在苏醒过来了，散发出诱人的泥土芳香。竹林里的春笋拱地而出，眨眼之间就蹿高了。溪边的柳枝在抽条，枝头的阳雀在欢唱……"海防""塞防"之争，竟也传到了柳庄老管家何三的耳朵里，他想这下可好了，离家已久的主人终于可以回来颐养天年了，于是每天都到村道上翘首张望。这时，左宗棠的主张最终得到朝廷的支持，他被任命为钦差大臣，督办新疆军务。

国难当头，重任在身，左宗棠回柳庄的计划又一次被延搁。

此时的左宗棠，绝不是一般意义上"达则兼济天下"的雅士。中国传统文人心忧天下的家国情怀，历代将士守护疆土的壮怀激烈，二者合而为一，为灾难深重的中国，造就了一位气度儒雅、又有着强烈民族大义的威武不屈的老英雄。在接到朝廷任命的那一刻起，他就马不停蹄，调兵遣将，着力办了两件事。

一是积极备战。战争主要是拼实力。左宗棠未雨绸缪，在此之前，他已经建立了甘肃制造总局和兰州火药厂，专门生产枪炮弹药。现在开足马力，加班加点。此外还通过上海的商人，从外国购买新式枪械。最棘手的却是军粮。所谓兵马未动，粮草先行。新疆地广人稀，兵勇不能与百姓争食，军粮须得从内地运去。而入疆作战，路途遥远，从酒泉出玉门关，到哈密，再到巴里坤，共二千二百余里，用车运粮，路上要走四十天，每车运粮六百斤。一名车夫，两匹骡马。骡马每天要吃十二斤草料，车夫每天要吃一斤半粮食。这就是说，用骡马车将粮食运到目的地，刚好够路上的耗费，还没有车夫返回的粮食。

左宗棠广泛征询各方面的意见，还请教了著名商家胡雪岩，大胆进行改革，决定沿途设立仓廒，储存粮食。官运与民运齐头并举。又将官运改骡马为骆驼。一匹骆驼的负载量相当于两匹骡马，消耗的食料，在关内每天三斤，在关外则食草不食料。一名驼夫可管五匹骆驼，这样也节约了人力。

江湖之远
Jianghu
Zhiyuan

而民运则采用市场经济的模式，雇用车驮。每运一百斤，一百里，关内给银四钱，关外给银五钱。此外，在有条件的地方就地采买。新疆巴里坤和古城子一带，本是产粮区。左宗棠派员设立官仓，按照市价，敞开收购……这样多管齐下，钦差大臣左宗棠储存了四千万斤粮食，够十八个月的军粮了！

紧接着的第二件事，就是集结西北地区的兵力六万多人，向新疆进军。他命令各路部队，采取昼夜兼程，"先北后南，缓进速战"的策略，坚决彻底地消灭敌人！部队入疆后，他组织指挥了三次比较大的战役，经过两年零一个月的英勇奋战，终于取得了决定性胜利。阿古柏因兵临城下而服毒自杀，所谓的"洪福汗国"自行解体。然而，这时全疆的形势仍然十分诡谲，俄国人贼心不死，一边唆使阿古柏的残部越境侵犯，同时又拒绝归还伊犁。清廷原本希望通过谈判收回失地，沙俄的态度却越来越强硬，这真是把左宗棠逼得没有了退路！必须做两手准备，立足于谈，也要准备打，战争可能是解决问题最后的手段。为了在大军西进时便于就近指挥，左宗棠决定将他的大本营，由甘肃酒泉移师新疆哈密。光绪六年（1880年）农历四月十八日，六十九岁的左宗棠率亲兵出嘉峪关，向新疆进发。

大漠边关，黄尘漫漫。据史料记载，自秦汉以来，边境的军事活动频繁，演绎过无数铁马金戈、两军对垒、生死肉搏之战。历代的边塞诗人和作家，对荒漠孤城，黄昏落日，秦时的月，汉时的关，以及路旁杂乱的枯草和散弃在枯草丛中的白骨，有过许多令人心伤目惨的描绘。左宗棠正是在这条通往古战场的道路上行进。他在途中给好友杨石泉写信说："程途所历，均是沙碛，人烟阒寂。"戈壁滩昼夜温差大，白天沙砾上热浪滚滚，夜晚可能就彻骨的寒。有时明媚的天空瞬间突变，飞沙走石，喷雾掀风，引得空廓狂啸恶吼。妇孺皆熟悉的唐僧师徒，就曾多次遭遇这种困境！白发苍苍的左宗棠却以超常的意志，从酒泉到哈密，一千一百里路程，他与兵勇一起，风餐露宿，一往无前，书写着一个个激越高扬的传奇。

队伍出发前，他选用上好的木材，打造了一口硕大的白木棺材，涂上黑漆。出发时，用一辆骡马车装着这口棺材，跟在他的座驾之后。作为军事统帅，抬着棺材上战场，有一种强烈的悲壮色彩，他的部属觉得这不吉利，他却义无反顾。侵略者今天可以肢解新疆，明天，他的如诗如画的柳庄，就可能被铁蹄蹂躏。黄沙百战穿金甲，不破楼兰终不还！这具漆得锃亮的棺材，此时就成了一篇正气凛然的军事宣言，一则振聋发聩的战斗檄文。中国西征军最高军事统帅正告俄国入侵者：不收回被侵占的国土，毋宁死！也给那些主张放弃塞防，放弃新疆的昏庸的朝廷官员提个醒：放弃国土，是民族的千古罪人，将永远钉在历史的耻辱柱上！更向国人表明心迹：为了捍卫国家和民族的核心利益，湘人左宗棠，赴汤蹈火，在所不惜！

在行军途中，左宗棠还有一个不凡之举，就是要求入疆的兵勇，一边行军，一边在戈壁沙滩的大路两旁，栽植杨柳。一如柳庄房前屋后的杨柳。在左宗棠的心目中，新疆和大西北，是放大了的柳庄，这里的每一寸土地都是我们自己的，不仅仅是要收复，还要建设。唐代诗人王之涣说："羌笛何须怨杨柳，春风不度玉门关。"左宗棠和他的湖湘弟子，以自己的坚韧和执着，对历史做了一次刷新："新栽杨柳三千里，引得春风度玉关！"

　　有了如此坚定的统帅率领如此士气高昂的大军作后盾，清政府破天荒地通过谈判收回了被沙俄占领十一年的伊犁，创造了羸弱的晚清王朝从强横的沙俄"虎口夺食"的奇迹。

　　左宗棠终于决定要回柳庄了。光绪七年（1881 年）正月二十六日，中俄《伊犁条约》签字，中国政府收回伊犁。左宗棠随即结束了新疆的使命，返回北京。他年纪老了，且疾病缠身，请求告老还乡。十月的一天，光绪皇帝召见，不仅没有批准他的要求，反而任命他为两江总督，兼任南洋通商事务大臣。光绪说："以尔向来办事认真，外国怕尔之声威，或可省事故。"朝廷显然是借钟馗打鬼！自鸦片战争以来，列强心怀叵测，不时把魔爪伸了过来。左宗棠毫无畏惧，旗帜鲜明地捍卫国家主权和领土完整，因此威名远播。应该说，这项任命有一种政治智慧在其中。七十岁的左宗棠只得从命。趁着去江宁（南京）上任，他请准回故里扫墓。

　　离别柳庄二十四年，左宗棠归心似箭。在景物渐渐熟悉，路上行人的口音越来越相近的时候，他却掉入了一个游子归乡的感情泥淖：近乡情更怯，不敢问来人！当他回到魂牵梦绕的柳庄，柳庄庭院依然，却不见妻子倚门，稚子雀跃，爱女呼叫。啊啊，他们都到另一个世界去了。酷似父亲的二哥，也长眠在老家后山的树林里！柳庄的一草一木，都使他见景生情，见物伤心。然而，他每天还要打起精神，应对州府县衙以及地方官绅的繁复拜会与应酬。他在柳庄住了六天，便结束故乡之行，启程去江宁。这一次离去，他就再也没有回过柳庄了。光绪十年（1884 年），他目疾加剧，可能是患了白内障，左眼几近失明，请求告退，并向朝廷推荐了接替的人选。这时中法战争爆发，法国远东舰队，攻打福建、台湾、浙江，控制台湾海峡……朝廷再一次借钟馗打鬼，任命他为钦差大臣督办福建军务，主持对法作战事宜。外国侵略者的侵略行径，震撼着垂暮之年的左宗棠，也激活了他的生命潜能。他临危受命，安排防务，调兵援台，冒雨巡视连江长门炮台，又去厦门金牌炮台督促，组织指挥反击，顿时人心大定。然而，天不假年，光绪十一年（1885 年）七月二十七日，为抗御外侮、效命疆场贡献了毕生精力的左宗棠，在福州的驿所去世。他倒在自己的工作岗位上，享年七十四岁。霎时天人同哭，举国震惊！

……

柳庄大门正前方的那一株枫树，据说是左宗棠亲手所栽，如今已有四人合围粗了。在秋日的阳光下，满树红枫像燃烧的火焰，仿佛是为柳庄的老主人、我们的老英雄，点起一支千秋不灭的长明灯。在列强觊觎中国的年代，柳庄出了个左宗棠，实在是中华民族的幸运！

终识人间有此君

印度洋发生海啸的前一星期，一个具有暖冬气候特征的早晨，我和一位摄影家赶早班汽车，去探寻郭嵩焘墓。墓地在汨罗市沙溪镇划江村，三闾大夫屈原愤而投江的上游山坳里。途中，我们换乘了两次短途客车。在路边鸡毛小店等车的时候，又遇到一场哗哗而下的大雨。好久才等来一辆油漆脱落、锈渍斑斑的小型客车，车上人挤人，别说座位，连个挪脚的地方都没有。到达沙溪镇时，已近正午时分了。

我们对郭嵩焘的关注，起因于这位做过清朝二品大臣的高官，死后却不得安息，那七尺墓穴，曾两次遭变故。一次是有人要开棺鞭尸，一次被彻底挖开，抛白骨于荒野。现在，听说当地群众把他的坟墓修复了，我们就想去凭吊一番。

郭嵩焘似乎一生都遭人诟骂。他嘉庆二十三年（1818年）出生于湘阴县，那时的中国还沉浸在"康乾盛世"的余晖之中。由于长期闭关锁国，从皇帝到一般士子，都不知道地球是圆的，不知天外还有天，以为世界就以中华帝国坐大。所谓普天之下，莫非王土，我为中心，四海宾服。郭嵩焘跟所有读书人一样，从小也接受了这种思想的熏陶。他曾两次去北京会试未中，后来在友人的推荐下，到杭州给浙江学政当幕僚。其时，正碰上鸦片战争爆发，他"亲见浙江海防之失"，"岛夷"的坚船利炮，把"泱泱华夏"打得连招架的工夫都没有，只好割地赔款。这给郭嵩焘的心灵以极大的震撼！他不能静心在学政衙门办理公务了，甚至动了投笔从戎的念头。他辞职回到长沙，与好友彻夜长谈，为社稷江山而忧愤，"方今时事多艰，边陲不靖，连年退避"，究其根源，"外患并不足忧，可忧者国政腐败，贿赂公行，民业日荒"。郭嵩焘以智者的目光，触摸到了盛世之下隐藏着的危机，慷慨激昂的言辞之中，忧国忧民之心可鉴。从这时起，郭嵩焘就为此而不懈追求。也是从这时起，他就不断遭人责骂。

道光二十七年（1847 年），年届而立的郭嵩焘终于在第五次参加会试之时，考中了进士，从此正式进入仕途。他以富国强民为念，事事较真。咸丰九年（1859 年）九月，郭嵩焘奉命前往山东清查沿海税务。他是皇上派来的官员，地方当局自然是热情接待。况且，那时"公款消费"名正言顺，"吃喝玩乐都报销"已经成潜规则，豪华奢靡已经到了无以复加的地步。谁知郭嵩焘却书生气十足，他规定"不惊州府，不住公馆，不受饮食"。当地官员惊诧莫名，说："历来钦差所未闻也！"由于他清正廉明，秉公执法，很快把那里的盖子揭开。真是不揭不知道，揭开吓一跳。所到二十余县，从县官到差役，几乎人人都贪污税款，贿赂公行；且税外勒索惊人，超过正税四倍之多。作为钦差，他大力进行整顿，堵塞漏洞，专门设立收税的机关，照章行事。不想这样得罪了地方官员，他人还在山东，告状的奏折就递到了北京。皇帝不问情由，竟下了一道圣旨："着将郭嵩焘交部议处。"也就是停职审查。他也许根本就没有弄明白，在那个"无官不贪"的官场，他突然用重典严惩贪官污吏，以一人之清廉去应对一种系统性的腐败，不仅徒劳无益，反而殃及自身了！

郭嵩焘郁闷不乐地回到长沙，这里有他的宅第。闲居了两年之后，在好友李鸿章的全力支持下，他先后担任过苏松粮道、广东巡抚，虽有一腔报国之心，也有看得见摸得着的政绩，但因中国官场互相掣肘的痼疾，他的工作刚刚上路，种种节外生枝的矛盾就使他铩羽而归。

郭嵩焘在家乡住了八年，朝廷忽然又想起了他。光绪二年（1876年），朝廷任命郭嵩焘为驻英国公使，同时兼任驻法国的钦差大臣，开创了清朝往外国派常驻使节的先例。然而，这一任命并没有给他带来荣耀，有人把和洋人打交道当作是去当"汉奸"，是"卖国"。在长沙，甚至有人要烧掉他的宅第，同时还流传着一副抨击他的对联：出乎其类，拔乎其萃，不见容尧舜之世；未能事人，焉能事鬼，何必去父母之邦。

虽然流言蜚语满天飞，郭嵩焘也没有乱了方寸。朝廷派他使外，是因为英国驻华使馆的翻译马嘉礼在云南被杀，引起外事交涉，他的任务是"通好谢罪"，去向人家道歉的。但在郭嵩焘心底里，他是要去了解洋人的"强兵富国之术""尚学兴艺之方"。这位熟读经史子集、年近花甲的钦差

大人，在出国前咬着舌头突击学英语，用汉字注音，把"纽约"读成"牛约口"，把"伦敦"念成"冷冬"……他也不遗余力地学下去。他读《海国图志》以了解各国的情形，遇到书中一个名词：光年。他问遍了京城里的读书人，都说不上来。最后找到同文馆的美籍教师丁韪良，才弄清"光年"不是时间单位，而是宇宙空间的距离单位……他为自己"老年失学"而羞愧！

  郭嵩焘是光绪二年十月十日（1876年12月2日）启程赴英国的。途中，他不放过任何一个学习的机会。船上的水师是通过经纬度来辨认方向的，他便向水师请教，因此掌握了这项知识，并记住了北京的方位。再往前走，船行于赤道南北，气温上扬，他学会了看寒暑表。途经新加坡时，恰逢此地的按察司"听事"（法院开庭审案）。经过交涉，郭大人得到一个旁听的机会。这是一种与中国完全不同的审判方式，法官手中没有惊堂木，讯问时也没有大刑伺候，而是双方各有律师申述，把案情审理清楚了，法官再以事实为依据，以法律为准绳，作出公正的判决。这样，就可以避免冤假错案的发生。在锡兰，他察访了当地监狱，他觉得这是国家施政中的大项，不可不学。而在同船的旅客中，有一位名叫司蒂文生的英国商人，他在印度有一个占地三千亩的茶园。他选用优良品种，科学栽培，产量是中国茶园的三倍。去年茶园出产之丰，使他大大赢利。郭嵩焘不摆钦差大臣的架子，虚心向商人请教，连一些细枝末节都问个一清二楚……在整个旅途中，郭嵩焘对一切都感到新鲜，对一切都

要问个为什么，而且把所见所闻都在日记中仔细记录下来。

1877年1月21日，郭嵩焘抵达伦敦。正式履任后，除了外交事务，礼仪应酬，他的主要精力用来考察了解英国的政治、经济、文化、教育。他去英国皇家学会听著名学者的学术讲演，与海洋生物学家、数学家会见交谈，参观工厂、军事基地及科学技术设施……仿佛他不是驻外使节，而是一位漂洋过海的访问学者！

他在官邸会见过一位英国铁路工程师。此人年已七十岁，曾在印度修过铁路，他建议中国修建纵横大动脉，可以实行股份制招募民间资本，以解决修路费用。过了几天，郭嵩焘试坐了英国的火车，"实见火轮车之便利，三四百里往返仅及半日"。他于是报告朝廷："英国富强实基于此。"极力鼓吹抓紧修筑铁路。

在赴英途中，郭嵩焘曾与一位意大利富商邂逅。富商这次是由美国至日本，到过中国的许多港口，现在重返伦敦，是因为他在伦敦设有商行。而在意大利，这位富商是世袭贵族，授有爵位，他却以经商为业，这在"重士轻商"的中国是不可想象的。郭嵩焘进而了解到，西洋各国"以通商为制国之本"。他迫不及待地上奏朝廷："西洋立国，广开口岸，资商贾转运，因收其税以济国用，是以国家大政，商贾无不与闻者。"郭嵩焘不仅要求朝廷效法西方各国，发展资本主义经济，同时还主张让商人参政。

经过广泛地研究西方民主政体，郭嵩焘痛切地感到必须进行政治改革。他说："国家有所举废，百姓皆与其议。"历朝统治者都推崇孔夫子的治国主张："民可使由之，不可使知之。"（《论语·泰伯》）可以叫老百姓做什么，不必告诉他们为什么要这样做，当政者把老百姓当群氓。郭嵩焘却敢于肯定西方政体的长处，这对封建王朝无疑是一个极大的挑战。此外，他还力主兴办教育，提倡西学，从改变人心风俗做起。

在巴黎，他去圆屋画厅参观画展。那幅巨画表现的是1870年法国与普鲁士的战争中，法国战败，巴黎被围困的情形：街市商铺着火，浓烟滚滚；市民血肉模糊，倒地呼救。四周一望，百十里城池成了一片废墟……画家技艺高超，人物栩栩如生，场面极其悲壮。郭嵩焘即刻想起，人家把这种国耻悬挂在大庭广众之中，旨在唤起民众啊。那么，我们中国呢？鸦片战争割地赔款，火烧圆明园……国耻不是更多更惨烈么?！然而，我们还沉浸在"中央帝国，四海纳贡称臣"的迷梦之中，根本不知道中华民族已经到了最危险的时候！

郭嵩焘驻外时间为一年七个月零四天，曾经十九次去图书馆，平均每月一次！他去过英国的国家图书馆，也去过牛津大学藏书楼。1877年7月9日"观甲郭炮台藏书"，那是一个部队的图书馆。此外，他还到过巴黎匠人摩登特的私人藏书室……作为外交官，他不可能是个闲人，之所以如此频繁去图书馆，是因他把西方图书馆的发达与国家的富强联系起来了。他说："欧洲各国日趋于富强，推求其源，皆学问考核之功也！"而那时的中国，虽然也有宫廷藏书和私人藏书，前者供皇帝和皇家阅读，后者是为藏书者读书求官之需，根本没有服务于一般民众的公共图书馆。他跑图书馆，不是普通读者做一般性的浏览，而是详尽地了解图书馆的编目、借阅和管理制度。法国国立图书馆"当中两巨屋，贮水龙救火器具"。有关防火的设施，他也不胜其烦，一一记录在日记中，恨不得把人家一切好的东西都学了回去！

谁知突然祸从天降，事情的起因正是他的日记。到达伦敦后不久，他将最初的五十一天日记稍加整理，定名为《使西纪程》，寄回朝廷。既是一份工作汇报，也介绍了西洋的政务情形，无非是吹吹风，看看中国可以从中借鉴些什么。总理衙门收到后，将《使西纪程》刻印发下。不料引起满朝王公大臣的公愤。郭嵩焘把外国说得那么好，这是长人家的志气，灭自己的威风。于是一致口诛笔伐，群起而攻之。翰林院编修何金寿向皇帝奏本告状，说郭嵩焘"有二心于英国，欲中国臣事之"。他的老朋友王闿运也大失所望，称郭嵩焘"殆已中洋毒，无可采者"。而在这节骨眼上，他的副手刘锡鸿，把"窝里斗"特色带到了驻外使馆，趁机向朝廷告他十大罪状，郭嵩焘一时陷入无奈与无助之中。

所谓的十大罪，无非是一些鸡毛蒜皮的小事。比如，说他在伦敦参加礼仪活动时，洋人多持伞，郭嵩焘也急于索伞；一次去参加音乐会，洋人听戏皆捧戏单（节目单），郭嵩焘不识洋字，也捧戏单；英方邀请中国公使去参观喀墩炮台，海边朔风凛冽，为了不冻着客人，主人取来一件褐氅，郭嵩焘居然披洋人衣……刘锡鸿将这些罪名，上升为有失国格，是"汉奸"行为。偏偏朝廷就有人支持刘锡鸿，郭嵩焘

终识人间有此君——文化散文

277

无法正常工作，不得不上奏朝廷，因病请辞。朝廷果然顺水推舟，免除他的职务，另派他人接任。

更让人难堪的事情还在后头。回国后，朝廷允许他休假三个月，回老家调养。但此时，关于他在外国的种种传言，早已在省城长沙传得沸沸扬扬。当他乘坐的小火轮拖木船经湘江抵达长沙时，城里的官绅骂他"勾结洋人"，声言不许他的船靠岸。他在尴尬中登上码头，百官回避，冷冷清清，仿佛他身上有传染病毒！

郭嵩焘满身疲惫，心灵上的伤痕累累，从此他愤然退出官场。不做官了，他就办学。居家的时候，发现他曾经就读过的湘水校经堂已经停办，遂与好友张自牧商量，决定立即恢复这所学校。他们筹措到了一些经费，也物色了几位有真才实学的教师。对于办学宗旨，郭嵩焘坚持要开设天文和数学；鉴于科举制度所带来的危害，他强调不要以"高官厚禄"去鼓励学生，而要引导人们注重实用。这种具有现代意识的办学思想，却被一些花岗岩脑袋视为异端，开学不到一个月，一封匿名信在长沙城里散发，说这个学堂"不讲时文试帖，而讲天文算学，其计狡毒"。要求当局"清内奸以杜外患"。竟然又把郭嵩焘当成"内奸"了！

光绪十七年（1891 年）六月十三日，郭嵩焘带着深深的遗憾与世长辞。当朝洋务大臣李鸿章与郭嵩焘是同榜进士，他们又曾同朝为官，李鸿章于是上书清乾宫，追述郭嵩焘一生为朝廷所作的贡献，要求国史馆为他立传，以及赐谥一个荣誉称号。朝廷的答复是："郭嵩焘出使外洋，所著书籍，颇滋物议，所请着不准行。"仍旧是那部《使西纪程》，朝廷一直在记恨着他。

人已不在世了，世间对他的疾恶并没有消除。他去世十年之后，光绪二十六年（1900年）八国联军进攻北京，妄图瓜分中国。全国群情激愤，义和团奋起抵抗，他们却是以血肉之躯去抵挡洋人的洋枪洋炮，结果被打得如同大堤溃决，于是就有遗祸子孙万代的《辛丑条约》订立。这时，民间怨恨转而指向洋务派，郭嵩焘竟成了民间声讨的靶子。有人上奏朝廷，要求把郭嵩焘的坟墓挖开，"腰斩郭尸以谢国人"！这一幕荒唐的闹剧最终没有成为事实。日历翻了一页又一页，到了1958年，那时中国仍然如毛泽东所形容的"一穷二白"，一些人却希望天上掉馅饼，地里能挖出一个金娃娃。在一个晴好的春日，有人竟吆喝着去挖郭嵩焘墓。墓是用三合土筑的，十分坚固，锄头根本不管用，有人用钢钎打了个炮眼，灌上炸药，轰的一声炸开了。里面是一具楠木棺材，棺材里除了一堆白骨，并无金银财宝。这时忽然乌云翻滚，大雨倾盆而下，掘墓的人纷纷四散。是一位名叫缪冬生的年轻人，冒雨收敛了郭嵩焘的遗骨。缪冬生的爷爷曾经是郭家的佃户，爷爷多次说过郭翰林的故事：满肚子学问，待人又特别仁义。出于一种对前人的尊敬，一种与人为善的本能，缪冬生用一个陶缸盛好郭翰林的骨殖，掩埋在自己父母的坟墓旁边。此后每年清明为父母扫墓时，也不忘为郭翰林献上一瓣心香。

郭嵩焘生前"谤满天下"，死后仍遭侮辱，这不是郭嵩焘个人的灾难，而是历史的不幸，甚至可以说是一个民族的悲剧。长期闭关锁国，清政府自称中国是万邦之邦，外国非夷即狄，都是化外之民。如果有人提倡西学，就是不要祖宗，就是民族的败类……郭嵩焘孤身面对的，正是这么一群愚昧无知、妄自尊大、可怜又可悲的阿Q的祖宗老阿Q！但他并没有动摇自己的信念。在他老家，有他的一帧瓷像，旁边有他本人写的一首《戏书小像》。其中的两句是："流传百代千龄后，定识人间有此人！"

2003年3月8日，当地群众将郭嵩焘的遗骨又迁了回来，安葬在原来的墓地，同时举行了隆重的祭祀仪式。新华社同日发出电讯，报道了郭墓修复的情况，说明人们已经认识到了这位改革开放先行者的历史贡献。这时，人们突然发现，这个结局却是郭嵩焘生前就预料到了的。一个人能知身后百年事，对历史发展的潮流充满着自信，他无疑是一位非凡的智者！

高官问责之后

与曾国藩有着深厚友谊的湘军人物李元度，是同治元年（1862年）被撤销一切职务，从杭州回到老家的。宦海沉浮，这次挫折几乎影响了他后半生的政治生涯。此中情形真是一言难尽。

李元度，号次青，道光元年（1821年）出生于平江县沙塅村，家境贫寒，靠父亲磨豆腐、母亲纺纱织布为生。但母亲是一位私塾先生的女儿，识得一些诗书，李元度很小就跟着母亲识字了。他天资聪明，又勤奋好学，十八岁考上秀才，二十三岁成为举人，做过黔阳县教谕（教育局长），二十九岁晋升为内阁中书。虽然只是个从七品（相当于副处级）官阶，但那是北京的内阁衙门啊，不仅可以学到很多东西，还极大地开阔了眼界。咸丰三年（1853年），他随上司有过一次东北之行。渡辽河，到奉天，广袤的北国风光，崔嵬的边关形胜，使他心胸陡然开阔，顿时立下澄清天下之志。这期间，洪秀全的太平军以不可阻挡之势，进军湖南、湖北、安徽等地。为了对付太平军，曾国藩奉旨在衡阳办团练。次年，李元度调到湖南郴州任州学训导，协助学正掌管一个地区的教育。这时，太平军的士气更加高涨了，李元度情绪激愤，根本没有心思去学政衙门署理公务了，他给曾国藩写了一封千言长信，阐述他对时局的建言。他同时作出一个重大的人生选择，辞官回到老家平江，在本地征集五百名乡勇，稍加训练，就率部直奔衡阳曾国藩的大本营。对于这样一位慷慨高歌之文人，曾国藩大为激赏，自此留他在军中参与军事。

曾国藩严格训练他最初的五千湘军。每天黎明演早操，午刻点名，日落西山后演晚操。从早到晚，演武场上尘土飞扬，杀声震天。经过将近两年的训练，曾国藩踌躇满志，率部开赴前线。但他出师不利。在长沙靖港，湘勇遭到太平军的伏击，要不是撤离得快，曾国藩本人也当了太平军的俘虏。曾国藩沮丧到极点，觉得无颜见人，准备自杀以谢罪。他甚至写好了遗嘱，交由李元度保存。尽管李元度好言相劝，趁人不注意时，曾氏还真的跳了河！被人救起后，李元度陪着曾国藩，更是形影不离，"宛转护持，入则欢愉相对，出则雪涕鸣愤"。在后来困守江西的日子里，倾力辅助落难英雄曾国藩的，也是李元度。以致曾国藩在回湘乡老家奔父丧期间，写信给李元度，衷心地表达他的感激之情，说这种情感"不随有生以俱尽"，曾国藩甚至提议把自己的侄女许配给李元度的儿子，"缔婚姻而申永好，以明不敢负义之心"。

然而，正是这位共历患难，生死相托的朋友，六年之后，把李元度撤职除名让他回家吃老米了！

事情起因于咸丰十年（1860年）春，太平军全面出击，江苏、浙江、安徽等地告急。曾国藩此时已是两江总督了，本来已被派到浙西的李元度，被曾国藩奏请皇上，调去皖南，驰援徽州（今黄山市）。那时，曾国藩的总督衙门设在祁门。如果徽州失守，祁门就失去了屏障。此役牵涉全局，曾国藩对李元度寄予厚望。李元度似乎也胸有成竹，行前立下军令状：长毛撼山易，撼平江勇难。有平江勇在，徽州城决不会缺一个角！然而，李元度毕竟是文人带兵，他没有估计到太平军是以十万之众来攻打徽州的，加之原来的守城部队出了奸细，大约就在李元度接防的第九天晚上，奸细与太平军里应外合，打开城门让敌人进城，平江勇不战而退，李元度几濒于死，经奋力突围，才逃出城外。

徽州失守，祁门变成了前线，曾国藩部署全被打乱。尽管曾国藩与李元度是患难之交，但军中无戏言啊，他还是向皇上写了一个弹劾的参本：将李元度除名归里。

从铁马金戈、血肉横飞的战场，回到触目为青山绿水的家乡，李元度心里一点也不平静。当年他带着立德立功的狂热投笔从戎，现在，他既为辜负了曾国藩的重托而深感内疚，同时也有在哪里跌倒就在哪里爬起来的志向。恰在此时，杭州告急，浙江巡抚王有龄召他增援。李元度又在平江招募八千名乡勇，号称"安越军"，从平江、通城一路追击太平军李秀成部，第二年九月进入浙江省，与左宗棠互相配合，打掉了太平军李世贤的部队，这样，他升任浙江盐运使、按察使。谁知曾国藩很不高兴。李元度徽州失守受了处分，不好好待在家里闭门思过，也不等候审查结论，就在家乡招兵买马，说明你根本没有认识自己的错误，于是再次向皇上参本弹劾：该员治军一味宽纵，多用亲族子弟。平日文理尚优，带勇非其所长。那时曾国藩的声势正如日中天，皇上不仅批准了曾国藩的奏折，还降旨将李元度"发往军台效力"。军台是设在新疆、蒙古一带的邮驿，专门负责西、北两路军报和文书的递送。李元度实际上被发配到大漠边关，到那里当邮递员去了！后来经过左宗棠、沈葆桢、李鸿章等联名奏保，皇上才收回成命，李元度得以免遣戍边，放归乡里。

如果说第一次革职是对李元度丢失徽州的问责，那么，第二次遭弹劾，包括曾国藩的得意门生李鸿章在内，都觉得有些过分。有人甚至觉得，这是曾国藩的心胸狭窄之故。因为曾国藩与浙江巡抚王有龄早有嫌隙，李元度原本属于湘军，你在这里受了处分，却改换门庭，跑去投奔王有龄，曾国藩就不能容忍。而李元度一门心思要将功补过，不料犯了官场的大忌：进错了门，站错了队！他除了自认倒霉，同时也觉得冤枉。他从杭州返回平江时，途经鹰潭，那天适逢中秋。此前一年，他与太平军在此曾有过一场血战，虽然打得很艰苦，但打了胜仗，人们至今记忆犹新。晚上，皓月当空，清风拂面，当地朋友陪他夜游信江。大家一边赏月，一边喝酒，李元度直喝得酩酊大醉。他的苦闷和委屈一齐涌上心头。他在游船上写了一首《壬戌中秋夜，泛舟信江》："我不识开辟至今曾历几中秋？又不识金乌玉兔东驰西骤何时休？问天天不语，问月月当头。前有千秋后万世，我生此际

江湖之远
Jianghu
Zhiyuan

微如海粟浮如沤。长江滚滚难洗今古愁！……"郁结在心中的苦闷，如同冲出的闸门洪水，以致使这首诗更像一首现代诗人的作品。几天后回到平江老家，他又写道："覆雨翻云事非常，拂衣归去卧柴桑。一官鸡肋醒残梦，万卷牛腰当宦囊。往事如风过马耳，世途涉险甚羊肠……"（《自江山归里门》）沮丧之情浮现于字里行间。

他努力使自己适应赋闲的生活。他在自家房子的东侧，筑了一个花圃，修了几间房子，作为读书奉母的处所。初夏动工，九月落成，他亲题匾额：超园。他很是得意，有《超园小记》为证："春秋佳日，奉太夫人行花畦竹径间，闻儿辈读书声，顾而乐之。客至则网鱼于池，摘蔬于圃，怡然自足。"俨然是"采菊东篱下"的陶渊明！

李元度生性风趣幽默，他又工诗善对，这期间，他在乡下留下许多逸闻笑谈。一位乡友准备在小镇开个茶馆，请李元度写对联。李元度提笔写道："忙里偷闲，且喝一杯茶去；苦中作乐，再斟二两酒来。"这也许是李元度自己的心灵写照。尽管调子比较低沉，还有点玩世不恭的味道，但因为是李元度写的，老板也不好不贴上去。还有一次，他在村前小河边散步，正遇有人问路。李元度嫌人家太唐突，以白眼待之。问路人便谦恭地问先生贵姓，李元度随口说："骑青牛，过函谷，著道德五千言，老子姓李。"似有意卖弄。问路者连声称久仰，但人家也不是白丁，不卑不亢地回应道："斩白蛇，入咸阳，兴汉家四百载，高祖是刘。"李元度讨了个没趣……诸如此类的故事，在他的家乡广为流传，从一个侧面反映出李元度苦闷的心境与无奈。

　　然而，他毕竟是一位饱读诗书的学人，传承了中国知识分子"不戚戚于贫贱，不汲汲于富贵"的人文品格，他很快就从落寞的心态中走了出来，从而使他在严峻的现实中获得一种从容。他发起并编纂《平江县志》，参与《湖南省志》的编写，在家乡创办爽溪书院，发起并主持修葺杜甫墓……这期间，他还完成了《国朝先正事略》《天岳山馆文抄》《天岳山馆诗抄》《古文话》《四书讲义》等三十多种著述，自成一家之言，这些作品至今都具有相当高的学术价值。

　　李元度并不满足于此，他"平生报国心犹在"。两年之后，洪秀全病逝，不久湘军攻克南京，李元度闻讯后，为湘军的胜利而欢欣鼓舞。他忘了自己是一名已被削职为民的人，他奋笔疾书于曾国藩，提醒他注意外国势力的干涉。他说，收复南京"由乱而治，事同开创。加之岛夷逼伺，其狡狯不可测。宜必有邃谋深识，消患于未形"。因此他提出要十分关注民生，他说："图治必以教养为先，在今日则应养先于教。养之事又莫急于农田水利……"他建议招纳在外流亡人员开垦荒地；如遇水旱，免除税赋要与赈灾并行；官府要革除铺张浪费，禁止侵牟百姓，要使老百姓休养生息……官场受挫，蛰居山区，却仍然关注现实，仍然心忧天下，这种强烈的感时忧国的使命意识，岂是一些只以个人进退为念者可及？

　　李元度的一片赤诚，也触动了曾国藩。加上李鸿章、彭玉麟等人多次进言，曾国藩便向皇上写了一份奏折，说：

"李元度下笔千言，兼人之才，臣昔弹劾太严，至今内疚。"请求朝廷重新起用李元度。但官场的事情比较复杂，曾国藩的保荐被吏部否决了，李元度仍然不能复出。又过了一年，贵州发生苗民起义，可能实在找不出什么人来了，皇上于是特诏起用李元度，命他率部援黔。在赴贵州平乱中，他坚定顽强，又辅以适当的民族政策，经过数次激战，终于攻克贵州荆竹园险寨，擒获起义首领，"为贵州地方廓清五六百里"。朝廷念其功劳，授他云南省按察使。但他因身体原因未能赴任，请准回故里休养。

李元度是曾国藩热情的追随者，两人又是患难之交，由于徽州失守，曾国藩坚决弹劾他。那弹劾的奏折是由曾国藩本人亲笔所写的，表明他毫不留情。然而，李元度在居乡期间写的大量诗文中，却没有流露半点对曾国藩的怨恨，反而充满了自责和愧疚。他在援黔军中，有一首怀念曾国藩的诗："赤手奠神州，惟诚能动众。平生我负公，独茹穷途恸。"（《军中夜坐》）他为辜负了曾国藩的厚望而深深自责。同治十一年（1872 年），曾国藩在南京病逝，李元度闻信后，一边哭，一边写挽诗十二章，云："一夕大星落，风雷薄海惊。九重悲上相，万里失长城。"表达他的震惊和悲痛。挽诗叙述了曾国藩的丰功伟绩之后，又写了对他的怀念。"一别十三载，相思欲断肠。"对于曾国藩对他的弹劾，李元度说："雷霆与雨露，一例是春风。"他不仅原谅了曾国藩，还把那雷霆万钧之势的弹劾，当作是和煦的春风，也是对他的爱护。挽诗最后说："程门今已矣，立雪再生来！"无论今生和来世，曾国藩都是他永远的老师！

曾国藩的灵堂设在南京，李元度无法亲临致祭，他写了长篇《祭文》寄去，托友人代为祭祀："呜呼！生我者父，知我者公。公之于我，地拓海容。我实负公，羊鹤鼪蒙毛。匪我异趣，赋命则穷。时艰世格，力不心从……"李元度把曾国藩比作古时候的羊祜，把自己比作羊祜家的鹤。羊祜家来了客人，羊祜要鹤给客人表演，鹤故意不从。李元度想借此说明，他与羊祜家的鹤不同，面对艰难时局，他力不从心，他辜负了曾国藩的信任与重托！

李元度的这种情怀是出自于内心的。两年之后，曾国藩的灵柩由南京运回湖南，下葬于长沙乡下，李元度专程去祭祀。第二年春，李元度东游南京，于农历花朝日（农历二月十五日）拜谒曾国藩金陵专祠，表达他永远的怀念。

李元度三十三岁投笔从戎，四十岁因丢掉徽州而被除名回老家，四十二岁还差点被遣送到北国边关，戈壁沙漠，可谓一失足而成千古恨！许多人都为他抱不平。但他没有怨天尤人，没有牢骚满腹，更没有托门子送礼说情。因为他知道，尽管是因奸细里应外合造成徽州失守，但作为统领部队的最高指挥官，难道一个"失察""疏忽"或者"交了学费"就可以了事的么?！孔子告诫他的弟子："知耻近乎勇。"他的弟子曾参则说："吾日三省吾身。"贪功诿过，绝对不是饱受圣贤教诲的李元度的选项。中国传统文化超越时空的穿透力，在李元度身上得到最完美的印证，如此，他的人格和情操才使我们顿生敬意！

光绪十年（1884年），中法战争爆发，国难思良将，次年春，慈禧太后召见李元度。六十五岁的李元度被授贵州布政使兼按察使，负责全省的政务和刑狱。他果然不负众望，在任三年多，政绩斐然。真是老骥伏枥，志在千里啊！超负荷的工作量，终于使他病倒了。药石未能使他转危为安，光绪十三年（1887年）农历九月二十七日，李元度在贵州布政使公署辞世，堪称以身殉职。据《贵州通志·卷十一》载："李元度在黔，剪巨恶，劾墨吏，兴蚕桑，设矿局……善政多可纪。"

孟子有言："得志，泽加于民；不得志，修身见于世。"这是在历史的大潮中，中国文人对待个人进退的传统方式。湘人李元度对此无疑是身体力行的！

刘璈在台湾

刘璈的最高职务是"道员",尊称为"道台"。这样的官衔现在很陌生。在清代,道台是省(巡抚)与府(知府)之间的地方军政长官。那时,省的上面还有一级,总督。比如刘璈的老上司左宗棠,就当过"两江总督""闽浙总督"……于是形成了县、府、道、省、督、朝廷(中央)的建制。架屋叠床,机构重叠,官员队伍很是庞大。目的就一个,为了严密控制。因为那是封建专制王朝,不可能有别的选择。当然,"道台"的级别也不算低,只是中国的历史太悠久了,官员队伍如恒河沙数,人数多得数不过来。如果没有什么特殊的故事,任你好大的官,也不过是一片转瞬即逝的浮云罢了。

但是,刘璈却是在一个特殊的地方——台湾、一个特殊的历史时段——法国进攻台湾,担任这个职务的。任职期间,他有不少建树,尤其是顽强抵抗了法国军队的入侵。这些,台湾地方志都有详细的记载。恼火的是,因为官场权斗,他最后离开时被弄得很惨,逮捕抄家,判处"斩监候(死缓)",自然就引起看客们的围观。

冲锋在前

一

刘璈是光绪七年（1881 年）四月初八，被任命为台湾
道的。他的前任张梦元升官了，被提升为福建省按察使。朝
廷选调刘璈，并不是临时动议。七年前，刘璈有过在台湾工
作的经历。再说，刘璈的官声一直很好。

刘璈，湖南临湘人，道光八年（1828 年）出生。临湘
在湘江和洞庭湖的尾上，以滨临湘水而得名。地处江南水
乡，刘璈家却是在一处树木葱茏的山坳里。那一片地域现在
已划至云溪区，但村里住的，仍然是刘姓居民。虽然不是刘
璈的直系后裔，他们至今都以刘璈为家族的荣光。笔者在那
里见到一帧刘璈的照片。浓眉大眼，十分精干，看样子就是
一位有主见、行事雷厉风行的人物。

刘璈出身农家，父亲种庄田，也就是租种大户人家成片
的水田。按现在的说法，叫"种粮大户"。相对于一般佃农，
实力就雄厚多了。又因他天资聪颖，父亲没有让他下田干农
活，而是上学读书。他也拜师学过武艺。当他十八岁考中了
秀才之后，没有再继续深造，就在家乡设馆教书。这期间，
洪秀全的太平军兴起，蜂拥进入湖南，引起社会剧烈动荡，
刘璈作为乡村知识分子，十分关注时局的变化。又因为曾国
藩奉旨在衡阳练兵，广纳各方人才，年轻人都很躁动。刚刚
入门做私塾先生的刘璈，再也无法沉默，毅然投笔从戎。当
然，刘璈从小接受的教育是孔孟之道，讲究忠君尊礼，于是
去了曾国藩麾下湘军将领王鑫的"老湘营"，担任文职。后

来，王鑫想扩充自己的队伍，便指派刘璈回临湘招兵买马办团练。团练，即乡勇民兵。本乡本土，人熟地熟，刘璈倡办的团练，在抵御太平军，维护地方治安等方面，都有不俗的表现。只是王鑫后来病逝，以刘璈的人望和资历，还不能独擎大旗。经过多方联系沟通，咸丰十一年（1861 年），刘璈正式归入左宗棠的部下。从此，他跟着左宗棠，转战江西、浙江，冲锋陷阵，立下了许多功劳。同治二年（1863 年），左宗棠被任命为闽浙总督兼浙江巡抚，恰逢台州府黄岩县境发生土匪聚众起事，竖旗立寨，官军进剿反被叛军所败，台州知府和黄岩县令被朝廷撤职。刘璈被临时抓差，由左宗棠委派署理台州。

　　"署理"就是临时代理的意思。按照当时的规定，朝廷通过科举考试选拔官员，那些考中进士、举人者入仕为官。刘璈只是个秀才，还是受人荐举，不属于国家官员序列。但是，成功的荣光是为那些有抱负且执着的人准备的。既然已经给了台州这样一个舞台，他就一定要抓住这个机会，创造一个奇迹！

　　台州东临大海，从明朝开始，倭寇侵扰。当年戚继光抗倭，就是以台州为基地的。此地民风彪悍，近年来土匪斩木为兵，打家劫舍。海盗也上岸奸淫掳掠。刘璈到职后，擒贼先擒王，诱捕了土匪头子，用铁腕肃清匪患，接着设伏阻击海盗，阴霾弥漫的台州天空，很快就风扫乌云开。社会安定之后，他着力开通河道，筑堤防洪，大力兴办教育，开发民智。由于政绩斐然，同治七年（1868 年）正月二十六日，皇帝降旨嘉勉："台州府属土匪纵横已久，经知府刘璈督饬将弁官绅，将历年著名土匪一律歼除，地方赖以安谧，尚属著有微劳，自应量予奖励"云云。第二年，刘璈被实授台州知府，这是朝廷的正式任命，类似于临时工转正。四年后卸任，他在台州实际任职九年时间。卸任后，台州士民感受于他的勤勉和清正，一致呼吁为刘璈立碑。这块现藏于台州市博物馆的石碑，记述了刘璈在台州做的五十九件实事。政声人去后，民意闲谈中。由此证明，抱负与执着，能成就一个人。

刘璈在台州时，他的老上司左宗棠已率部去西北戍边。他曾给左宗棠写信，希望卸任后去西北。但这时，台湾发生了一件大事。琉球一艘商船，在台湾附近洋面遭遇飓风，到台东八瑶湾避风，竟被岸上的牡丹社番民劫杀五十四人。日本驻北京使节突然向清廷总理衙门兴师问罪。总理衙门说："台湾、琉球都为我领土。属土之人相杀，裁决在我。我恤琉人自有措置，毋须贵国过问。"日本人横蛮无理，而且不依不饶，竟然派兵至台湾南端社寮港登陆，大有要用枪杆子说话的意思。虽有军民极力主战，朝廷却害怕事情闹大，想息事宁人，赔了日本五十万银子，还眼睁睁地看着日本霸占了琉球，自此带来长时期的海疆不安。

亡羊补牢，清廷委派船政大臣沈葆桢为钦差大臣，加固台防。沈葆桢早就听说刘璈在台州的表现，他急需各种干才，于是向朝廷请调。刘璈应命来台后，被沈葆桢任命为行营营务处主管。负责"开山抚番"，筹建恒春县城。

恒春现在隶属于屏东县，光绪年间设县置，是原住民高山族聚居的地方，那时被称为"番民"。番，按照汉字的解释，亦为"排序号"，比如"番号"。因为自古以来，中国自视为"中央之国"，把外国人和少数民族都视为"番"。台湾的番民，也许是长时间生活在一个天高皇帝远的地方，他们与官府对立情绪十分严重。番民又几乎全是文盲，语言不通，根本无法交流。官府对番民的政策，多是打压。又因为闽浙一带的移民大量涌入，大量开荒，大大地挤压了番民的生存空间，番、汉矛盾越来越多。一次，沈葆桢命令刘璈率领兵勇，去平定一起番民聚众闹事。刘璈觉得不妥，不能采用武力手段对付番民，应当以相对平和的方式解决。凑巧的是，在这节骨眼上，他接到家书，老父去世。按那时的规定，双亲去世，要回老家守孝，称"丁忧"。他的设想无法实施，他本人也回避了军事围攻番社的行动。

这一次，刘璈在台湾工作的时间很短，大约四个多月。他是一位喜欢动脑子的人。觉得必须改变对番民的政策，决不能打压。他提出了"开山抚番"的构想："平等友好待番，教化帮助益番，和谐相处安番。"他将这些想法，写成《开山抚番条陈》，向上级报告，也算是他在台湾短期工作的一点收获。

二

所谓《开山抚番条陈》，其实就是一份建议书，大约有两千多字。刘璈这种级别的官员，写了这么一个东西，可能根本到不了皇帝的案头。但是，有一个人却看到了这个《开山抚番条陈》，并且引起了共鸣，他就是张之洞。

坊间传说张之洞是一位生活上非常散淡的人。起居无常，号令无节，行为乖张。但他同时又是一位有见地、内心定力极强的实业家，教育家。河北沧州人。为谋求国家富强，奋斗了大半辈子。毛泽东曾经说："提起中国的民族工业，重工业，不能忘记张之洞。"那时的张之洞，正在翰林院任侍读，陪皇帝读书。这样的岗位，自然是消息灵通，视野开阔。而他又勤于思考。他已隐隐约约感觉到，列强正对中国虎视眈眈。于是在光绪六年（1880年）十月初一，他向朝廷写了一个关于"台防"意见书，其中特别推荐刘璈去主政台湾。其实，此时的台湾道是张梦元。天津人，举人出身，学位比刘璈高，在台湾的工作也中规中矩，实在也挑不出什么毛病。张之洞却固执己见，坚持向朝廷推荐刘璈。

张之洞关心时局，而且很有超前意识。自鸦片战争以来，列强觊觎中国，尤其是日本。据说日本人内心总是不服气，觉得他们是优秀人种，却居住在没有纵深、没有资源、且气候恶劣的狭窄的岛屿上，因此总想对外扩张。张之洞觉得，如果日本人动了歪心，"南北海防他无足虑，北洋兵力尚厚，不能攻也；上海洋商所萃，不敢扰也。所防者，惟台湾为急"。尽管此时台湾海面上风平浪静，张之洞还是向皇帝递了一个奏折。

夫议台防者已五、六年矣，而毫无成效者，不得人故也。闽省兵既不练，将才又少。窃闻甘肃军营差委候补道刘璈，曩在左宗棠军中，才识雄毅，兼有权略；前官浙西，治行第一。曾随沈葆桢赴台，办理倭案。闻其平居私议，自谓恶寒喜热，若有事台湾，慨然愿以身用。(《张文襄公全集·奏议三》)

张之洞还说，"夫日本灭球，乃垂涎台湾之渐。为保台湾计、为保闽浙计"，希望皇上尽快作出决定。

张之洞的折子上奏皇上的时候，刘璈对此一无所知。他结束"丁忧"之后，没有再回台湾，而是去了甘肃，跟着老上司左宗棠转战西北。做过左宗棠部的营务处总理、甘肃织呢局主管，为辅佐主师做了许多有益的工作。此刻，刘璈被左宗棠任命为兰州道台，他正忙得不可开交。再说，刘璈与张之洞也素无交往。有趣的是，张之洞不仅知道他在台州的成绩，也知道他在台湾短暂时间的表现与思考。甚至刘璈的一些闲闻轶事，张之洞也写进了奏折。比如，左宗棠为了收复新疆，将他的大本营移师新疆哈密。戈壁滩上气候温差变化大，晚上奇冷，有民谣为证：早穿皮袄午穿纱，晚上抱着火炉啃西瓜。刘璈一次去给左宗棠报告工作，晚上冻得直打哆嗦，就埋怨说：这个地方真冷。我宁愿过热天，也不愿过冬天，我们南方人怕冷不怕热！

这种不经意的闲聊，不知怎么也让张之洞知道了，竟然作为推荐刘璈去台湾的理由，由他直接报告给了皇帝。

张之洞有一句名言："中国不贫于财，而贫于人才。"他极为重视人才的发现与培养。这个推荐刘璈的《台防重要敬举人才片》，就是一个极好的例证。

这是光绪六年（1880年）十月间的事。不久，左宗棠结束了十五年靖边生涯，为国家收复了大片失地，回到了北京。朝廷命他入值军机，管理兵部事务。他一直是赏识刘璈的，也有意提拔他。既然有张之洞的提议，左宗棠自然是极力支持。光绪七年（1881年）四月八日，朝廷正式任命刘璈为台湾道。在唐代，道相当于省。当时的台湾道，则是隶属于福建省。刘璈此番任台湾兵备道，是台湾地方最高军政领导人。朝廷赐予二品顶戴按察使衔。怎么说也是个副省级吧。并无过硬学历的刘璈，凭着自己的勤奋刻苦，清廉和正直，跻身于高官行列！

三

刘璈是抱着一种为国家效命，为台湾百姓服务的神圣感情，而去走马上任的。他在台湾民众面前第一次亮相，如果不是有历史记录在案，读者也许觉得作者是在编小说了。刘璈到任后不久，台南城的一处商业街区突发大火。那天是农历八月初十，气温很高，风又大，火借风威，顿时火焰冲天。城中一片大呼小叫，惊慌失措。如不及时扑灭，大火将殃及全城，造成不可估量的损失。这时，只见一位官员模样的人，急奔而来。这就是新上任的台湾道台刘璈！他幼年练过武功，这些年走南闯北，入职官场，平时为了健身，早晚也是常来几下子的。没想到来到这海外天涯，幼时学的武功终于派上了用场。只见他双手一甩，就脱掉官服，束紧了腰带。然后纵身跃起，登上了屋顶。这是无声的命令，由于刘璈冲锋在前，跟着就有人跳上屋顶。大家齐心合力，掀瓦撬梁，不多一会儿，就断开了火路，大火没有再蔓延，很快全部扑灭。台湾本土籍历史学家连横曾有精彩描述："郡中大火，毁商廛数十，烈焰冲天，众莫敢迩。璈闻警，短衣缚裤，跃登屋上，麾兵拆屋，遏火路，郡人感之。"（连横《台湾通史》680页）

刘璈奋不顾身扑灭大火，如果是一位普通人，完全可以授予其"见义勇为"的英雄称号。而作为台湾的主政官员，一把手，就与后来的焦裕禄、孔繁森有得一比！刘璈是副省级，比焦、孔二位的职级要高。这与我们平时在影视作品里见到的清代官员，迈着鹅行鸭步，用清音圆润的声调打着官腔，完全不是一回事。

在这次大火之前的六月中旬、闰七月初，台湾经历了两次台风，造成了很大损失。刘璈丝毫不敢懈怠，迅速组织救灾。澎湖风灾严重，受灾面积大，他一面向上级报告，请求支援。一面筹买粮米，由轮船运往灾区，送到灾民手中。城里火灾过后，他又主持重建家园，尽快恢复城市正常生活。台南目前已然是一个很美很发达的现代化城市，当然也包括了当年主政官员刘璈的贡献！

刘璈这些看得见摸得着的行动，在台湾传为美谈。百姓都觉得他是一位可以亲近的官员。这对于推行他的施政方针，带来了极大的益处。七年前他的那个《开山抚番条陈》，终于可以由他自己来付诸实践了。

台湾四面环海，地势狭长，南北千里，东西则二三百里。而东面多是高山峡谷。台湾的原住民，也就是番民，大都生活在高山峡谷之中。有一位湖南湘阴人黄逢昶，十多年前曾在台北府任职，他著有一部《台北杂记》（**岳麓书社 2011 年版**），描述了台湾的风土人情。在他的笔下，番民们住在"风藤缠挂傀儡山，山前山后阴且寒"的地方，他们的房子"蕉叶为庐竹为壁，松枝作瓦柏作椽。中有毛人聚赤族，群作鸟语攀云端"。完全是一派荒凉原始的生活状态。这些人被称为"生番"。当然，也有一些番民渐渐融入社会，亦被称为"熟番"。但当时的台湾社会是"人畏生番猛如虎，人视熟番贱如土。强者畏之弱者欺，无乃人心太不古"（**黄逢昶《熟番歌》**）。越是贫穷落后，"弱肉强食""成王败寇"的生存法则越是铁硬冷峻。刘璈第一次来台湾时，就强烈地感觉到现实的严酷，现在，在其位而谋其政，他开始实施他对台湾治理的构想。

一是修路。他说，开路抚番，宜变通也。路不开通，番无由抚。他决定修建南、北、中三条路，每路设立"开抚善后局"，由委员督办。具体操作上，他首先组织专业人员做好勘察工作，作出具体规划，然后划分成若干小段，由当地百姓负责修筑。规定什么时候完成，核发多少布、米、盐、酒。督办委员及时检查督促，及时政策兑现，发放物资。

二是办学。台湾经常发生番民械斗，原因就是语言文字不通，无法交流讲道理。路修成了，刘璈着手办学。他说："就番设学，求通情也。"在居民较多、又靠近新修的路边，起造平屋，作为学馆。学馆派教师一人，教师多是从福建移民中的文化人。此外，每个学馆还配一名"通事"——即翻译。因为原住民的语言，掺杂了多种因素。据光绪十年（1884年）刻本《台湾小志》说："生番之语言，出自马来者六分之一，出自吕宋（菲律宾）者十分之一……说者自谓从南洋某岛迁来。"现在，学馆要用汉语教学，就必须有翻译作中介，否则就上不成课。学生则由各社区选送，因为是初次办学，年龄要求比较宽松：十岁以上，二十岁以下。每个学馆二十人。学生每天免费供应伙食两顿，还酌情发给衣服和鞋帽。远的可以寄宿，近的也允许晚归。……所有举措，都是为了使他们尽快融入现代社会，使文明的曙光照进山区。

刘璈痛感这个化外之地的落后，他不仅办学馆，还利用一切机会，普及文化知识。他开展"一日一句"的活动。要求"官勇"——即国家军队的军人，在值勤时，每次要教给番民一句官话，一句土话。一天教一句。他说："以学传学，以番化番，番与官民，在在通气。不特路工无阻，而习俗渐近矣！"

他坚决反对对番民采取打压的政策。他说："诚得其人，得其法，该番未有不受其抚者。"（刘璈《巡台退思录》第246页）有一次，一个叫陈阿兴的兵勇，持枪护送炊事员去河边挑水，被十余名生番拿着棍棒追打。陈阿兴奋力救护，竟被这些生番杀死。管带（营长）孙迎春立即集合队伍，准备去围剿。刘璈得知后，坚决制止。他告诫孙迎春："办番之法，与办匪不同。生番僻处深山，未被教化，不知杀人偿命之条，故猎人如兽。"（《巡台退思录》第249页）因此不能派兵去围攻番社。刘璈曾明令全台各官军部队："以后生番杀人，应即明令缴械，切不可兵勇效番，伏山截杀。"他要管带孙迎春带上通事（翻译），去那个番社查出真凶，然后告诉他们，杀人要偿命，这是国家法律。犯了法，就要依律惩处。讲清道理再抓人，不能鲁莽。在这种化外之地，刘璈首先要做的，是最基本的"普法教育"，然后才能执法。可以想见工作之艰难！

那时台湾的首府在台南，他全力抓发展经济，整顿煤矿生产，规范盐、洋（西）药等关系到国计民生的行业，进行严格管理，健全税收，增加财政收入。为官一任，造福一方，他要尽快改变台南面貌。

但是，树欲静而风不止，西方列强总是不让你安生。这时，法国侵略越南，进而把战火烧向中国东南沿海，台湾忽然之间成了前线。

朝廷发出谕旨，要求沿海各省的海岸口要修筑炮台、储备军械、调集兵员，做好应对准备。刘璈丝毫不敢懈怠。在他入台时，就对兵勇进行了一番整顿。现在，他把全台划分为五个防区，根据中法武器优劣对比，他指示各防区："不求角力于水面，只求制胜于陆地。"这就是说，咱们不跟他在水上硬拼，却跟他在陆地上玩儿。底线是，绝不能让敌人上岸，要在海滩上打。基于这样的构想，他在五处修筑炮台，添置武器，筹措经费，严明军纪，制定赏罚章程，并且把渔民组织起来，创办团练渔团……未雨绸缪，为迎击敌人做好一切准备。

当然，这是一场涉外战争，牵涉到全国，很多事情不是一个道员所能处理得了的。因此，他请求上级派更高级别的官员来台加强领导。这时，朝廷决定派刘铭传以巡抚衔主持台湾事务。万万没有想到的是，刘璈竟然招来了杀身之祸！

四

这不是三言两语能够说得清楚的。

刘铭传，安徽合肥人。排行第六，脸上有麻点，人称刘六麻子。乡下人爱逗乐，说：十个麻子九个怪。笔者完全没有亵渎刘铭传的意思。他性情豪爽，讲究江湖义气。同治二年（1862 年），曾国藩指派李鸿章回安徽招募淮军，刘铭传投奔了李鸿章。他在与太平军、捻军的作战中，渐渐成为淮军的主力，三年时间，由千总升至淮军的最高军阶——总兵。这期间，他也曾短暂地归入左宗棠的麾下。中国的旧式军队，派系比较明显。虽然他在湘军和淮军都待过，曾国藩、左宗棠、李鸿章，都做过他的上级，应当说，他不属于其中任何一方。但李鸿章是他最初的长官，他们又是同乡，自然就走得勤。同治九年（1869 年），因他的一队士兵在陕

刘璈在台湾 ——文化散文

303

甘哗变，刘铭传受到革职处分。他便心灰意冷，回到老家。为了打发余生，他大兴土木，建设起豪华庄园。在老家闲居了十多年之后，这时，国事日益衰败，外患日益严重。刘铭传也十分忧虑。光绪十年（1884年）六月，法国侵略者把战火烧到台湾海面，前方告急，国家正在用人之际，又有李鸿章推荐，朝廷传令刘铭传入京，任命他为巡抚衔督办台湾军务。这样，刘铭传就成了刘璈的顶头上司。

过去，刘璈与刘铭传并无个人交集。他们却是来自不同的门户。因派别不同而产生偏见，这是官场中一种怎么也不能清除的病毒。刘铭传的偶像李鸿章与刘璈崇拜的左宗棠，大约十年前，他们曾有过一场"塞防"与"海防"之争。李鸿章上书朝廷，建议放弃"塞防"，裁撤左宗棠的西征军，将"塞防"的经费用于"海防"。左宗棠则坚持新疆不保，国家"将无晏眠之日"。……两人针锋相对，引发了当时的一场大争论。他们的下属也因此互生成见。曾经的政见分歧，当事人如果有了心理缺陷，就会形成灾难。当我们回眸历史，刘铭传以巡抚的官阶入台，主政台湾八年，劳心费力，建树不少。但在他内心深处的某一个角落，是否也有一片阳光照不到的阴霾呢？

让我们把时间再往前推十七年前，同治六年（1867年），湘军的鲍超与淮军的刘铭传约定，在湖北隆河夹击东捻军。刘铭传可能是想抢头功，竟然提前发动了攻势，结果反而被东捻军包围，损失惨重。正在危急万分的时刻，鲍超的部队如期而至，从后面攻击东捻军，歼敌一万余人，使重围之中的刘铭传得以脱身。鲍超还夺回了刘铭传部丢失的洋枪四百支，号衣数千件，以及刘铭传本人在慌乱中丢失的官帽——红顶花翎。也不知鲍超是出于一种隆重呢，还是故意要闹一点恶作剧，第二天，鲍超将刘铭传逃跑时丢下的红顶花翎帽，绣有玫瑰花的官服，还有其他一些个人物品，用轿子抬着，连同兵勇丢失的枪支，敲锣打鼓，送还给刘铭传。这让刘铭传很是难堪，觉得受到了羞辱。为解心头之恨，反而告了鲍超一状，说是他贻误战机，才造成刘铭传部的被动。那时，李鸿章被任命为钦差大臣，接办剿捻事务。李鸿章新接兵符，湘军的鲍超个性倔强，傲桀不驯，他十分恼火；同时又觉得爱将刘铭传使他脸上无光，便以鲍超"失机冒功"之罪，上奏朝廷，要将鲍超问斩。官司打到军机大臣汪元方那里。汪元方也很棘手。鲍超至少没有丢失阵地，但又不愿拂李鸿章的面子，便来了个折中，改为"严责"，通报批评一下罢了。鲍超却是一个血气方刚的角色，上峰竟然如此黑白颠倒，一气之下，称病辞职引退，他的部队也随之解散。

刘铭传以怨报德，输掉的却是人格。台湾历史学家苏同炳著《刘璈传》，对这件事的来龙去脉，有极为详细的叙述。

后来刘铭传又故伎重演，也状告过左宗棠。但左宗棠在新疆有大功，气势正隆，刘铭传只得悄然收场。

由于有这么一些陈年烂芝麻瘪谷子撂在那里，这一次，朝廷派刘铭传主政台湾，他就带着一种先入为主的成见，认为"老湘营"的刘璈肯定不会合作。刘铭传是光绪十年（1884年）农历闰五月初四接到朝廷任命的，人在北京还没有动身，就开始贬损刘璈。闰五月十二日皇帝接见，十六日便向皇帝写奏折，说："颇闻台湾驻防之兵数虽二万，操练不力，器械不精，必待来操，方能御敌……"其时，刘璈已经在台湾真抓实干了三年！刘铭传从来没有去过台湾，你怎么就知道刘璈"操练不力，器械不精"呢？接着，刘铭传又向皇帝诉苦："连日会商北洋大臣李鸿章，深虑微臣临难渡台，孤身无助，恐难控台军……"这篇收入《刘铭传文集》（黄山出版社1997年版）的奏折，表明随着刘铭传的到来，官场权斗的"木马病毒"就已经入侵台湾政坛。刘铭传显然是把对湘军的气撒到刘璈头上了！

八天后，刘铭传抵达台湾，是从基隆上岸的。在此之前，刘璈作为道员，是台湾岛的军政实际负责人，重大事情向福建巡抚请示报告。由于法国入侵，刘璈请求上级派人来加强领导，现在，刘铭传以巡抚衔来台湾，直接领导台湾道刘璈，刘璈是否"叶公好龙"，我们无法推测。但在能够找到的历史资料上，在八月十三日之前，无论政务军务，刘璈可以说是勤请示、多汇报，对刘铭传的各种指示，也是深刻领会，认真贯彻，绝对保持一致的。

八月十三日，那真是一个黑色的日子！

这一天，法军进攻基隆，由于我军英勇奋战，法军没有占到便宜，灰溜溜地撤退了。但到晚间，忽然接到谍报，法军副舰队司令李士卑率兵攻打沪尾。作为守将，刘铭传竟一时慌了手脚。沪尾距台北三十里，沪尾不保，恐危及台北，束手无策的刘铭传，就打算撤兵放弃基隆！刘璈十分震惊，众多官员一致反对。关于当时的情形，历史学家连横有明确记载："各提督力谏。"刘铭传"不听"。（连横《台湾通史》第675页）结果基隆失守。

丢失基隆是一件大事。近年有学界人士说，刘铭传是为了诱敌深入而主动放弃基隆，所谓"撤基保沪"。不对，如果是战略考虑，事前必须报告上级，并得到批准。七月中旬，左宗棠已被任命为钦差大臣督办福建军务，主持对法作战事宜，已在福州大本营坐镇。按照程序，刘铭传就应当向左宗棠报告。但刘铭传是李鸿章的人，与左一向格格不入。也可能想着"将在外，君命有所不从"。更深层次的原因，或许还涉及对中法战争的总体看法。李鸿章是主张和的，左宗棠却是一位坚定的主战派。这场战争打了一年多，本来取得了重大胜利，李鸿章却与法国签订了《中法停战协定》。承认法国是越南的宗主国，打了胜仗却屈辱求和。七十年后，中国又帮助越南打抗法战争，才把法国人从越南赶走。老子著《道德经》："治大国若烹小鲜。"人们对李鸿章的评价历来是见仁见智，但在这场中法战争中，李鸿章就像一位蹩脚的厨师，把一顿好饭搅成了一锅稀粥！

法国军队登陆基隆，意味着在台湾已经撕开了一个口子。刘璈十分生气，也顾不上刘铭传是他的顶头上司，径直向左宗棠报告了基隆之失守。左宗棠最恨的是不战而退。他又将此事报告朝廷，刘铭传受到责难，命令他收回基隆，将功折罪。

形成鲜明对比的是，九月十五日，法国海军舰队司令库贝尔（那时译为"孤拔"），下令封港，意在封锁台湾。刘璈以台湾地方政府的名义，抗议库贝尔违反万国公法，并晤商各国领事，希望他们主持正义，予以干涉。他同时写信给沿海各省抚督，对于基隆失守，深深自责，请求他们派出舰艇支援台湾。而此时，库贝尔却试图恫吓刘璈。这一天，他通过英国领事介英，邀请刘璈去法国兵舰上相见。库贝尔的意图很明白，无非是要当面威胁刘璈，迫使刘璈放弃抵抗，企图"不战而屈人之兵"，占领台湾。法国人摆的鸿门宴！

刘璈召集幕僚，仔细研究一番后，决定亲自前往。他的部属大多不赞成。刘璈是主持台南军政的最高官长，而法国海军舰队司令库贝尔又特别狡诈。假如库贝尔将刘璈扣留，部队没有了指挥官，将如何应对？大家于是极力相劝：

"法人狡，往将不利。"

刘璈说："不往，谓我怯也。咄！我岂畏死哉?!"

部属又建议派个代表去，也被刘璈否决。他说，他必须亲自前往，把中国人民保卫疆土主权不受侵犯的严正立场，台湾军民誓死一战的决心，清晰准确地向对方表达清楚，正告法国侵略军不要误判。行前，他交代炮台守将："我到了法国人的军舰上，如果有警，你们要立即开炮轰击法舰，狠狠地打，不要管我在舰上的安危！"

为了祖国的尊严，这是何等的气壮山河！

1953 年，在朝鲜上甘岭，孤身面对漫山遍野往上爬的敌军，中国人民志愿军战士王成，怒目圆睁，对着报话机，大声呼喊："为了祖国，向我开炮！"王成的形象，是综合上甘岭众多英雄塑造的艺术典型，通过电影电视而定格为永久，激励着一代又一代的中华儿女。其实，上甘岭上的王成，与登临法舰的刘璈，精神上是一脉相承的。为了祖国的安危，他们舍生忘死，在所不惜。

一身正气的刘璈来到法舰，库贝尔却与他套近乎，用法国正牌大拉菲庄园红葡萄酒招待他。接着，渐渐把话题引向军事。刘璈却不接茬，说："今日之见，只为友谊，请毋言及其他！"趾高气扬的库贝尔终于露出凶相，威胁刘璈说："以台南城市之小，兵力之弱，将军，您准备怎样来打这一仗？"

刘璈正气凛然地回答说："事情确实是这样。但是，城，土也。兵，纸也。而民心，铁也！"

库贝尔一脚踢到钢板上了。刘璈告诉法国人：城，是土筑起来的；兵，问鼎天下，纸上也可以谈兵论法。而我们的民心，坚强如钢铁，怎么会畏惧区区几艘法国军舰呢？

刘璈在气势上压倒侵略者，法军舰队司令讨了个没趣，他的兵舰只能黯然停在离台南不远的洋面上，不敢再动歪心。刘璈只身入虎穴，在台湾传为美谈。

中国有一个古老的传统，那就是面对外国列强威武不屈，面对欺凌奋起反抗，视死如归，他们被视为伟大的英雄，受到一致的敬仰。而对于懦夫和逃兵，历来为人所不齿。

按照建制，刘铭传是上级，刘璈是下级。下级作出了成绩，上级应当嘉奖才是。令人尴尬的是，作为上级的刘铭传，不战而退，丢了基隆；而作为下级的刘璈，却是挺身而出，保住了台南，两下形成鲜明的对照。当时全台湾都议论纷纷。

五

刘璈气势日隆，功高震主。刘铭传心里很不痛快。

现在大敌当前，刘铭传还不敢对刘璈下手。

1885年3月，法国政坛发生震荡，清政府内的投降派认为这是向法国求和的好机会，李鸿章说："败固然不佳，胜亦从此多事。"于是，在1885年夏，李鸿章与法国公使巴德诺在天津签订《中法新约》，清政府承认法国对越南的保护权、同意在中越边境开辟商埠；日后如在云南广西修筑铁路，应与法国会商……以此与法国达成妥协，法军撤离台湾、澎湖。这样，刘铭传可就有时间来对付刘璈了。

刘璈不是圣贤，平时语言上也可能有不周之处。他们还因经费问题发生过龃龉，刘铭传更是咽不这口气。但刘铭传深谙官场厚黑学，对别人议论丢失基隆的事装聋作哑，对上级的批评虚与委蛇。却一直在暗中查刘璈。刘璈来台已经三年，不相信查不出问题。他隔几天就写一个奏折。有学者做过详细研究，《刘铭传文集》中收入《刘壮肃公奏议·保台篇》十六篇，很少是报告如何守卫台湾、收复基隆的战略战术，而攻击、诋毁、揭发刘璈的奏折却是"不厌其烦，一禀再禀"（《岳阳文史》第二十辑）。一句话，必须将刘璈整垮！

终于让刘铭传抓到了把柄：一个名叫陈郁堂的洋药经销商，侵吞了鹿港厘金四万两。也就是偷漏了国家税收。拘传提审，陈郁堂竟然不到案。刘铭传据此认定，该商人是与刘璈"通同作弊"。

台湾约三万六千平方公里地域，设三府、十一县、三厅、一州。比如澎湖就设"厅"。要说责任，凡属台湾发生的一切大事，不管是天灾，还是人祸，刘璈都得负责。但如果要追究，就得看具体情况了。就说商人传讯不到案，刘璈到底该负什么责任，就需要慎重考量了。刘铭传却不是这样，他给朝廷的奏折说："除将刘璈贪污狡诈劣迹多端，另折参奏外，一面催提奸商陈郁堂到案研讯，有无通同作弊情形。"（《刘铭传文集》黄山书社 1997 年版，第 270 页）

这真是天下奇闻，先将刘璈定罪，再催促提审证人陈郁堂，看是否通同作弊！先射箭再画靶，这也是官场权斗中的惯用手法。

军机大臣奉旨批复："刘璈著即撤职，听候查办。钦此。"

接到这个批复的同一天，五月二十六日，刘铭传又奏一折，此折简直欲置刘璈于死地。这篇《严劾刘璈折》，总计四千五百余字，十四条罪状。"大罪四，小罪五，不法十"，共十九条。后来，朝廷派了刑部尚书锡珍、江苏巡抚卫荣光来台湾查办，从七月二十四日至九月初四，经过整整四十天的内查外调，除了两件事，余者均属不实。这两件事是：

一件是台湾历年部队中缺员的饷银，共有二十余万两，经刘璈默许，截留了其中的一万一千六百五十四两，备作各营犒赏费用。用现代的话说，留下发了奖金。

二件是为了补充兵员，刘璈派他的儿子刘济南，回老家岳州招募。那时的兵员多是从主官的家乡招来，比如曾国藩的湘军，李鸿章的淮军，左宗棠的湖湘子弟……刘济南共招收兵勇二千二百名，朝廷按兵员实数定额核发招兵旅差费用，刘济南是从上海包船到达台湾的，这样就节省了一万零六十三两银子。按照规定，节余下来的钱应当如数上交，刘璈没有这样做，而是将这些银子留作道库备用。用现代的话说，地方财政截留了。

刘璈那会儿想，银子没有落入私人腰包，都是留作公用。但是，按照清廷的刑律，这是要以贪污论罪的。而贪污万两以上者，即可问斩。

刘璈确实踩了红线。当然，刘璈也有他的难处。作为台湾的最高军政首长，他必须为全台负责。军事、民生、教育……各项事业都要有所发展。道府的财政预算，就靠厘金（地方税收）收入。又由于台湾孤悬海外，经济相当落后，财源有限，所需资金缺口很大，刘璈常常是拆东墙补西墙。截留应交款项，也是不得已而为之。在撤职查办听候处理期间，趁着还有暂时的自由，刘璈将任职期间所有上报的公文，给下级批示，一一清理出来，汇编成一册。既是为了供上级审查，也是为了自证其清白。当然，在他上报的公文中，也有一封关于刘铭传放弃基隆，不战而退的战报。这份战报是否收入，刘璈可能有过犹豫，因为刘铭传此时已经正式上任为台湾巡抚了。直接揭短，得罪了顶头上司，他将付出代价。但为了还原事情的真相，刘璈也顾不得这许多了。他将全部文稿汇编题为《巡台退思录》，刻印成书。他相信，只要上级仔细审查，就会证明他的所作所为，全都问心无愧！

光阴荏苒，时过境迁。尽管那时候的官场，有的地方到了无官不贪的地步。但朝廷还是有王法的。刘铭传作为巡抚衔官员，就有权查办你刘璈。不仅查刘璈的经济问题，还查他工作上的各种失误，现存于《刘铭传文集》的奏折中，参劾刘璈的文字，有二十余处之多。刘铭传也知道，凭他的奏折中所列举的罪状，刘璈必死无疑。台湾与大陆，隔海相望。对于"二刘"的纠纷，朝廷也可能是鞭长莫及。但朝廷肯定是考虑了刘璈没有将银子落入自己的腰包的事实，对刘璈的处置，朝廷还是网开了一面，先判了"斩监候"，死刑缓期执行；后来又改为流放黑龙江。

内地许多人为此打抱不平，认为这是刘铭传陷害刘璈。在当时，舆情没有能改变刘璈的命运。他仍然由公差押解至黑龙江流放地。幸亏世间自有公道人心在，最终还是有人说了公道话，那就是台湾著名历史学家连横。

连横有一颗永远也改变不了的中国心！字雅堂，光绪四年（1878 年）出生于台南县马兵营一个书香之家。这正是刘璈任职的地方。连横自幼接受儒家传统教育，极富正义感。刘璈离开台湾十年之后，1895 年甲午战争爆发，日本帝国主义占领了台湾，所有台湾民众都被强制加入日本籍。连横誓死不当"顺民"，他经历了二十年亡国奴的苦难，在日本人的铁蹄之下，他日夜思念着祖国。假如祖国强大，外国人敢来吗？假如刘铭传和刘璈能够勠力同心，治理台湾，为台湾建筑起铁壁铜墙，即算有后来的甲午之殇，日本帝国主义能够那样轻而易举地掠取台湾吗？

民国三年（1914 年）正月末梢，连横辗转回到祖国大陆，第一件事就是向当时的中华民国政府申请恢复中国国籍。九十年后，连横的孙子连战，以中国国民党主席的身份，来大陆开展两岸和平之旅。在庄严肃穆的人民大会堂，中共中央总书记胡锦涛与连战，实现了国共"半世纪的相逢"。当天晚上，胡锦涛在瀛台设宴款待连战一行。席间，他给连战赠送了一份极为珍贵的礼物，那就是他的祖父连横当年请求恢复中国国籍的申请书！

连横的事迹因此在海峡两岸、全球华人社会广为传扬！

连横恢复中国国籍后，挈妇携幼回到祖国大陆定居。先人教诲："欲要亡其国，必先灭其史。"连横回国后做的第一件事，就是抢救历史！他克服重重困难，写成《台湾通史》。这部九十万言的著作，证实台湾自古就是中国的领土。《列子·汤问》《后汉书》等典籍都有明确记载。《台湾通史》还为刘铭传列传，也有刘璈的列传。他们在台湾都有所建树。尤其是刘璈身先士卒，上房救火；单身赴敌舰，气壮山河……写得神形兼备，神采飞扬。按照太史公司马迁写《史记》的通例，《刘璈列传》的结尾是这样写的：

连横曰：法人之役，刘铭传治军台北，而刘璈驻南，皆

有经国之才。使璈不以罪去，辅佐巡抚，以经理台疆，南北俱举，必有可观，而铭传竟不能容之！（《台湾通史》第685页）

连横的话其所以重要，因为他是历史的见证人。刘璈在台湾任职的时候，连横四岁，尚在垂髫之年，不谙世事。但在后来，他必定多次听到过长辈和街坊对刘璈的议论。"劝君不用镌顽石，路上行人口似碑。"（《五灯会元》）在幼年连横的心目中，刘璈留下的全都是正面形象。后来，他渐次成年而成为一位历史学家，就有见微知著的洞察能力。更重要的，他是一位矢志不移的爱国者。他做过亡国奴，"效命宗邦"是他的人生底线，国家的繁荣富强是他的殷切期盼和心理皈依，他的评价因此就更显得真实可信。连横对官场的门户之见，权斗纷争，满含着无奈与悲凉。一百多年后，我们重读他的这些文字，仍有一种难以言说的感伤！

四年前，刘璈满怀豪情来到台湾，四年后，他戴着脚镣手铐，以死刑犯缓期的身份离开，充军黑龙江。黑龙江冬天冰天雪地，刘璈的心也至冰点。那里的守将穆图善将军，早就听说这是个冤案，便没有为难刘璈，将他聘为幕客，帮着做些文案工作。当穆将军了解了案件的详细情形后，便着手整理材料，准备上报朝廷，请求为刘璈平反。然而，刘璈总是郁郁寡欢，加上他对寒冷气候的十分不适应，两年后的光绪十三年（1887年）十二月初七，一个霜冻满天的夜晚，刘璈在流放地黑龙江去世。终年五十九岁。

刘璈离开台湾前，台湾建省。刘铭传在权斗中占了上风，他成为台湾的首任巡抚。当然，在任职期间，刘铭传为建设台湾也有许多建树。但我们也不必讳言，即便是大人物，性格上可能也会有某些瑕疵。如果恣意放大，那就成了恶行。刘铭传完全不能容忍别人的批评，而且睚眦必报。比如对刘璈，显然是做得过分了。刘璈充军了，在冰天雪地里一命呜呼了，刘铭传心里还在害怕，刘璈的《巡台退思录》仍然对他构成威胁。那里面有刘铭传状告刘璈十九款罪状的全部真相，有刘铭传放弃基隆的失误细节。一个人要想抹掉自己的脚印是非常困难的，这些都成了刘铭传的一块心病。于是他以台湾巡抚的威权，下令将此书全部就地销毁。刘铭传毕竟是江湖起家，不懂得书的用处和影响。"焚书"的事，连威震天下的秦始皇都办不到，区区一个台湾巡抚，是不是太小儿科了？这本已经流传至民间的光绪七年（1881年）至光绪十一年（1885年）的台湾兵备道文件汇编，把我们带进了当年的生活场景。使我们了解了刘铭传的另外一个侧面。

当然，人非圣贤，孰能无过？还是连横先生说得好："非才之难，所以自用者实难。有以哉？"（连横《刘璈列传》）这其实是苏东坡在《贾谊论》一文开头的两句话。那意思是说：并不是人才难得，而一个人要把自己的才能施展出来实在是很难。连横于是设问：有这回事吗？连横是问谁呢？既是问刘铭传，也是问我们所有的人：你不会因为嫉妒、因为小心眼，而不让你的朋友或你的下属，发挥他们的聪明才智，更不会因为一点鸡毛蒜皮的小事，把人家往死里整吧？

山长轶闻

中国的书院，大都与山结缘。比如，岳麓书院在岳麓山脚，白鹿洞书院在九江五老峰下，嵩阳书院在嵩山南麓……这些地方风景优美，树木扶疏，深邃幽静，最适宜于进入孔夫子精心营造的那种境界。当年，孔子在一个树木繁茂的地方，坐在杏树前的土坛上，学生在一旁读书，孔子本人则抚琴吟唱。从那时起，这种优雅高洁的读书氛围，引得世世代代的莘莘学子梦寐以求！

也许因为书院与山有关，它的主事人不称校长或院长，而是叫"山长"。况且，一些读书人隐居山林，自命清高，也自嘲为"山长"。因此无论站在哪个角度，山长都是一个很有品位的称呼。

洞庭才子吴獬，先后在沅州（今芷江）敦仁书院、衡山研经书院等多所学府担任山长，这是正儿八经的实职，不是隐居山林的闲云野鹤。其中在岳州金鹗书院，担任山长前后十年！说他桃李满天下，一点也不夸张。当然，他所执教的书院，相对于中国的四大书院，层级要低一些。但宝塔的顶尖虽然显赫，如果没有下面的砖头石块层层相垒，将它抬衬到那个高度，也不过是一堆泥土而已。高度的可贵之处，则

青灯黄卷，雪案萤窗，归于那一份安贫乐道

是对底层的引导、示范、激励与拉扯。中国的文化，通过这么一抬一拉，形成了一个又一个高峰而构筑起灿烂辉煌！

吴獬是湖南临湘县桃林乡人。道光二十一年（1841年）生。十八岁中秀才，后来又去岳麓书院深造。二十二岁开始，就在本地、有时在周边县份的书院任教。他也曾开设书馆，自己办学。这种历练，对于沉淀知识，积累生活经验，无疑大有裨益。光绪十五年（1889年），吴獬去北京参加会试，进士及第，他的人生道路从此增加了一些小浪花。

说是小浪花，是因为与吴獬的性格有关。做了将近二十年的教书先生，现在考中了进士，就是取得了做官的资格。学而优则仕，书读好了，就得去做官，这是古往今来读书人一条约定俗成的路径。其实，孔夫子的本意也不是这样子的。在古代，"优"与"悠"相通。意思是说，学习之余还有闲暇，有余力，就去做官。然而吴獬，生性淡泊名利，为人严谨且低调。当时湖南的学界，有许多名噪一时的人物。比如，小吴獬一岁的王先谦，号称大儒；稍年轻的叶德辉，更是了不得的才子。这些人总是先声夺人，高调出场，他们全然不顾历史发展的趋势，在政治激流中横冲直撞，最后被巨浪淹没，叶德辉甚至还掉了脑袋！吴獬的学生苏舆，也是很躁动，执拗任性，几近狂热。作为老师，吴獬曾直言不讳地提出过批评。当然，比吴獬年龄大了一茬的曾国藩、左宗棠、郭嵩焘们，则是叱咤风云的人物。他们在时代的大潮中纵横捭阖，并建立了赫赫功业。与他们相比，吴獬有着完全不同的人生选择，他本质上是一位书生。虽然思想并不守旧，为人却是十分严谨，专注于书斋，坚守在砚田里耕耘。传道、授业、解惑，献身教育事业，是他毕生追求的目标。阿谀奉承、献媚讨巧去求得一官半职，他做梦都没有想过。

但是，吴獬既已考中了进士，就纳入了朝廷的人才网络库。你不想做官，人家还会找上门来呢。吴獬光绪十五年二月登第进士，四月回到临湘，七月任命就下达了，派往广西巡抚衙门，任掌抚署文案，相当于省政府的秘书处长。

果然入仕为官！

此时吴獬的心情肯定十分复杂。不排除有那么一点点虚荣心，也可能还有点儿诚惶诚恐。如实地说，他三次去北京参加会考，四十八岁才考上，这么专心坚志，其本意也不是刻意要去求官觅爵。获取功名，是士子们的按部就班。再有，吴獬也是想通过考试，检测一下自己的水平。吴獬最得意的，或许不是进士的尊荣，而是攻读进士的过程。寒来暑往，焚膏继晷，几多艰辛，几多欢乐！现在，突然接到了朝廷的任命，他既高兴，也有些害怕，或者还有点"叶公好龙"！他切实地感觉到"人在江湖、身不由己"是怎么一回事。于是，他心怀忐忑，如履薄冰，别无选择地去广西走马上任。意想不到的是，这种心态反而成全了他。吴獬来到新的工作岗位，没有趾高气扬，没有居高临下，而是谦恭敬畏，夙兴夜寐。这样，他很快就获得了上司和同僚的一片钦赞。

两年后，吴獬调任荔浦县令。

荔浦县离桂林很近，境内有汉、壮、苗、瑶等多个民族聚居。初来乍到，自然引起大家的围观，迎接他的是无数探询的目光。中国老百姓历来都怕官，不知这个新来的县太爷是怎样的性情，好说话么，好办事么？这是吴獬第一次独当一面，主持一个县的政务。那时没有报告会，也没有记者会，但教书先生吴獬工诗善对，于是写了一副对联，贴在县衙的大门框上，以表达他的施政理念：

简政宽刑，与民为善；
修文重理，息讼宁邦。

很有点建立"和谐社会"的意思。

吴獬很快进入了工作状态。这时，他发现此地嗜赌成风。据说两广无地不赌。荔浦的一些村镇屋场，麻将馆、骨牌坊，彻夜灯火通明，吆五喝六之声不绝于耳。白天少有人下田，生产荒废，家庭不和，有的还妻离子散，有的输光了就去偷去抢，给社会治安造成极坏的影响。中国历史上，不乏"治乱世，用重典"的先例。事实上，一些丑恶的社会现象，必须铁腕霹雳，否则将遗祸无穷。吴獬既已宣布过"简政宽刑"，就不能随意动用公权，抓人罚款。书生理政，教书先生当官，也不是完全束手无策。对于这种不良社会风气，他觉得要以教化为主。他的工作方法很有些意思，连夜写了一首《戒赌歌》，作为衙门公文，下发各乡保里甲，广为张贴：

切莫赌，切莫赌！赌博为害甚于虎。

猛虎有时不乱伤，赌博无不输精光！

切莫博，切莫博！赌博危害绝无乐！

妻离子散家产破，落得颈项套绳索！

……

吴獬还经常下乡微服私访，这时他又发现，荔浦的另一个祸害，是许多人吸食鸦片。荔浦是山地丘陵区，在当时生产力水平不高的农耕经济时代，老百姓在社会的底层，因为生活困难而消沉，因为找不到出路而困惑，于是在麻醉中寻找虚幻，很多人就这样吸食鸦片。作为县令，吴獬下决心要革除这一丑恶现象。于是又写了一首《戒烟歌》，也是作为公文下发张贴：

鸦片烟，罪恶渊，吸上瘾，面黄连，倾家荡产泪涟然。

鸦片烟，罪恶薮，吸上瘾，如病狗，精神萎靡四肢朽。

鸦片烟，罪恶源，卖儿女，凑烟钱，转嫁婆娘更可怜。

……

戒烟歌，大家唱，见行动，气雄壮，戒绝鸦片打胜仗！

读了荔浦县府衙门张贴的这些告示，你会忍不住发笑，吴獬心地是多么善良！也许会有人怀疑，"书呆子"理政，想通过宣传教化来改变民间陋习，效果将有几何？细细一想，以前的县太爷，对这些社会毒瘤，要么就采取惩办的方法，罚款抓人或判刑；要么是睁一只眼，闭一只眼，放任自流。吴獬的做法却是别开了新生面。当地一些明白人，终于理解了吴獬的一片苦心，不仅主动戒赌博戒烟，还劝告自己的亲朋好友，不要赌博，也不要吸鸦片，据说取得了不错的效果。虽然不敢言戒绝，赌博和吸食鸦片，大大地减少了，社会秩序也明显好转。

吴獬旗开得胜！

然而，作为一级政权机关，如果仅仅通过教化来治理，又过于天真，未免太书呆子气了。吴獬很快就碰到另一件十分棘手的事，荔浦在广西的东北，但仍属沿海地区，当地有下南洋的习惯，在南洋发了大财的也不乏其人。于是，在荔浦，就有将人口贩卖到南洋去做苦力的情形。一些黑白通吃的人口贩子，或坑蒙拐骗，或采取暴力，通过种种不正当的手段，把一些不明就里的人弄到海边的船上，卖给负责偷渡的"蛇头"。当地称之为"贩猪仔"——把人当猪卖！这给许多家庭带来痛苦，给社会治安造成了极大的威胁。这一回，吴獬觉得不能靠编一些顺口溜，宣传一下来解决了。经过明察暗访，终于掌握到了一个庞大的贩卖人口的集团，如果不把这个犯罪集团彻底摧毁，贩卖人口的事会越演越烈，造成更多的人间悲剧，带来更大的社会动荡。但是，这样重大的社会行动必须请示上级。又由于牵涉面较广，只靠荔浦县的力量显然是不够的。于是，他向顶头上司桂林府、广西巡抚衙门报告。奇怪的是，上级长官竟然不支持，不批准，甚至还百般刁难。原来，贩卖人口不仅是地方黑恶势力作崇，还有权势人物暗中参与，涉及很多人的利益。吴獬这时才恍然明白，他一个文弱书生，怎么能在一个偌大政治迷魂阵里单独行动？他的良好愿望，在强大的黑暗势力面前，只不过是一个被人嘲弄的笑柄而已。他很痛苦。随波逐流，趋利避害，圆滑世故，绝对不是他的人生选项。一气之下，他拂袖而回乡。巡抚衙门甚为尴尬，又出面慰留，派人来湖南敦请归队。吴獬十分决绝，而且宣称，从此再不涉足官场，一心一意去当他的教书先生！

短暂的官场经历，给吴獬带来的思想影响是十分深刻的。如果说以前他对官场还有一些神秘感，现在看来，那是一个表面上庄严神圣，内里却充满权谋、互相算计、毫无诚信的龌龊的大染缸！许多见不得阳光的东西，在那个大染缸里通行无阻。这使他十分失望。而作为一位读书人，从官场回到民间，在内心深处，或许还有一种怀才不遇，壮志未酬之憾。有一阵子，这种情绪困扰着他，内心纠结、迷蒙，无法突围，他十分苦恼，仿佛性格都变了。从前风趣幽默、性格开朗的教书先生，现在变得愤世嫉俗，行为怪异，甚至玩世不恭。比如，他常常不修边幅，以布衣草帽出现在公众场合。孔夫子说：服之不衷，身之灾也。装之失谐，人何钟乎?! 在那个时代，穿着细事不能等闲看。否则，人家就不会敬重你，甚至会带来灾祸。吴獬全然不顾，果然多次出了洋相！

有一次，吴獬应岳麓书院山长刘寅轩的邀请，去那里讲学。岳麓书院是中国久负盛名的顶级学府，当年朱熹与张栻在此会讲，将古典理学推到一个最高的水平，成为宋代一件文化盛事。此后，凡受邀登上那个讲坛的，都是一些学富五车、自成一家之言的名人学者。如果说学术有高峰，岳麓书院的讲坛，就是一个万人仰视的峰顶，庄严神圣且高不可攀。吴獬属于应邀学者之列，无疑是一大殊荣。然而他赴约去讲学时，既无骏马豪车，也无华丽布轿，而是穿一件褪色的布袍。那天下着毛毛细雨，吴獬打着一把油纸雨伞，脚蹬一双做工粗糙、油了桐油、钉了铁钉的乡下叫"踢死牛"的牛皮油鞋。进了大门就问："山长在哪里？"平时来见刘寅轩山长的，都是衣冠楚楚，文质彬彬的雅士，门房见这么一位其貌不扬，刚要把他赶走，幸亏邻屋会客室有两位学人在谈事，认出了吴獬，连忙迎了出来，否则真要吃闭门羹了！

更有趣的是，这年夏天，湖南优级师范举行毕业典礼，省城各界名流，包括省长谭延闿在内，都莅临盛典。吴獬也在受邀之列，而且早早到了。但他的一身打扮，就一点也不敢恭维。正是暑天盛夏，大家都是蓝色或者白色的纺绸长衫，手持精致的折扇，文质彬彬，风流倜傥。然而吴獬，却是一袭家织大布蓝衫，一顶草帽斜挂在背后，一把硕大的老蒲扇大幅度地摇着。一些人窃窃私语，不知这位是何方人士。直到省长谭延闿入场，一眼就看见了吴獬。谭延闿是有影响的政治家，同时还是一位学者、近代书法大家。他十分敬仰吴獬的为人和学识，急忙前来打拱致意，人们才知这位是三湘名士吴獬！

吴獬不羡慕虚荣名利，不曲意奉承达官贵人，却视平民百姓为知己。平民有所求者，他都尽力而为。吴獬久居乡里，凡有红白喜事，乡人求上门来请他写对联，他不问人家身份，一律应承。在他的文集里，这类作品不胜枚举。一位泥瓦匠去世了，他的挽联是："竟餐天上烟霞去；不管人间风雨来。"为逝者不能再为人间建造遮风挡雨的房屋而深表惋惜。一位爱喝酒的医生去世，他前去吊唁："何善医不自医，召去是否天有病？岂真死乃为死，醉中与世暂相忘。"是不是老天爷生病了，要请医生去？或者是喝醉了酒，一时忘记醒来……平时，乡亲起屋上梁，收亲嫁女，才俊入学，他都以诗联相赠，这样，大大地密切了他与乡人之间的联系。

吴獬没有名士架子，使他获得了众多知音，在与普通百姓的长期接触中，成就了他的著作《一法通》的产生。《一法通》是一部集民俗学、社会学、伦理学、声韵学之大成的普及读物。书中所收集的，其实就是流传于长江中下游，具体地说是湘鄂赣地区的民间谚语。吴獬的贡献，就是广泛收集，精心整理，规范文字，剔除那些低俗的、过于粗糙甚至黄色诲淫诲盗的内容，留下的必定是积极向上，能够教化人心，有益于身心健康，有益于生产生活，并且富有哲理的内容。他自费刻字出版，赠予乡村私塾，作为课外读物和乡土教材。

这是光绪十一年（1885年）前后的事。

《一法通》一经印行，很快就获得好评。在古老的中国乡村，早有《增广贤文》《朱子家训》等启蒙读物流行，前者是古训与民间谚语的集成，后者则是劝人勤俭持家和安分守己。《一法通》的不同之处，在于既有上述长处，同时还采用湖南及长江中下游的语言方式，地方特色鲜明——尤其是将纷繁复杂、枯燥乏味的知识与民俗文化融合在一起，被许多私塾选为教材；许多家长推荐给自己的孩子阅读。相比较而言，《一法通》比先前的启蒙读物更通俗，更流畅，也更富有乡土气息，无形中为它的普及增添了翅膀。近年，有学者发现，《一法通》中的不少精辟之句，还出现在毛泽东的著作里，据说有二十多处。比如："有则改之，无则加勉。言者无罪，闻者足戒。""人贵有自知之明。""天要下雨，娘要嫁人，随他去吧！"在《改造我们的学习》《反对自由主义》等篇什中，多有《一法通》中相同的妙语……其实这一点也不奇怪。毛泽东来自湘中丘陵区山旮旯里的农家，无疑熟悉许多乡间俗谚。再说，他是一位博览群书的人，他在湖南第一师范上学的时候，校长符定一就是吴獬的得意门生。符校长必定向他的学生介绍过吴獬及吴獬的著作，毛泽东读过《一法通》也是完全可能的。融会贯通是毛泽东治学的最大特点，他在自己的著作中引用吴獬的金句，就一点也不奇怪了！在十九世纪末和二十世纪初，在中国文化水平普遍低下的情况，《一法通》的实用价值绝对不可低估！

吴獬不当县太爷了，决心弃政从教，他是进士出身，学位过硬，当局于是委以重任，任沅州（今芷江）敦仁书院山长。

吴獬时年五十五岁。应当说，他是一位首屈一指的教师，众望所归的书院山长。在获取功名之前，他就一边读书，一边在家乡任教办学，积累了丰富的实践经验。那时，他办的学校名气就很大，总是生员爆满。

仅举一例。

光绪十二年（1886年），平江县钟洞山区一位名叫苏渊泉的乡人，将儿子苏舆送到两百多里外的临湘吴獬学馆，但是，"吴獬名气太大了，慕名投拜门下的学子多而又多，他的经馆已经人满为患，没有一间空房或一点空间能让苏舆安顿下来。苏渊泉在不得已的情况下，遂在他经馆后面的柴房中，摆一张桌子……"这是原籍平江县的台湾学者李敬仪，1994年在台北出版的《百年风雨忆三湘》中所描述的情节。儿子读书，父亲在近旁赁房陪读，直到两年后才离开。光绪三十年（1904年），苏舆搭乘科举考试最后一班车而进士及第。名师出高徒，学生的成就，自然会给老师带来荣耀，吴獬更是声名远播！

吴獬长期执教，形成了自己的教育理念。他擅长诗联，常常通过题联来表达自己的愿望。长沙校经堂是当时一所名校，学校请他题联，他写道："总要十年功，博览后好专精，专精后好博览；何为百家货？当行中能出色，出色中能当行。"吴獬道出了读书最根本的方法：博览群书要与精深学问相结合，任何碎片化、跳跃化的阅读，都难有好的效果。知识还要与实践相结合，不能运用于实际的知识，就是无用之物。光绪廿四年（1898年），吴獬被委任为衡山研经书院山长。他提示莘莘学子："当代需人才，正望着岣嵝峰七十二般云气；自家定功课，莫等他清凉寺一百八下钟声。"时代在召唤，你们要自觉发奋，不要辜负了大好时光啊。明白易懂，铿锵有声！他在荔浦县令的任上，创办了正谊书院，桂林藏书楼则是他常去的地方，他应邀题联："榕树不腐，桂树不凋。华实未难栽，先在深培根脚；漓江自南，湘江自北。波澜皆尽致，各须浚取源头。"打好基础，疏通深掘其源头，这就是治学的基本方法，凡有抱负者，都应采取这种刻苦钻研的精神！尽管时过境迁，我们仍然能感受到吴獬和善且睿智的目光！

吴獬服务时间最长的，要算岳州金鹗书院了。他在这里讲学、担任山长，前后十年。民国五年（1916年）岁末，七十六岁的吴獬经过几番陈情，才卸下湖南高等师范学校的教职，准备回乡颐养天年。但此时，金鹗书院面临许多困顿，州府官员和士民，一致要求吴獬回来坐镇，于是他勉为其难，再一次担任山长。

民国了，推翻了封建王朝，各方面发展很快，急需各种人才，一时兴起了一股办学热，"都邑之间，讲舍如林"。在这种背景下，良莠不齐是不可能避免的。吴獬觉得，学校办得好与不好，老师的作用是第一位的。他说："兴学之本，先重师范。"他既已担任了山长，就要在其位而谋其政，为书院打造一支高水平的教师队伍。而在他接任山长之前，书院的教师，不少是在外地为官回籍养老的绅士，这些人当然也读过一些书，但他们或因年龄偏大，或因已不适应清苦寂窦的教书生涯，让他们来做教师，本身就相当勉强；也有一些教师是通过官长的关系，走后门来的，这些人水平都很低。十年树木，百年树人。学生的学业是最不能耽误的。请神容易送神难，得罪人是免不了的。春秋两季开学时，吴獬要费去很多精力，辞退那些难以胜任的南郭先生，把有真才实学的名师，请到教学岗位上来。

那时湖南教育界还有一件怪事，大多数书院的山长都不住校。家在近前的，就住在家里。家在外地的山长，通常在城中租一处符合身份的公馆居住。每个月仅到书院一次出题，即指定应授篇目。山长也不看学生的课卷，而是指定学生中的亲友子弟，作为课代表，代为"点窜"，也就是帮助修整润饰其他学生的文章。吴獬坚决反对这样做。不管在南岳，还是在沅州，他一律住在书院。即便是他七十六岁高龄，担任金鹗书院山长时，就在本乡本土，他也坚持吃住在书院。不仅自己登台讲课，还与教师共同切磋，交流心得；亲自评阅学生课卷，一一指点，不厌其烦。他本人终生布衣粗食，为学生作出榜样。

金鹗书院当时共有生员一百名，只要是山长吴獬授课，不仅本院学生，院外学子也会来旁听。吴獬讲课之所以受欢迎，是因为他不像那些章句小儒一样，死抠着某一段，某一句经典，不厌其烦地去诠释辨析，而忘记了通晓文章的大义，丢了西瓜捡了芝麻，这样只能培养一些书呆子。他提倡要以践行为本，学生只有与实践相结合，这样才能获得真知。时值二十世纪初，循规守旧是那时的社会风气，而在吴獬的课堂上，就开始长出了现代教育思想的萌芽，这实在是一件非常难能可贵的事情。

金鹗书院在岳州东郊城外的金鹗山上，每当晨光初起，树上窝巢里的鸟儿，扑打着翅膀，唱出第一声清脆悦耳的歌，清凉的露珠从树梢洒向林间小道，树林里一股特有的芬芳在飘逸，这时，书院的学子们就在林间捧书晨读；而在夜晚，挑灯夜读也是一大特色。书香弥漫，弦歌不绝，那时的金鹗山，真是一处仙境！

吴獬是一位知名度很高的学者，有着广泛的社会影响。但我们也不必讳言，由于思想的局限，性格上拘泥于稳重的吴獬，对社会和历史的宏观把握上，或许比较迟滞。在他的著作中，极少读到惊世骇俗的言论，更遑论具有批判精神。他曾涉足官场，了解官场的黑暗，但他没有像那些踏涉过湖湘大地的前辈诗人，比如杜甫、柳宗元，以笔为枪，揭示社会的病苦，以期引起他人的注意。对于吴獬，我觉得这是一种苛求。他在荔浦当县令，戒鸦片，戒赌博，就不采惩办，而采劝诫。一是性格使然，二是说明生活可以有多种选择。一位文质彬彬的教书先生，要他挥斥方遒，或者横刀立马，这不是强人所难吗？

有一件事最能说明吴獬的行为方式。在他家乡临湘县，曾有一位山东人李大令出任县太爷。任职数年，普遍反映他办事公道，爱护百姓，任劳任怨……吴獬于是写了一首《李官歌》，绘声绘色地描述李县令勤政爱民的动人事迹，说临湘百姓对这位官员"尤感戴如孺子之于慈父母焉"！他将这封表扬信投寄给《湘报》，报纸全文照登，从而使朝廷对李大令"传旨嘉奖"。吴獬的善良、诚恳，他的书生情怀，由此可见一端。

但是，吴獬绝不是没有正义感的好好先生，更不是现实的逃遁者。他所关注的，更多的是社会风习中的愚昧和落后。这些东西制约着社会的文明与进步，遗祸无穷。对生活中的陈规陋习，吴獬没有嘲笑，也不丑化，而是以他的真诚，警醒劝慰，力图使之变革。仅举一例，比如女子缠足。那时的女孩子，从五六岁起，就开始缠。要求足长不超过三寸，于是有"三寸金莲"之说。据说缠足始于隋朝，也有的说始于五代。吴獬最早读到的是苏东坡的《菩萨蛮》。苏东坡堪称文化大师，对妇女缠足，他却是事不关己，甚或还有点儿欣赏。他说："纤妙说应难，须从掌上看。"其实，缠足是一件非常痛苦的事情。而胁迫妇女缠足，又是大男子主义作祟，为的是把妇女禁锢在闺阁之中，对她们的活动范围加以限制，从而达到女子完全按照男子的意志生活。《女儿经》就道出了缠足的秘密："不因好看如弓曲，恐她轻走出房门，千缠万裹来拘束。"吴獬家在湖区丘陵，目睹缠足妇女下地劳动的艰辛，后来当了荔浦县太爷，这里是山区，农家妇女要上山下地劳动，那么小的脚，多么不方便。回家后不久，他便写了一首《放足歌》。

小脚一双，眼泪一缸。骨肉痛楚，苦难备尝。

接着又历数缠足的恶习形成的原因，然后振臂高呼：

呼吁世人，力挽狂澜。提倡天足，法夫自然。草此短歌，广为宣传。真正做到，男女平权。

然而，妇女放足，那时还是一个禁区，因为有违古训。吴獬不矫情，先从自己家里做起。女儿媳妇，所有女眷，一律放足。吴獬是名人，学问家，有他的带头，对于推动放足，无疑具有示范性意义。

吴獬同时还是一位慈善家。那时贫富悬殊很大，许多贫苦人家，或因天灾人祸，卖儿鬻女，流离失所。在八百里洞庭行船，常常发生事故，湖上救生是一片空白。吴獬以他的社会声望，宣传设育婴堂，救生局。在家乡临湘、在他任教的岳州，凡成立育婴堂、救生局，他都慷慨解囊，勉力资助。这些地方都留有他的墨迹，他对这些事是全力推动……但他生活并不宽裕，除了在广西荔浦短暂的官宦生涯，平时就靠束脩（教书工资）收入为生。他去世时，家境已经很窘迫了。著名学人、曾国藩的长孙曾广钧，感佩吴獬的品格，撰文为他立传，称赞吴獬生性恬淡，品端学邃，又急公好义，深深敬仰他的人格魅力！

吴獬生活在社会重大变革的前夜，先行者纷纷投身于时代的洪流，挺立潮头唱大风。而吴獬，没有雄鹰展翅迎风搏击，也没有铁马金戈建立功业；当然也不会在滚滚红尘中追名逐利。他以一腔善良与真诚，点点滴滴，涓涓细流，书写着自己的淡泊人生，丰富着历史，温润着世道人心。在一个晴朗的秋日，我们慕名来到他执教十年、氤氲浓烈书卷气的金鹗书院，这位清癯的老人，仿佛正从那庄重的讲坛上，收拾起讲义，拍打着身上的灰尘，笑容可掬地欢迎客人的到来！

"末班车"进士

一

苏舆，平江县钟洞乡烟舟村人，进士出身，清末民初一位知名度很高的国学家。但是，在时下的平江，苏舆的名字鲜为人知。我向许多人打听过，包括土生土长、又在本县担任过主职官员的朋友，他们也没有听说过。然而，近年来，网上不时有关于他的论文发表，出版社出版他的著作。好几所大学的硕、博论文，就有专门研究苏舆的。于是在一个晴朗的秋日，我们专程去烟舟村，寻访故人。

从平江县城北门出城，行约三十余里，就开始爬山。山很陡，即便是汽车，也要连续加大油门。驶过一段路面不太宽，却很平整的盘山公路，前边有一个峡口。下面的情形就得抄袭陶渊明的《桃花源记》了："复行数十步，豁然开朗。土地平旷，屋舍俨然，有良田美池……"只是四周山上没有桑竹，遍山遍岭都是墨绿色的油茶林。乡谚说：油茶不空身。皆因油茶的生长规律与众不同，每年霜降前后，油茶果尚未采摘，新的油茶花就开始打苞了。油茶果刚采完，就立时开花，花谢随即挂果，直到第二年霜降时又一次采摘。默默无声的油茶林，总是心无旁骛，全力以赴地奔向一个既定的伟大目标：那就是枝头果实累累！村子在海拔一千五百多米的幕阜山余脉的半腰，设若在春秋多雾的季节，山下山岚飘逸，山巅云蒸雾蔼，此时的村子，就像一叶绿色的小舟，在云雾中浮游。于是有读书人为村子取名：烟舟。烟雾之中的小舟，多么美丽的地方！

苏舆家就在靠南的山坡底下。家世虽不显赫，也属小康。光绪三十年（1904年），苏舆给这个小山村带来了极大的荣耀，他参加北京的会试，进士及第！

那时没有电话，没有网络，更没有现代传媒。这一特大喜讯，是由"报子"——专门送喜报的人送来的。

我常常揣摩那一刻的辉煌。此时，我会想起范进。广州郊县白庙村人，《儒林外史》里的人物。他从二十岁开始，考了二十多次，直到五十四岁才考取广东省乡试第七名。消息传来，范同学高兴过度，喜疯了；他的母亲太激动，心肌梗塞了，老太太是喜死的。他的那些远亲近邻，纷纷前来道贺。有送钱的，送房子、送田产的，还有送来年轻女子作丫鬟的……因为考中了举人，必定要做官。播得春风有夏雨，大家指望他上任了，等着寻租呢。范进仅仅是一名举人啊，离进士还差很长一段距离。可以想象，当苏舆金榜题名的特大喜讯传来时，这个山高水远的烟舟村，必定是沸腾起来了！

中国的科举制度，是从隋朝开始的。沿用一千三百多年，大约有十万人获此殊荣，组成了基本的文官队伍，为中国这艘巨无霸级别的大船撑篙划桨。不管为官者有怎样的毛病，或许其中还有害群之马，但河南省内乡县衙有一副楹联，其中一句是："勿说一官无用，地方全靠一官。"那意思是，官员的作用不可否定。当然，任何一项制度实行得久了，其弊端也是显而易见的。科举制度催生了功名狂热，毒害了士子的灵魂，学得一些老八股，不能与时俱进地掌握先进文化科学知识，于是有"百无一用是书生"之说。再说，那些榜上无名的，未必就不是有用之才。山东淄川人蒲松龄，从二十多岁一直考到七十岁，每回都名落孙山。他一辈子当乡村教书先生，却利用业余时间，写出了一部《聊斋志异》，名垂中国文学史！与苏舆老家一山之隔的湘阴人左宗棠，一连考了三次，前后九年，考得自己都没劲了，只好作罢。他后来捍卫了一方疆土，成为一位伟大的民族英雄。因此凡事不能一概而论。我们的苏舆同学其所以特殊，是因为他来自偏远山区，更无显赫门第，全凭自己的努力而取得功名。而且，他乘的是"末班车"。次年，科举制度就废除了。

有了学位，苏舆入翰林，被授予翰林院庶吉士。这就是说，苏舆已经进入了皇帝的秘书班子。果然是"朝为田舍郎，暮登天子堂"！同年，苏舆去日本考察教育、邮政和电讯。两年后回来，任邮传部郎中，成为司局级官员。一个来自穷乡僻壤的年轻人，就这样从社会的最底层，走进了紫禁城……

二

如果苏舆按部就班地走下去，随着年资增长，他的官职也许会越来越高，有了施展才华的舞台，凭着自己的聪明才智，干出一番轰轰烈烈的事业来，也是完全可能的。但是，他后来的情形却没有按照预定的轨道发展。其中既有历史的风云变幻，也有自身的阴差阳错。

事情还得从他在长沙读书的时候说起。

苏舆从小在本地上学，据说学业也不见得有怎样的出众，但在他十三岁的时候，参加县里举行的"童子试"，即考中了秀才，并获得了"食廪饩"的资格。在明清两代，考中了秀才的人，州县发给一定的膳食津贴，让其继续深造，完成学业。把教育当成"产业"来做，这是后来才有的事。这样，他进入了长沙湘水校经堂，这是湖南一所著名学府，晚清中兴名臣左宗棠、郭嵩焘等人，也曾就读过这所学校。在这里，苏舆结识了两位著名人物。

一位是王先谦。同治四年（1865 年）中进士，随即入翰林院任编修，担任侍读、侍讲。陪皇帝读书、为皇子讲学。后来升任国子监祭酒——相当于国家考试中心主任，人称"王祭酒"。光绪十四年（1888 年），他因上书皇上，弹劾炙手可热的人物、太监李莲英而名噪天下，但也失去了在朝廷的职位，这样便回到了长沙。现在是苏舆的授业老师。

另一位是叶德辉。长沙人，光绪十八年（1892 年）的进士，曾任吏部主事，人称"叶吏部"。叶德辉性格孤傲，说话尖刻，且口无遮拦。这种性格很不适合于官场。他在吏部任职的时间不长，便辞职回到了长沙，成为一名自由职业者。但他更忙碌，笔耕不辍，著书立说；也开设书局，刊印各种重要作品。他的学术成就，则是一致公认的。《鲁迅全集》中，至少有十多处提到叶德辉的著作和他所刊印的典籍。而当代作家孙犁"文化大革命"后复出，就多方寻觅他在"十年浩劫"中被抄走的叶德辉的著作。（孙犁《陋巷集》）叶德辉成了苏舆心中的"偶像"，就一点也不奇怪了！

那时，中国发生了一件大事。1894 年，中日甲午战争爆发，中国战败。次年《马关条约》签订，中国割地赔款，主权沦丧，民族危机一天比一天严重。那会儿，正在北京参加会试的康有为，联合各地应试的学子一千三百多人，上书光绪皇帝，要求变法图强，史称"公车上书"。康有为的学生梁启超是积极参与者。康、梁的主张，当时虽然没有被清廷接受，却标志着维新派开始登上历史舞台。到了 1897 年 11 月，德国强占胶州湾，帝国主义列强纷纷在中国划分势力范围，瓜分中国的意图日益明显。而此时的清朝政府却任凭列强肆虐而束手无策。康有为、梁启超于是再次上书，向光绪皇帝发出警告：不变法就会亡国！光绪终于省悟过来，下诏变法。事情本来还算顺利。老佛爷慈禧太后也意识到时局的困顿，她没有反对新政措施。但当她发现变法将危及清王朝的政治体制，老佛爷立变狰狞。而在湖南，王先谦、叶德辉等人，担心别人动了他们的"奶酪瓶"，反对一切社会变革。写文章，发呼吁，除了从学术上批驳康有为、梁启超的论点外，还从政治上进行攻击。

王先谦一口气写了五篇文章，口诛笔伐，甚至是用谩骂式的口吻，给康有为、梁启超扣政治大帽子。王先谦说："康、梁谬托西教，以行其邪说，真是中国的巨蠹，不意在光天化日之下，有此鬼蜮。"(《王祭酒与吴生学书》)

叶德辉交游广阔，他则四处写信，攻击康、梁是"无耻鄙夫"，"蚍蜉之小"，"搅和时政，使四境闻鸡犬之不安"(《叶吏部与南学会皮鹿门孝廉书》)。

王先谦和叶德辉的这些文章和书信，都发表在当时的《湘报》上，引起了很多人的围观，也把苏舆看得眼花缭乱。两位恩师一时名声大噪，苏舆更是佩服得五体投地。从内心讲，苏舆是十分认同他们的观点的。他仿效老师，也写文章。他说，当今"邪说横溢，民心浮动，其祸实肇于南海康有为"。他还说，康有为"伪六籍，灭圣经也；托改制，乱成宪也；倡平等，堕纲常也；伸民权，无君上也；孔子纪年，欲人不知有本朝也"！

把康、梁说得一无是处。

我们也不好说苏舆是拾人牙慧。但他写的文章发不出去，因为他的名气不及老师，所谓人微言轻。他不免感到十分沮丧。机会终于来了，光绪二十四年（1898年）农历八月，慈禧太后以光绪皇帝的名义，下了一道诏书，恭请皇太后"训政"。这是政治人物翻云覆雨的伎俩，实际上是她自己请自己出山。然后慈禧以太上皇的资格，下令软禁了光绪皇帝。北京顿时风云突变，谭嗣同等六位维新派中坚人物，在同一时间被逮捕。慈禧根本不给对手喘息的机会，八月十三日（9月28日），谭嗣同等六人在北京菜市口被处死！紧接着，全国各地大肆搜捕维新党人，霎时一片风声鹤唳。幸亏康有为、梁启超及时逃脱，才免遭祸殃。此时远在长沙的苏舆，对这一系列霹雳手段震惊得不知所措！但他很快就回过神来，觉得可以一展身手。就像一场赌注的获胜者，再下一注。于是以最快的速度，连夜将王先谦、叶德辉在报刊发表的、批判康有为、梁启超的文章，统统收集起来。为了加大火力，又把张之洞、朱一新、陈宝箴等十三人某些批评维新派的文章，也纳入其中，然后汇编成一册，题名为《翼教丛编》。

对于今天的读者，这书名很有些生僻。翼，翼护、保护之意；教，圣教，是相对于康、梁的"邪教"，同时也是孔夫子的教诲。编者的意图十分明白，此书旨在"护圣教，批邪说"，以达到"正人心"的目的。他将书稿速速寄往上海，上海书局果然很快就刻印出版，全国各埠有售，成为当时全国批判康、梁的重型炮弹。

余生也晚，我是在这本书出版一百一十六年之后才读到它的。但我总觉得它似曾相识。《翼教丛编》共六卷，却是以苏舆个人名义编撰的。苏舆当时只是一名青年学生，他却要把"康、梁造逆之谋，乱政之罪"，昭示于寰宇，将他们打倒在地，永世不得翻身！我们常说中国历史悠久，文明灿烂，其实也有些负面的东西。像这类搜罗罪证式的东西，在政治风暴中长盛不衰，就是明显的例证！再有，思想和政治上的分歧，不是通过辩论以理服人；而是要罗织罪名，无限放大，不给对方有探讨的空间，当然永远也无法说服对方，然后假政治之手，将对手置之死地而后快！即便是学术讨论，也罕见有包容和宽容。所谓"大肚能容，容天下难容之事"，那只不过是寺庙里弥勒佛的一厢情愿罢了。

三

但是，我的内心很是矛盾。因为我十几岁到平江，二十多年后才离开。为乡情所系，我总想为苏舆做一些辩解。那时他才二十岁出头，从大山深处来到繁华的省城，应当说，社会阅历尚嫌不足，见识也很有限。他编印这么个东西，一定有他的老师在后面指使。

苏舆的两位老师，王先谦和叶德辉，是社会名流，地位显赫，既得利益者，思想守旧是必然的。当然，王先谦要老练一些；叶德辉却总是先声夺人，高调出场，攻击康、梁不择手段。后来，辛亥革命来了，清王朝垮台了，民国成立了，叶德辉仍然积习难改，干预时政，开口便骂，反对一切社会变革。到了1927年，湖南农民运动风起云涌。这一天，长沙农民协会开大会，不知主事人怎么就想到要去请叶德辉给写对联。叶德辉没有推辞，提笔一挥而就。上联是："农运宏开，稻粱菽麦黍稷，杂种出世；"下联是："会场广阔，马牛羊鸡犬豕，六畜横行。"横批："斌尖卡傀。"叶德辉自以为聪明，大玩文字游戏。那意思是，这个农民协会，不文不武(斌)，不大不小(尖)，不上不下(卡)，不人不鬼(傀)。你们都是一些杂种，一群畜生！此时的农民运动正"冲决一切束缚他们的罗网，朝着解放的路上迅跑"(毛泽东语)。怎么能容忍这种最恶毒的"文痞之骂"!？湖南农民协会审判土豪劣绅特别法庭当即将他捉拿归案，并且根据《审判土豪劣绅暂行条例》，判处叶德辉死刑。1927年4月11日，在长沙浏阳门外刑场处决。过了四十一年，1968年10月13日，在中共八届十二中全会闭幕式上，毛泽东在谈到知识分子政策时，说："对于这种大知识分子不宜于杀。那个时候把叶德辉杀掉，我看是不那么妥当。"(转引自张晶萍《叶德辉生平及学术思想研究》，载《湖湘文库·叶德辉卷》)

虽然毛泽东说话了，但叶德辉人已经死了。我们的苏舆老乡，跟在这种人后面瞎起哄，就真要替他捏一把汗了！

苏舆果然让人揪住了把柄！

《翼教丛编》共六卷，十五万言，除了序言，并无苏舆本人署名的作品。但其中有几篇文章，使人顿生疑窦。有一篇针对樊锥的，就特别引人注目。

樊锥，邵阳雀塘镇人。出身贫寒农家，但他才气很高，又勤奋好学，立志高远。他就读于长沙城南书院，也做过王先谦的学生，比苏舆大两岁，算是苏舆的大师兄。但樊锥思想开朗，交游广阔。1898年年初，湖南维新派人物谭嗣同、唐常才等人，在长沙创立"南学会"，宣称"讲爱国之理，救亡之法"。樊锥积极投入，立即回到邵阳，组建南学分会，被推举为分会会长。他积极宣传维新派主张，接二连三地在

『末班车』进士——文化散文

报纸上发表文章，提倡"民权平等"，"启迪民智"，还主张大力发展民族工业，抵制"洋货之倾销"……总之，樊锥给沉闷的湖南政界和思想界，吹来了一股新风。苏舆却与他针锋相对，写了一篇《驳南学分会章程条议》的文章，称樊锥是在散布"邪说"，呼吁当局对他进行"处治"。樊锥毫不退让，表示"生死不能夺其志，贵贱不能换其帜"。这时，一篇《邵阳士民驱逐乱民樊锥告白》，在湖南城乡广为散发——

今因丁酉科拔贡樊锥首倡邪说，背叛圣教，败灭伦常，惑世诬民，我邑公同会议……立将乱民樊锥驱逐出境。永不容其在籍再行倡乱，并刊刻逐条，四处张贴，播告全省。倘该乱民仍敢在外州府县倡布邪说，煽惑人心，任是如何处治，邵阳并无异论。特此告白。

在中国，地方除户籍、祠堂除族籍，死后不能进祖宗坟山，被认为是极大的人生耻辱。这篇《告白》不仅要将樊锥逐出邵阳，还声明外州外县如何处置樊锥，邵阳不持异议。真是要把樊锥往死里整！这个《告白》用的是"邵阳士民"的名义，表明驱逐樊锥，是地方百姓一致的意见。但奇怪的是，这篇文告是谁起草的？在什么地方通过的？邵阳方面有哪些代表人物出席？这些代表又是如何产生的？一概不知。但这个《告白》几乎要了樊锥的命！不久，北京"戊戌变法"，黑云压城，谭嗣同等六君子死难。维新运动失败，樊锥作为在湖南的维新派人物，成为当局缉拿的对象。樊锥不得不隐姓埋名，逃往深山，躲藏起来，才幸免于难。

这里有一个时间点。"戊戌变法"是农历八月初六，谭嗣同是八月初十被捕，八月十三在北京菜市口遇难。苏舆的《翼教丛编》一书，作为维新党人的罪证，也正是这个时候编辑出版的。而那篇驱逐樊锥的文告，也是作为"罪状"收入其中，广为散发。对樊锥的杀伤力，简直无法形容。苏舆是年轻人，容易冲动，直线思维。但他将这篇置人于死地的《告白》，收入自己编撰的著作中，这无论如何是不妥当的。而邵阳的地方文献和《湖南省志·人物志》樊锥条目，都说是王先谦、叶德辉及其弟子苏舆，勾结邵阳劣绅，攻击樊锥。而据湖南省社会科学院历史研究所的专家多方考证，是苏舆盗用"邵阳士民"的名义（《樊锥集·前言》），炮制了这个东西。苏舆不是邵阳人，也不在邵阳任公职，你的书中出现了这么一个文告，又不能提供文告的出处，你又怎能自圆其说？苏舆与樊锥，师出同门，有同窗之谊。采用这种方式，就使人想起"豆萁相煎""落井下石"这类形容词了！

而在此之前，他抨击梁启超、谭嗣同，火力之足，也令人侧目。光绪二十三年（1897年），湖南巡抚陈宝箴、学政徐仁铸等人推行维新运动，决定成立时务学堂。以凤凰县人熊希龄为校长。熊又聘请广东新会人梁启超为总教习。

梁启超时年二十四岁，才华横溢，他追随他的老师康有为，倡导维新，宣传变法。当时，他的文章一经发表，就立即引起阅读的热潮。只说他不久之后发表的一篇《少年中国说》，就使当时多少青年学子热血沸腾！前些年热播的电视剧《恰同学少年》，其中有一个画面：清晨，毛泽东和蔡和森在第一师范的校园里晨读《少年中国说》。起先是两个人读，后来一位同学路过，立刻加入。霎时间，走廊里，操场上，几十上百位同学一起齐声诵读："少年智则国智，少年富则国富，少年强则国强，少年独立则国独立；……美哉我少年中国，与天不老！壮哉我中国少年，与国无疆！"其中洋溢着慷慨愤激而又高昂乐观的火一样的感情，使人心潮澎湃，不能自已。

这样一位学问高超、思想进步的学者来湖南教书，应当说，这是湖南的荣幸。但是，我们的苏舆老乡，也与他势如冰炭。苏舆编著的《翼教丛编》第四卷，收入了叶德辉五篇文章，全都是批判梁启超的。从梁的学术思想，到政治观点，逐一进行驳斥。在政治上，说他"煽惑人心"，"邪说乃大行于湘中"，称梁为"吠声吠影之徒"——形容一条狗叫，引发很多狗跟着叫——这已经超出一般学人之间的辩论，而是一种斯文尽失的"粗口"了！

梁启超主持时务学堂后，按照他的教育理念，为学校制定了一个《学约》。也就是"学生守则"，共十章。比如，立志，要立大志，不要只谋科举和衣食；养心，治身，不要学名士狂态、洋人膻习；读书，要读有用之书……《学约》的内容，在今天看来也不过时，但苏舆不能容忍。他说：

> 粤人梁某，近闻省绅邀之来主持时务学堂……闻梁某为离经叛道、惑世诬民康有为之弟子，又假忠义之名，以阴行

其邪说。余恐湘人被其蛊惑，因就约中语涉夸大及悖谬之处，纠正于后。

然后逐条批驳。

这是光绪二十三年（1897年）腊月间的事，文末注明"汨罗乡人识"。这篇文章也收入《翼教丛编》中。那么，这位"汨罗乡人"到底是谁呢？从唐代开始，汨罗隶属于湘阴县，1966年初设县治。笔者专门走访过当地的老人，1949年以前，汨罗仅有茅屋数间，连小镇都没有。因为屈原，汨罗才为世人所知。建成一座繁华漂亮的小城，则是近些年来城市化进程中的成果。而汨罗江的上游，正是苏舆的家乡平江县。苏舆炮轰樊锥，打的是"邵阳士民"的名号。邵阳方面说，苏舆"盗用"了他们的名义。那么，此番的"汨罗乡人"，就更是一桩无头公案了。很可能就是苏舆本人的化名呢！这时，苏舆二十三岁，梁启超二十四岁，樊锥二十五岁，三位实际上是同龄人啊！

苏舆的动静太大了，他幼时的授业老师吴獬都有些担心了。于是写信规劝。吴獬称昔日的学生为"好朋友"，近年虽然没有经常见面，但知道他"康强如旧"，十分高兴。也知道他现在很活跃，雄心勃勃。吴獬却觉得，有些话还是应当说给他听听：

窃思太丘道广，固多应接不暇之虞。然昔之贤人，或一字拔人，或寸长不弃，曲成不遗，当亦庶乎可推屋乌之爱者

耶！（《湖湘文库·吴獬集》第 324 页）

　　吴獬是大学者，这封信引用了许多典故，目的是婉转地提醒他的学生：你交游很广，但"广则难周"，就有应接不暇的弊病。古时候的贤人，为一个字可以选拔一个人。别人一寸的长处，也不遗弃。万物形成的规则，不违拗。爱一幢漂亮的房子，连旁边树上的乌鸦也不讨厌。吴獬希望他的学生不要走极端，要学会包容，多向别人学习。吴獬还说，这些话如果不说出来，就不能表达我对你的感情。真是动之以情，晓之以理啊。让人惋惜的是，苏舆已经上了那架战车，要下来就非常困难了！

　　我们在烟舟村看到一帧苏舆照片，虽然已经模糊，仍能看出他国字面儿，眉目清秀，翩翩一英俊少年。我无法想象，这样一位自幼生长在民风淳朴的山区年轻人，怎么也会如此狂热和无情！如果说王先谦是当时湖南的社会名流，叶德辉是曾经的吏部官员，这些人都有一件光鲜体面的外衣，有他们的既得利益，可苏舆什么也不是，一个山沟沟里来的穷书生而已。那么，他为什么如此起劲地反对一场新的革命呢？我记得一位历史学家做过的分析：由于康梁主张废科举，"得罪了几百个翰林、几千个进士、几万个举人几十万个秀才与几百万个童生……他们花了若干年工夫学会的八股，等于白学"。难道我们的苏舆老乡，果真是因为康、梁把科举废了，断了他的前程，他要不顾一切地反对？"科举制度"下的读书人，他们追求的目的就一个：做官。做了官，就是祖坟上冒出了青烟。一切以官的标准为标准，以官的利益为利益。一些人就这样丧失了分辨是非的能力，价值取向被彻底扭曲，他们短视而自私，甚至六亲不认，并以"卫道士"自居。要不然，苏舆为什么要这样杀气腾腾地仇恨他的同龄学友呢？须知，无论是樊锥，还是梁启超，信仰永远不能视为罪行。宽容与谅解，是我们这个世界平和相处的黏合剂。而《翼教丛编》编撰出版的投机，假借"乡人""士民"之名的奸诈，把人往死里整的凶狠，尽管时过境迁，也让人不寒而栗！

四

苏舆最终还是考中了进士，如愿以偿了。他获得了去日本学习考察的机会，回来就职邮传部。他把妻儿接去北京。离开幕阜山余脉山腰的烟舟村时，他的妻子，一位山里旧式妇人，依依不舍。苏舆写诗调侃她："艳说烟舟当阳羡，儒冠回首笑迷沦。"（《正月急尽挈眷入都》）"阳羡"在江苏宜兴，苏东坡曾在此买地，准备养老的地方。苏舆告诉妻子，他去北京做官，好日子长着呢，你干吗要留恋呀！可以想见，那会儿他是怎样的踌躇满志！

到了北京，一种全新而体面的生活在等待着他。节假日，他领着家人去法源寺观牡丹，去西山看红叶。他还时常去全国各地公干。在地方官员眼里，他就是钦差！一次去上海，当地官员在愚园设酒宴款待他。上海的繁华令他眼花缭乱,他当场赋诗赞美:"电火银花树,雷车红粉妆。"(《沪上京卿招饮愚园》)春风得意溢于言表。然而,好景不长。康、梁的维新运动虽然失败了,戊戌变法被打下去了,但历史潮流不可阻挡。1911年10月,辛亥革命终于爆发。这可能是苏舆一生中最痛苦的时候。既已入职为官,见闻多了,他就知道病根子在哪里。但他不能轻举妄动。高处不胜寒。他不可能像当年在长沙那样,跟在王先谦、叶德辉后面左冲右撞。况且,洗脱少年的浮躁与鲁莽,现在他沉着多了。在北京的官舍里,他静观其变。但他也没有闲着。每天,一边去邮传部应卯,下班回家就搬动笔墨,逐日记载身边发生的一切。这样,他写成了一本书。

《辛亥溅泪录》,共五卷,六万余言。通过书名,我们就可以窥测到苏舆当时的心境。他是带着对他为之效忠的王朝的哀伤,写下这些文字的。但因为他仅仅是一名司局级官员,对全局不可能有更多的了解。尤其是革命的一方是"中国同盟会",除了众所周知的新闻,苏舆所知也很寥寥。他记录的,是他身边所发生的一切。朝廷动向,官员作为,所见所闻,他一一如实记录。苏舆有很好的文字功夫。他用的是文学的笔墨。作为亲历者,他的文字就具有很强的现场感。无论是史实性和文学性,这都是一部十分重要的作品。

当历史的烟云消散,人们从中获得了另外一种解读。

中国同盟会的领袖人物孙逸仙、黄兴们起事了,来势异常凶猛。这时,那些脑袋瓜上戴着红顶子的官员们,在北京紫禁城里惶惶不可终日。他们一边支应着差事,一边开始给自己留后路了。

苏舆的笔下有这样的画面：那会儿，军事形势十分不利，尤其是部队没有军饷。为了挽救危局，裕隆皇太后动员各亲贵拿钱助饷，军界也致函皇亲国戚，要他们认购爱国债券，为军队筹集资金。那些皇亲国戚们，却是一个个装聋作哑，甚至将存在大清银行里的钱，尽快取了出来，转存到外国银行里去。一时人心惶惶，市面震荡。而北京的外国银行，几天之内存入六千四百多万银圆！

更匪夷所思的是，京官家属纷纷住进外国租界，以求自保。有的虽然每天去紫禁城内的公事房应卯，人却住在天津的租界。苏舆亲见"堂司各员，率晚车赴津，早车回署"。当过内阁大学士和户部尚书、时任军机大臣的那桐，他的众多妻妾眷属，一半住进六国饭店，一半住在天津的租界里。另一位润贝勒，他的眷属家人，干脆就住在法国使馆。所有贵重的财物，都寄存在外国使馆或租界！

朝廷已在风雨飘摇之中，越是这样的时候，皇室越是只相信自己的人，还是自己的子弟靠得住，各个重要部门均由王朝亲贵执掌。而这些人又都贪生怕死，腐败无能，背地里都在给自己留后路。

有权不用，过期作废。"末世心态"在朝廷官员中弥漫。这时，凡属手中有一点权力的人，或半遮半掩地窃取，或明目张胆地瓜分，大肆将国有资产攫为己有。苏舆写道：

各省公款，学旅政界剖分殆尽……翰林院亦有公款数千，以分派（配）争议，编修程某至以老拳从事。大清银行总监叶景葵既挟巨资以逃，其司事庶吉士杨某，亦以二十一万金由某国银行汇兑，并偕某贵人妾，遁入某国。士失行径如此，不亡何待……（《湖湘文库·苏舆集》第245页）

武官怕死，文官贪钱，权贵纷纷谋后路，到洋人那里寻求庇护。满朝顶戴花翎，平时觐见皇上山呼万岁万万岁，大厦将倾时竟无一人是男儿。这样的政权，怎么不会垮台呢？

苏舆通过手中的笔，发出一阵阵痛彻心扉的哀鸣！

这些都是他亲眼所见，因此真实而生动。当历史场景变换之后，著名湘籍学者李肖聘为作者的情感所动，对《辛亥溅泪录》做了极高的评价。他说，可与屈原的《哀郢》、南宋学人郑思肖的《心史》媲美。泱泱中华有一个传统，讲究气节。就气节而言，李肖聘评价或许是中肯的。但屈原和郑思肖遭遇的是国破家亡，苏舆哀叹的却是政权的更迭。当然，忠君拥主，是旧式读书人心中根深蒂固的道德底线。从历史的长河看，清朝的灭亡、亚洲第一个共和政体的诞生，难道不是一件划时代的好事吗？说穿了，苏舆眷恋的，是他的官职、地位，和既得利益。鲁迅也是辛亥革命的亲历者，他的感受就与苏舆截然不同。也许就在苏舆伏案写作这些文字的同时，1911年11月7日，鲁迅与他的好友范爱农，为了欢庆辛亥革命推翻延续了两千多年的封建帝制，他们一起去巡游光复了的绍兴城。鲁迅发现，那些绅士官员，先前只要不合自意的，就说人家是"康党""革党"，"甚至于到官府去告密"。现在革命终于起来了，他们连忙将小辫子盘在头顶，一副失魂落魄的样子。鲁迅嗤之以鼻，并赠予一句名骂："惶惶然若丧家之狗！"（《鲁迅全集·坟》第 272 页）与鲁迅相比，我们的苏舆老乡，显然与时代脱节了。说得严重一点，是与历史的潮流背道而驰。如果要对号入座，鲁迅之骂可能也包括了他！

宣统三年（1911 年）十二月二十五日，溥仪发布诏书，宣布退位，两千多年的封建王朝正式解体。同时任命袁世凯为特别代表，组织临时共和政府，处理善后事宜。大多数官员都在徘徊观望，是去是留，颇费踌躇。大约只有苏舆态度最为明朗，他喟然长叹："国政坏死，不可收拾！"他留下来干什么呢？清廷宣布退位的第二天，即十二月二十六日，苏舆即行辞官回家。邮传部同事，同时考取进士的姚一鄂，赋诗赠别，为一位朝夕相处的朋友的离去，表示深深的惋惜："怜君此去添憔悴，寂寞荃荪揽涕吟。"苏舆立即和了一首：

苶懒浮湛直到今，白登诗意愧卢谌。真龙杜宇千年恨，去燕来鸿万里心。敢说泉明耽采菊，已迟胡瑗赋投簪。巢痕天上堪回首，赢得残宵溅泪吟。（《除夕次姚一鄂同年韵》）

诗言志。苏舆寄托的是一种无限的哀怨：他为不能像东晋时的卢谌，为好友仗义执言而惭愧；也为古代蜀国的国王杜宇被人篡位而遗憾；他不能有别的选择，只能像宋朝庆历年间的太常博士胡瑗那样，为避世事干扰，辞官回家，专心

就学。过去的巢痕虽然不堪回首，值得庆幸的是，还有一册《辛亥溅泪集》，可表我的心迹呢！

古代伯夷"不食周粟"，稍后的印度甘地"非暴力不合作"。苏舆完全不能忍受清王朝的覆没，也不接受一个新的共和政权的建立，他于是拂袖而回乡，回到了幕阜山半腰的烟舟村。

五

当年携眷进京的时候，苏舆嘲讽妻子将烟舟村当"阳羡"。果然一语成谶，现在他回来了。烟舟村依然美丽的风景，故乡特有的温馨，游子归乡，这些都有利于平复他纷乱的心情。与城市里混浊的空气相比，满山油茶林散发出来的负氧离子，更有利于健康。他很快调整了心态，找到了自己的心灵依托，那就是继续他曾经研究过的《春秋繁露》。

这是中国汉代哲学家董仲舒的一部政治哲学著作。在西汉中期，诸侯各国之间的战争基本结束，生产得到恢复和发展，为了适应中央集权的需要，董仲舒的神学哲学应运而生。他推崇"公羊学"，给力"春秋大一统"，主张"天人合一"。在董仲舒看来，天，就是大自然；人，就是人类。天人合一，就是互相理解，和谐相处。因此他提出了天人感应，三纲五常等重要儒家理论，为汉代中央集权奠定了思想基础。苏舆在邮传部任职的时候，每有闲暇，他就断断续续地做研究。现在回到烟舟，有了充裕的时间，便全力投入。

他写信给老师王先谦，报告了自己的工作计划。老师的复信马上到了，称赞此举是"天为斯文留绝学"。在做学问的方法上，老师提醒他："温故知新是我师。"于是苏舆劲头更足。他广采前人研究的成果，进行考证训诂，并展示自己的研究和评价。他说，自幼"好读董生书"，近年"潜心玩索，如是有日，始粗明其旨趣焉"。他采取的方法，一是求证，二是解释，三是自己的评价。他的求证有理有据，解释较之别人更浅显易懂，把深奥的哲学内容通俗化，因而起到了普及的作用。他同时还通过"存天理""灭人欲"来阐明董仲舒学说的经世致用，凸显了他个人的治学特色。他在学术王国里遨游，获得了极大的快乐。他把自己的研究成果题为《春秋繁露义证》。

然而，天有不测风云，人有旦夕祸福。在此之前五六年，苏舆感染了肺结核，乡间叫肺痨病。那时科学对结核杆菌还一无所知，人们谈"痨"色变。他从北京回乡时，虽然怀着一种悲壮感，但在内心深处，总有一种国破家亡的阴影驱之不散。于是他总是郁郁寡欢，以致肺痨病日渐加剧。他刚刚写完这本书，就不幸于1914年农历四月十四日，在老家烟舟村病逝，终年四十一岁。苏舆去世后，他的妻子知道这份遗稿的重要性，专门托人给他的老师王先谦送去。王先谦此时七十二岁，苏舆是他的得意门生，白发人送黑发人，老先生不胜唏嘘感叹。他读完学生的遗稿后，便多方筹集资金，为其联系出版。

《春秋繁露义证》最终成就了苏舆。王先谦作为当时湖南最有影响的学问家，亲笔为其作序。称"《义证》固可传世之书"。出版后，学界赞誉颇多。1923 年 3 月 11 日，北京《清华周刊》杂志记者写信给胡适，为了学习的方便，请求胡适为青年学子开一个"国学必读书目"。记者说："这个书目中的书，无论是学机械的，学应用化学的，学哲学文学的……都应该念，都要知道。"胡适时任北大教务长，因提倡文学革命而成为当时中国新文化运动的著名人物。他应约开了一个书目，"《春秋繁露义证》（苏舆著）原刻本"，就赫然在列。

由于胡适的推荐，青年学子争相阅读，此书也成为全国各地图书馆的必备书目，于是一时洛阳纸贵。二十世纪五十年代以来，国内曾多次出版。特别是近年来，省内外，包括香港、台湾等地的多所大学，都有学者专门研究《春秋繁露义证》，不时有论文发表。到了 2013 年，湖南文化出版界举全省之力，编纂"湖湘文库"，收集从远古至 1949 年湘籍人士的著作，也包括历代寓湘人物在湘的作品。标准是曾影响湖湘乃至全国历史进程、具有文献价值、体现湖湘文化内容的重要典籍。经过数十位专家的遴选甄别，历时七年，共计七百零二册、内容浩繁的"湖湘文库"终于出版。而据参加编纂的专家说，"湖湘文库"收列的著作，一律以学术取人，绝不因人废言。叶德辉、王先谦、苏舆都是辛亥革命的反对派，他们的个人行止或有瑕疵，但他们都有其独特的学术地位，历史不应当忘记他们。当生活走出"非'白'即'黑'"的泥淖，包容与宽容就成了一种境界。这时，人们就会感受到阳光是如此明媚，世界是如此美好！

还需要补充的是，苏舆为官和居乡时，在烟舟村老家盖了许多房子。青砖燕瓦，庄重气派。到了 1939 年，日寇侵略，岳州沦陷。岳州所属各县的中学，都疏散迁移至这个如桃花源一般的烟舟村，称为"岳郡联中"。跟那时清华、北大、南开等名校，搬迁至昆明组成"西南联大"是一样的模式。苏舆家的房子宽敞明亮，前厅后进几十间，正好做了"岳郡联中"的临时校舍。文化是一个民族的基因。学校保存了岳州六县的文化种子，使他们不因战争而中断学业。这批莘莘学子，在新中国成立后，有的成了教授、工程师，有的成了各级地方政府的骨干。应当说，这是苏舆和他的家人，为故园热土作出的一项最重要的实际贡献。

一幢房子一本书，让我们记住了苏舆。话又说回来，苏舆本来是一个书生，年轻时却跟在别人后面去干政。他的老师叶德辉都掉脑袋了，他作为学生又能走多远呢？当他在历史的大潮中不知所措时，隐归田园，独善其身，潜心学问，这不能不说是一个明智的选择。可惜的是他英年早逝，如果健在，他必定是中国二十世纪的顶级国学大师！

到现场去探访故人

——《江湖之远》写作缘起

　　自从范仲淹以神来之笔，对洞庭湖气象万千的景色，做了全方位、全息摄影般地描绘之后，就无人再敢随意动笔了。可是，有专家查证，范老先生并没有来过这里，至少没有到过湖滨重镇岳州，他靠的是丰富的生活积累和非凡的文学想象力。一篇《岳阳楼记》千古传诵，这是一座高峰，无人企及。然而我，从湘中丘陵区的山旮旯里走了出来，在汨罗江上游的大山深处度过了青春岁月，然后来到一碧万顷的洞庭湖，一口气在湖边生活了三十余年。如果我不写点什么，就辜负了洞庭湖的碧波清风。

　　我在洞庭湖区生活的时间愈长，就愈了解关于她的历史，因此获知历代许多文化名人，都与洞庭湖结下了不解之缘。这些人的名字，一个个如雷贯耳！

　　比如屈原。他在汨罗江、洞庭湖的风浪中，展示了自己不朽的人生。那么，当初他有着怎样的心灵况味？

　　又比如李白。诗人在洞庭湖边待了七个多月。逗留这么久，他是如何打发那些漫长的日子的？

杜甫原籍河南，晚年贫病交加，风尘仆仆来到洞庭湖上，最后却在汨罗江的一条破船上去世，并且安葬在江上游的山坳里！

……

我同时还惊异地发现，这些文化大师，无一例外的，都是遭遇了人生的厄运，而来到洞庭湖的。于是，我到现场去探访故人，寻觅他们的足迹，揣测他们的心绪。在他们生活上陷入困顿，身心经受煎熬的时候，他们在做什么，想什么？我在湖洲上的芦苇荡里徘徊遥想，力图还原他们当年的生活场景；在浩如烟海的故纸堆里搜索，希望通过历史的隧道，一睹他们当年的风采！我终于发现，这些戴着镣铐跳舞的先贤，不管他们经受了何种苦难，也不管他们有着怎样的心灵痛苦，他们从来都没有忘记自己身上的历史负载。他们总是通过自己的人生故事和呐喊，表明他们不以荣辱而进退，不为生死而喜悲，向着理想和信念，百折不回，永不停歇。屈原带着对历史兴衰、人生命运的深切忧虑，呵壁问苍天，为"上下求索"付出了生命的代价。范仲淹则以一生的追求和思考，对中国知识分子和社会公仆，寄予了一种深情的期待：先忧后乐。经过千百年的时间磨洗，"上下求索""先忧后乐"现在已经成为中国精神的重要元素。

再有，出生在洞庭湖滨的左宗棠，青年时代穷困潦倒，迫不得已去做了上门女婿。此中的尴尬与难堪，很难用语言来形容。后来，他以义无反顾的担当，气壮山河的威势，捍卫了一方疆土，成为一位闻名于世的民族英雄！

正是这些曾经在洞庭湖、汨罗江边漂泊过、砥砺过的人们，把洞庭湖、汨罗江打造成为一处思想高地，一个文化符号，一处精神家园。于是引起千百年之后的我的探寻、思考和膜拜。

当然，由于作品的历史跨度大，涉及的典籍和人物众多，又因为作者学力有所不逮，肯定还会有谬误，因此就怀着一份虔诚，期待读者的批评指正！

作　者
2022 年 4 月 10 日

江湖之远
——
Jianghu
Zhiyuan

责任编辑：张伟珍

图书在版编目（CIP）数据

江湖之远 / 张步真 著 . — 北京：人民出版社，2022.6
ISBN 978－7－01－023885－2

I. ①江… II. ①张… III. ①随笔－作品集－中国－当代 IV. ① I267.1

中国版本图书馆 CIP 数据核字（2021）第 209080 号

江湖之远

JIANGHU ZHI YUAN

张步真 著

人 民 出 版 社 出版发行

（100706 北京市东城区隆福寺街 99 号）

北京盛通印刷股份有限公司印刷 新华书店经销

2022 年 6 月第 1 版 2022 年 6 月北京第 1 次印刷
开本：710 毫米 ×1000 毫米 1/16 印张：22.75
字数：200 千字

ISBN 978－7－01－023885－2 定价：78.00 元

邮购地址 100706 北京市东城区隆福寺街 99 号
人民东方图书销售中心 电话（010）65250042 65289539